D1735340

Faranon
Band 1
Die rote Flut

MICHELLE FREUND

Faranon

Band I

Die rote Flut

Bibliografische Information der Deutschen Nationalbibliothek:
Die Deutsche Nationalbibliothek verzeichnet diese Publikation
in der Deutschen Nationalbibliografie; detaillierte bibliografische
Daten sind im Internet über http://dnb.dnb.de abrufbar.

Satz, Herstellung und Verlag:
BoD – Books on Demand, Norderstedt

ISBN: 978-3-7494-2354-5

Inhalt

Prolog

Die Gründung der Meeresvölker

Einst, vor unendlicher langer Zeit, deren Jahre niemand mehr zählen kann, gab es bloß *einen* Kontinent und *ein* einziges, großes Meer.

In diesem Meer wimmelte es von Lebewesen, doch es herrschte keine Ordnung, alles entwickelte sich wild und unkontrolliert. Manche Arten starben bereits nach ein paar Generationen aus. Andere wiederum entwickelten sich so stark, dass sie bald keine Feinde mehr besaßen und sich gegenseitig um die Nahrung brachten.

Viele tausend Jahre dauerte dieser Zustand an, doch als der Meeresgott Eburon zum Leben erwachte, beschloss er, für Ordnung zu sorgen. Lange sprach er mit seinen engsten Beratern, viele Ideen wurden genannt und verworfen.

Doch eines Tages machte Utara, die Meereskönigin, eine beiläufige Bemerkung.

»Das Meer ist zu groß und unübersichtlich«, sagte sie und sah ihren Gemahl vorwurfsvoll an.

Lange dachte Eburon über diesen Satz nach und schließlich, mitten in der Nacht, fiel ihm die Lösung ein.

Der Meeresgott teilte seinen Beratern am nächsten Morgen mit, dass er den Kontinent aufteilen wolle.

»Dadurch entstehen viele kleinere Meere, die man besser kontrollieren kann. Und ich werde sechs Völker erschaffen, denen ich besondere Aufgaben übertrage. Auf diese Weise können wir für ein Gleichgewicht unter allen Lebewesen sorgen.«

Die Berater waren überrascht und erstaunt, jedoch begeistert von diesem Vorschlag.

Und so wurde der große Kontinent aufgeteilt, die Wasser verteilten sich um die großen Landmassen und verschiedene kleinere und größere Inseln. Nachdem dies getan war, erschuf Eburon die sechs Völker des Meeres.

Die *Meerfrauen- und Männer* lebten in Eburons Palast und waren für die Vielfalt der Meeresbewohner zuständig. Sie ließen ihrer Fantasie freien Lauf, erschufen unzählige kleine und große Fischarten und viele andere Tiere. Ab und zu wurden die Meerfrauen- und Männer von ihren eigenen Schöpfungen überrascht, wenn diese sich einfach weiterentwickelten und selbst neue Arten hervorbrachten. Die stärksten und anpassungsfähigsten von ihnen überlebten und so entstand eine unendliche Vielfalt.

Die *Gupaxen* waren für das Leben in der Tiefsee verantwortlich. Sie erschufen Bakterien, Würmer und andere Tiere, die selbst in den unwirtlichsten Bereichen überleben konnten.

Auch dort, wohin kein einziger Sonnenstrahl gelangte, lebte eine Vielzahl von Fischen und anderen Tieren, seltsam geformt, teilweise mit leuchtenden Körpern und Angeln oder Laternen an den Köpfen.

Eburon wusste jedoch, dass das Meer nicht allein aus tierischen Lebewesen bestand. Auch andere Dinge musste er bedenken. Es gab ja auch noch Pflanzen und vieles andere.

Und so wurden die *Tyrkaner* erschaffen, die in den unterseeischen Höhlen auf den Aleuten beheimatet waren. Sie galten als Spezialisten für die unterseeischen Gebirge, Senken, Vulkane und heißen Schlote, die in allen sieben Weltmeeren vorhanden waren.

Sie wachten über alle diese geologischen Erscheinungen, bemüht, alles so gut wie möglich zu kontrollieren. Aber das gelang nicht immer, und so manche Naturkatastrophe forderte unter den Meeresbewohnern zahlreiche Opfer.

Die *Salpeken* waren für die Pflanzenwelt und die Polarkappen zuständig. Ihre Heimat waren die riesigen Eishöhlen auf Spitzbergen. Der Erfindungsgeist der Salpeken war spektakulär. Algenteppiche, die bei Nacht leuchteten, Kelpwälder, deren Triebe meterlang waren, riesige Gletscher und Schelfe, Eisberge, die kilometertief ins Meer hinabreichten und vieles mehr zählten zu ihrem Werk.

Die *Elianer* beschäftigten sich mit dem Erdmagnetismus, der große Auswirkungen auf die Meere besaß. Ebbe und Flut unterlagen seinen Kräften, dies galt es zu erforschen und zu lenken. Ebenso sämtliche Meeresströmungen, egal ob kalt oder warm, an der Oberfläche oder in tieferen Bereichen. Einige Elianer waren zudem begabte Musiker und Instrumentenbauer. Ihre Heimat war eine riesige Höhle neben einem Vulkan im südlichen Atlantik.

Die *Faraner* waren für die Korallenriffe zuständig. Nachdem sie viele kleinere Riffe erbaut hatten, schufen sie das große Riff am australischen Kontinent und gründeten dort ihr Reich. Sie sorgten dafür, dass dieser Lebensraum nicht allein für sie selbst, sondern auch für Millionen von Meeresbewohnern ein Zuhause wurde. Und sie waren erfolgreiche Heiler, deren Fähigkeiten überall in den Weltmeeren geschätzt wurden.

Eburon war stolz und glücklich, als er sah, was seine Untertanen geschaffen hatten. Und für lange Zeit herrschte Ruhe und Ordnung in den Weltmeeren.

Von ein paar kleineren Pannen abgesehen ...

Wenn man den alten Erzählungen glauben wollte, hatte er noch ein weiteres Volk erschaffen, das von seinen eigenen Nachkommen abstammte und angeblich an Land lebte.

Aber das war bloß ein Gerücht ...

Lug und Trug

Vorsichtig tauchten die beiden Seepferde mit der Transportmuschel an die Oberfläche des kleinen Sees. Er diente als Eingang zu einem Höhlenkomplex im Witjasgraben, weit abgelegen vom Königreich Faranon am Great Barrier Reef.

Die Muschel tanzte auf der Wasseroberfläche, bis sie die kleine Sandbank am Nordufer des Sees erreichte, wo sie still liegen blieb.

Der Insasse, Kapis Broman, entfernte seinen langen, ergrauten Zopf aus einer Öffnung an der Seite der Muschel und seufzte erleichtert. Dann öffnete er das Dach.

Die Luft in der kleinen, niedrigen Höhle war warm und feucht, an den Wänden wuchsen leuchtende Algen, und ein leises Tröpfeln war zu hören. Ansonsten herrschte in der Höhle gespenstische Stille, und das jagte Kapis jedes Mal Angst ein. Einige Quallensteine waren in den Wänden eingelassen, deren sanftes Licht spiegelte sich im See und wurde von den Wänden reflektiert. Trotzdem hatte Kapis immer das Gefühl, dass in den unzähligen, dunklen Nischen etwas Grausiges auf ihn lauerte. Zuweilen kam es ihm auch vor, als ob er Stimmen hörte. Es war nicht mehr als ein leises Flüstern, wie ein sanfter Windhauch. Als ob ihn jemand rufen würde!

Der Baumeister schüttelte seine Angst ab, die ihm immer kindisch vorkam und nahm seinen Mantel aus gebleichtem

Seegras auf den Arm, hier brauchte er ihn nicht. Seine reich bestickte Tunika aus glänzender Seespinnenseide und die leichten Hosen waren schon zu warm. Er hätte besser die Füßlinge anziehen sollen statt der feinen Stiefel! Auch wenn sie bloß bis zum Knöchel reichten, schwitzten seine Füße jetzt schon. Innerlich verfluchte Kapis in diesem Moment seine Eitelkeit, aber einen guten Eindruck zu machen, gehörte zum Geschäft und war ihm zur Gewohnheit geworden.

Kapis stieg aus und machte sich auf den Weg zu der Pforte, die ein paar Treppenstufen höher in die Wand eingelassen war. Das silbrig glänzende Material der Tür leuchtete, als sei dahinter ein Palast verborgen. In Wirklichkeit aber war es der Eingang zu einem Labor.

Kapis keuchte, er sehnte sich nach seinem zu Hause, in dem es immer angenehm kühl war.

Er zog kräftig an der Klingelschnur, obwohl er wusste, dass es einen Moment dauerte, bis der Diener auf sein Zeichen reagieren und die Tür öffnen würde.

Kapis ließ sich auf der kleinen Steinbank nieder, die neben der Pforte aufgestellt war und streckte die Beine von sich. Drei Tage und Nächte hatte er in der Muschel gesessen, jetzt war er müde und hungrig und wünschte sich sein bequemes Bett herbei.

Aber zuerst hatte er noch ein wichtiges Geschäft mit dem Heiler Orames abzuwickeln, der hier schon seit dreißig Jahren in der Verbannung lebte.

Kapis wischte sich den Schweiß von der Stirn, schloss die Augen und ruhte ein wenig. Ihm stand noch ein Fußmarsch bevor, auf den er lieber verzichtet hätte. Er legte die Hände auf seinen Bauch, der weit hervorstand und den Stoff der Tunika bis zum Zerreisen spannte.

Ich hätte auf das Bankett vor meiner Abreise verzichten sollen! Das wird langsam zu viel! Als königlicher Ratgeber erhielt Kapis eine Menge Einladungen, die er nicht immer ablehnen konnte.

Zum einem waren diese Festessen eine gute Gelegenheit, um an Informationen zu kommen, denn so mancher Gast wurde nach zu viel Beralienschnaps unvorsichtig und plauderte aus dem Nähkästchen. Zum anderen erwartete man auch, dass alle Ratgeber erschienen, wenn der König geladen hatte.

Und das Bankett vor drei Tagen war interessant gewesen!

Dabei hatte Kapis viel mehr gegessen, als für ihn gut war und auch dem Schnaps ausführlich zugesprochen.

Aber im Gegensatz zu anderen Gästen konnte er dann seine Zunge immer noch im Zaum halten. Aber leider nicht sein Gewicht.

Er war nicht groß, aber während seiner Zeit als Arbeiter im Bautrupp hatte er sich viel bewegt. Das war vorbei.

Seit er das Geschäft von seinem Vorgänger übernommen hatte, musste er viele Stunden am Schreibtisch sitzen, und das hatte ihn träge und faul werden lassen.

Na ja, in Zukunft kommt es darauf sowieso nicht mehr an, der Thron ist breit genug für mich, dachte er mit einem höhnischen Grinsen.

Schließlich – es kam ihm wie eine Ewigkeit vor – öffnete sich die Pforte.

Wigan schaute heraus, beim Anblick des Baumeisters nickte er und ließ ihn eintreten.

Wigan war seit einer Ewigkeit der ergebene Diener des Verbannten.

Er war groß und dünn, seine graue Tunika und die ebenfalls grauen Hosen schlotterten ihm beim Gehen um die Beine, und man hatte immer den Eindruck, dass der leiseste Windhauch ihn umwerfen könnte.

Aber der alte Mann war ein zäher Bursche, konnte für zwei essen – worum ihn Kapis sehr beneidete – und war Auge und Ohr seines Meisters.

Die beiden lebten alleine in dem riesigen Höhlenlabyrinth, ab und zu kam ein Bote vorbei und versorgte sie mit dem Nötigsten.

Wortlos verband Wigan dem Besucher die Augen, und obwohl sich Kapis immer darüber ärgerte, ließ er es ohne Murren über sich ergehen. Die Binde abzuziehen hätte Kapis nichts gebracht, den Weg ins Labor hätte er ohne den Diener nicht gefunden.

Das Labor lag tief im Innern des Labyrinthes, der Weg dorthin war ein Geheimnis, dass Wigan nicht preisgeben wollte. Kapis hatte versucht, ihn zu bestechen, aber der Diener blieb stur. Er machte sich einen Spaß daraus, die Anweisungen seines Herrn wörtlich auszuführen.

Und Orames Nedil hatte ihm eingeschärft, niemandem den Weg in sein Labor zu zeigen!

Und so musste der Besucher leider blind hinter Wigan herlaufen, durch ein Seil mit seinem Führer verbunden.

Auf dem sandigen Boden verursachten ihre Schritte selten

Geräusche, Wigan war stumm, und so wurde der lange Weg für den Baumeister immer zur Qual.

Er versuchte unterwegs, sich die Gänge und Abzweigungen zu merken, die Schritte zu zählen und irgendwelche Anhaltspunkte zu finden, an denen er sich orientieren konnte. Doch in all den Jahren, in denen er den Forscher hier schon besucht hatte, war es Kapis nicht gelungen, sich den Weg zu merken. Er hatte eher den Eindruck, dass der Diener jedes Mal einen anderen Weg wählte.

Wie viele Wege gab es hier unten?

Der alte Mann führte Kapis mit langsamen Schritten zwei Stunden lang durch die endlosen Gänge, ständig ging es bergauf und bergab. Auch hier wuchsen überall Algen an den Wänden, ein paar Quallensteine gaben spärliches Licht ab.

Für Wigan war das allerdings kein Problem, er war hier seit dreißig Jahren zu Hause und kannte das Labyrinth in- und auswendig. Als Orames nach einem Eingriff bei einer werdenden Mutter Berufsverbot bekam und ins Exil verbannt wurde, brachte man ihn und seinen Diener in diesen Höhlenkomplex.

Nach einiger Zeit stellten sie fest, dass diese abgeschiedene Gegend das richtige für sie war. Niemand würde sie bei ihren Forschungen stören, gemeinsam konnten sie an der Entwicklung eines Heilmittels gegen die Wasserkrankheit forschen.

Immer wieder erkrankten Kleinkinder daran, keiner wusste, warum und wie man sie heilen konnte. Also hatte sich Orames schon während seiner Ausbildung darum bemüht, alles zu erfahren, was mit der Krankheit zusammenhing. Jede kleinste Information war wichtig!

Alle Korallenwesen besaßen ein zweites Atmungsorgan, das sie im Wasser mit Sauerstoff versorgte. Es war in ihren Haaren verborgen, und schaltete sich automatisch ein, sobald sie ins Wasser eintauchten. Durch kleinste Öffnungen im dichten Deckhaar wurde das Wasser angesaugt, der Sauerstoff herausgefiltert und durch spezielle Gefäße zur Lunge geleitet. Das Wasser und der verbrauchte Sauerstoff wurden über das Unterhaar abgeleitet.

Die Luftröhre war im Wasser komplett verschlossen, die Korallenwesen konnten daher sprechen, essen und trinken.

Bei den erkrankten Kindern funktionierte das alles nicht, sie waren im Wasser verloren. Viele Korallenwesen konnten aufgrund dieser Krankheit nicht die Höhlen ihres wasserdichten Königreiches verlassen.

Vorerst sollte niemand von Orames Forschung erfahren. Erst, wenn er sein Ziel erreicht hatte, wollte Wigan ins Königreich zurückkehren und es dort präsentieren.

»Das ist meine Absicherung, damit kann ich mich freikaufen«, hatte Orames seinem Diener erklärt. Und Wigan stimmte zu und versprach, vor dem Baumeister zu schweigen und auch dem Boten kein Sterbenswörtchen darüber zu sagen.

Nach einem Tunnel kam der nächste, der Baumeister schwitze immer mehr, seine Beine wurden müde und der Durst quälte ihn. Auch der Mantel auf seinem Arm wurde immer schwerer. Jetzt machte sich die lange Reise zum Witjasgraben erst so richtig bemerkbar.

Diese Meeressenke lag nordöstlich der Korallensee, hunderte von Seemeilen vom Faranon entfernt und viele hundert Meter tief.

Im Stillen verfluchte Kapis König Maris von Faranon, diesen Ort und Wigan bereits zum tausendsten Mal, aber es half alles nichts.

Wird ja bald ein Ende haben, dachte er und schleppte sich weiter voran. *Zumindest meine Seepferde können sich erholen, während ich Idiot hier herumstapfen muss!*

Glücklicherweise war dies sein letzter Besuch im Exil. Danach würden die Dinge ihren Lauf nehmen, und er musste diese Strapazen nicht mehr ertragen. Als er schon um eine Pause bitten wollte, hielt Wigan an und nahm dem Besucher die Augenbinde ab. Sie standen auf einem Treppenabsatz mit zwei Türen.

Hinter ihnen lag ein langer, niedriger, schwach erleuchteter Korridor. Links davon führte eine schmale, gewundene Treppe nach unten. Der Anblick war Kapis bestens bekannt.

Na endlich, dachte er erleichtert und wischte sich den Schweiß von der Stirn.

Hinter der rechten Tür verbargen sich die privaten Räume von Wigan, hinter der anderen Tür war das Quartier von Orames.

Es bestand aus einem kleinen Raum, der mit allerlei Annehmlichkeiten ausgestattet war, nicht ganz so komfortabel wie die alten Räume in Faranon, aber annehmbar. Der wesentlich größere Raum, in dem das Labor eingerichtet war, lag dahinter und war durch einen dicken Vorhang abgetrennt. Kapis hatte allerdings noch keinen Blick dort hineingeworfen. Ihn ekelte der Gedanke an das, was sich womöglich hinter diesem Vorhang verbarg.

Wigan klopfte an die Tür, statt einem Türschloss befand

sich über dem Griff ein großes »O«, darauf legte er seine Hand und die Tür öffnete sich geräuschlos.

Perimat saß in seinem Sessel in dem großen, abgedunkelten Raum, der zu seinen Privatgemächern gehörte und ließ sich seine Mahlzeit schmecken.

Der Herrscher der Salpeken bevorzugte alleine zu speisen, er wollte während des Essens nicht das lästige Geschnatter seiner Ehefrau ertragen müssen. Und auch nicht das seines Hofstaates, alles Heuchler und Speichellecker, die ihm lästig waren. Aber er musste sie akzeptieren, um den Schein zu wahren.

Bei seiner Ehefrau war das nicht nötig, er hatte sie aus politischen Gründen geheiratet, da sie der ehemals herrschenden Familie angehörte. Und nachdem er pflichtbewusst drei Kinder mit ihr gezeugt und seine Rivalen um den Thron ausgeschaltet hatte, war sie für ihn überflüssig geworden. Wie ein alter Mantel, den er nicht mehr brauchte!

Auch die Kinder durften ihn hier nicht besuchen. Seinen Sohn Ramal liebte er von ganzen Herzen, er war stolz auf den Burschen. Der Junge hatte bereits früh begriffen, dass er der Thronerbe war und verhielt sich auch so. Perimat verbrachte mit ihm so viel Zeit wie möglich. Seine Töchter hingegen waren ihm fremd und auch egal. Die gehörten seiner Ehefrau.

Nachdem Perimat seine Mahlzeit beendet hatte, wartete er noch, bis sein Diener Darion das Tablett mit dem Rest der Köstlichkeiten weggebracht hatte, dann stand er auf und begab sich zu seiner Kleiderkammer.

Sie war größer als die seiner Ehefrau, der Herrscher war

ein eitler Mann, der sich mehrmals am Tag umkleidete. Und täglich badete und sich die langen, weißen Haare frisieren ließ. Auch dafür war Darion zuständig.

Nach langem Suchen hatte Perimat eine weite, bequeme Tunika und ebenso bequeme Hosen gefunden, in die er hineinschlüpfte.

Bei dem, was er jetzt tun musste, brauchte er keine wertvolle Garderobe, die er sonst bevorzugte.

Er ging barfuß in einen Raum nebenan, dort befand sich ein kleiner Teich. Die Wände waren mit Zeichnungen verziert, ein kleines Fenster gewährte den Ausblick auf den Eisgarten, auf den der Herrscher besonders stolz war. Ein paar Quallensteine verströmten ihr blaues Licht und sorgten für eine gedämpfte Atmosphäre im »Denkzimmer«, wie Darion diesen Raum insgeheim bezeichnete.

Neben dem Eingang, auf einem Podest, stand eine große, bequeme Liege. Sie war aus Eis geschnitzt und mit vielen Verzierungen versehen.

In einem Alkoven neben der Liege standen Erfrischungen. Darion wusste, dass sein Herr gerne längere Zeit in diesem Raum verbrachte. Er ahnte allerdings auch, was Perimat dort machte.

Der Diener wäre aber nicht auf die Idee gekommen, ihn dabei zu stören. Das hätte dem Herrscher gar nicht gefallen!

Perimat hatte dafür gesorgt, dass seine Untertanen keinen Befehl in Frage stellten oder ihn gar verweigerten – die Strafen für Ungehorsam oder Majestätsbeleidigung waren drastisch und meistens tödlich.

Perimat legte sich hin und breitete die dünne Decke aus

Seespinnenseide über sich aus. Ein Lächeln erschien auf seinem Gesicht, als er sich in die Kissen zurücklehnte. Alles lief zu seiner größten Zufriedenheit.

Seine Thronbesteigung vor vielen Jahren war der erste Schritt zur absoluten Macht über alle Weltmeere und deren Lebewesen. Danach beschaffte er sich Informationen über die anderen Meeresvölker – er brauchte »Verbündete« bei seiner Machtübernahme.

Der Herrscher der Salpeken besaß Fähigkeiten, die es ihm erlaubten, unbemerkt in den Geist anderer einzudringen und ihre Gedanken zu lesen. Er konnte sie manipulieren und so für seine Zwecke nutzen und sie auch mit der Stimme eines anderen sprechen lassen. Das hatte er in der Vergangenheit schon öfter getan, und damit den gewünschten Erfolg erzielt.

Niemand wusste von Perimats Plänen und das sollte nach seinem Willen auch so bleiben. Vor einigen Jahren hatte er festgestellt, dass das Königreich Faranon der geeignete Ausgangspunkt für seine Ziele war. Denn er hatte dort ein Korallenwesen entdeckt, dass seinen Vorstellungen entsprach und ihm den gewünschten Einfluss ermöglichte.

Perimat schmunzelte und schloss die Augen.

Kapis, dachte er und sein Geist wanderte durch die Weltmeere ...

Orames stand an seinem Arbeitstisch im Labor und füllte eine helle Salbe in einen Tiegel.

Der Arbeitsbereich des Heilers war recht groß und an beiden Seiten von hohen Regalen gesäumt, darauf stapelte sich ein unglaubliches Sammelsurium von Gegenständen.

Orames verschloss den Tiegel und steckte ihn in eine Tasche seiner blassgelben Tunika, die bis zu den Knien reichte.

Er hatte wie alle Korallenwesen hohe, dünne Augenbrauen, und seine schräg stehenden, grünen Augen in dem faltenreichen Gesicht registrierten alles, was um ihn herum geschah. Seine grauen Haare trug er zu einem dicken Zopf geflochten, der am Hinterkopf hochgebunden war. Der Zopf hätte ihn sonst beim Gehen behindert, da er bis zu den Füßen reichte. Einst war er groß und stattlich gewesen, aber die Jahre in der Verbannung und sein Alter hatten ihre Spuren hinterlassen. Die langen, zierlichen Gliedmaßen passten nicht mehr so recht zu dem gebückten Mann, der sich mit schlurfenden Schritten bewegte. Aber sein Geist war noch hellwach, er hatte glücklicherweise im Exil nicht gelitten.

Als Orames hörte, dass sich die Tür öffnete, rieb er sich die Hände an einem Tuch ab und ging in den vorderen Raum.

Neben dem großen Bett befand sich dort ein Schreibtisch, etliche Regale und zwei große, bequeme Sessel. Quallensteine erhellten den Raum.

»Du bist da!« rief Orames und tat erfreut, als Kapis eintrat.

Die große Tür schloss sich lautlos.

Seit Orames Verbannung kam Kapis viermal im Jahr vorbei, um seinem Freund das Neueste zu berichten und ihn mit den gewünschten Zutaten zu versorgen.

Auch diesmal zog er aus der Tasche seines Mantels einige Säckchen, die er auf den Schreibtisch legte.

»Die Kräuter, die du beim letzten Mal erwähnt hast«, sagte er bedeutungsvoll und grinste.

Orames nickte. Mit diesen Kräutern stellte er ein Getränk

her, das ihm und Wigan den Aufenthalt in dieser warmen und feuchten Umgebung erträglicher machte.

Die beiden Männer umarmten sich herzlich, und Orames bat seinen Gast, Platz zu nehmen. Kapis betrachtete seinen langjährigen Freund eingehend.

Der Heiler sah aus wie immer: gebückt, dünn, übernächtigt und blass. Eben wie ein alter, gebrochener Mann, aber der Eindruck täuschte. *Das Wissen in seinem Kopf hält ihn jung,* dachte der Baumeister.

»Ich habe gute Neuigkeiten«, sagte Orames leise. »Wir haben es beinahe geschafft!«

»Dann kann es ja bald losgehen«, erwiderte Kapis und rieb sich grinsend die Hände. *Noch diese Kleinigkeit, dann bin ich am Ziel!*

Er legte den Mantel ab, warf sich in einen der bequemen Sessel und streckte die Beine von sich. Gerne nutzte er die Gelegenheit, sich ein wenig auszuruhen. Am liebsten hätte er auch noch die Stiefel ausgezogen!

Orames hielt ihm einen Becher mit klarem Quellwasser entgegen. Der Baumeister trank ihn in einem Zug leer.

»Wie war die Reise?« erkundigt sich der Heiler.

»Gefährlich, so wie immer. Ein Fischschwarm hat mich eine ganze Zeitlang verfolgt, meine Seepferdchen mussten Höchstleistungen vollbringen, um diesen lästigen Biestern zu entkommen. Und dann diese Strömungen! Es kommt mir so vor, als würden sie mit der Zeit immer stärker werden. Irgendwas scheint hier unten vor sich zu gehen. Habt ihr nichts davon gemerkt?«

»Oh doch! In letzter Zeit gab es viele kleine Beben, die können die Strömungen schon beeinflussen. Aber zum Glück hast du die Reise ja gut überstanden.«

»Tja, ich hoffe, dass ein weiterer Besuch nicht mehr nötig sein wird«, sagte der Baumeister voller Zuversicht und füllte sein Glas auf. »Du wirst demnächst abgeholt, ich meine, ganz offiziell. Du wirst in einer anständigen Muschel reisen, die bequeme Sitze hat, musst nicht selber lenken, sondern kannst ganz entspannt die Heimreise antreten und darfst dich auf einen großen Empfang freuen«, teilte er seinem Freund mit und grinste.

»Du bist also fest entschlossen, beim König ein gutes Wort für mich einzulegen?« fragte Orames lauernd und dachte bei sich:

Das würdest du bloß für dich selber tun!

Kapis nickte und klatschte in die Hände.

»Es wird Zeit, dass du hier verschwindest. Du bist der größte und beste Heiler, der dem Königreich Faranon jemals gedient hat, verfügst über außerordentliche Kenntnisse und Fähigkeiten. Du musst wieder ein geachteter Mann werden. Und mit dem Heilmittel kannst du deine Verbannung rückgängig machen.«

Orames blickte ihn forschend an. *Mein Heilmittel ist für dich sehr wertvoll, nicht wahr? Was planst du wirklich, Kapis?*

»Und wenn sie gar nichts von dem Heilmittel wissen wollen?«, fragte Orames und setzte einen ängstlichen Gesichtsausdruck auf, um den Baumeister von seiner Unsicherheit zu überzeugen.

Kapis bemerkte die Nervosität und Angst seines Freundes und zuckte innerlich zusammen. Der einst so große und gefeierte Heiler war in diesem Exil zu einem verängstigten Kind geworden. Zu einem gefährlichen Kind mit zu viel Wissen!

»Sei unbesorgt, sie werden begeistert sein, und vor allem dankbar«, versuchte er den Freund zu beruhigen. »Denk lieber an den Augenblick des Triumphes, wenn du dem König gegenüberstehst. Ich werde dafür sorgen, dass er über deine Forschung Kenntnis erhält.«

»Wie denn? Willst du ihm erzählen, dass du mich seit meiner Verbannung heimlich besuchst?«

Aufgebracht sprang Orames auf und lief ihm Zimmer auf und ab. Er fingerte nervös an seiner Tunika herum, rückte die Gegenstände auf den Regalen hin und her und warf einen theatralischen Blick an die Decke.

Kapis lachte und machte eine wegwerfende Handbewegung.

»Wigan wird den König über deine Forschungen informieren. Wenn das Heilmittel fertig ist, kann er nach Faranon zurückkehren, und alles erklären«, erwiderte Kapis gelassen.

»Und du denkst, man wird ihm Glauben schenken? Er ist immerhin mein Diener, das ist bekannt! Er wird sich weigern, nochmals einen Fuß ins Korallenreich zu setzen, aus lauter Angst, man könnte ihn inhaftieren! Und wie soll er denn dem König von meiner Erfindung berichten, er ist doch stumm!« Orames' Stimme überschlug sich beinahe. Herausfordernd sah er den Baumeister an. *Jetzt lass mich hören, wie du dir das vorgestellt hast!*

»Glaub mir, Wigan ist ebenso froh, von hier wegzukommen, wie du. Es ist nicht angenehm hier unten. Und man wird ihm glauben, schließlich bringt er ein Fläschchen deines Heilmittels als Beweis mit. Und was das Reden angeht – man kann gute Neuigkeiten auch schriftlich mitteilen!«

Kapis machte sich deswegen keine Sorgen, alles war von ihm sorgfältig bedacht und geplant. Und langsam nervten ihn die ständigen Zweifel von Orames! Er gähnte herzhaft und warf einen Blick auf das Bett. Er sehnte sich nach einer guten Mahlzeit und erholsamem Schlaf!

»Und wenn die anderen Mediziner mit meiner Rückkehr gar nicht einverstanden sind?« hakte Orames nach. »Sicher wird sich keiner von ihnen freuen, mich wiederzusehen!« Er dachte dabei besonders an die Oberste Heilerin Bola Chron. *Sie wird es als Zumutung empfinden, meinetwegen ihren Platz räumen zu müssen!*

»Ich bin mir sicher, dass man dafür eine gute Lösung finden wird. Und der König wird durchaus verstehen, wenn du nicht mehr als Heiler arbeiten, sondern lieber deine eigenen Forschungen betreiben willst. Und alle werden dir die Achtung und Ehre entgegenbringen, die du verdient hast. Von den anderen Vorzügen ganz zu schweigen. Eine große, helle Höhle, ausgestattet mit allem, was dein Herz begehrt ...«

Ich habe bereits alles, was mein Herz begehrt, dachte Orames spöttisch. *Jeder Heiler in Faranon würde mich um mein Labor beneiden, wenn er es sehen könnte, du Trottel!*

»Und denk daran, wenn dein guter Ruf wiederhergestellt ist und Meria von deinem Heilmittel erfahren hat, wirst du garantiert noch einmal zum Wissenschaftskongress eingeladen, das wäre doch ein unglaublicher Triumph!«

»Hör auf, ich habe verstanden!« unterbrach ihn Orames ungeduldig. *Der Baumeister legt sich ja mächtig ins Zeug, um mich zu überzeugen!* Orames ließ sich in den Sessel fallen und strich mit den Fingern über die Lehne. *Soll Kapis doch glauben, dass er meine Zweifel beseitigt hat,* dachte er und seufzte theatralisch. »Ich bin ja froh, wenn ich hier rauskomme und wieder zurückkehren kann.« Er blickte Kapis treuherzig an. »Aber es dauert alles so lange!«, fuhr er mit jammernder Stimme fort.

»Alles braucht eben seine Zeit«, versicherte ihm der Baumeister und tätschelte den Arm des Forschers.

Kapis wusste aus eigener Erfahrung, wie wichtig Geduld und Vorsicht waren, wenn man ein gewisses Ziel verfolgte. Er selbst hatte die Absicht, König von Faranon zu werden und sah sich schon auf dem Thron, mit der Königstätowierung auf seinen Wangen. Und er glaubte fest daran, dass er dieses Ziel auch erreichen würde. Wenn die Zeit dafür reif war!

Kapis plante diese Machtübernahme bereits seit vielen Jahren. Von seinem Ehrgeiz angetrieben, wollte er schon immer mehr als ein Baumeister sein. Allerdings benötigte er dazu die Hilfe anderer, verschwiegener Handlanger, die mehr oder weniger freiwillig für ihn arbeiteten. Kapis war geschickt, wenn es darum ging, andere für seine Zwecke zu nutzen. Erpressungen und Drohungen waren ebenso wirkungsvoll wie Belohnungen oder Verspechen. Er hatte großzügig davon Gebrauch gemacht, um dahin zu kommen, wo er heute war.

Und der Baumeister war stolz auf seine Erfolge und seinen Status, die ihm viel Einfluss verschafften. Er war Mitglied im königlichen Rat, Oberhaupt seiner Familie und im ganzen Königreich angesehen. Aber das genügte nicht, um König zu werden. Er schaltete seine geschäftlichen Konkurrenten der

Reihe nach aus und sorgte gleichzeitig dafür, dass die Angriffe der Dornenkronenseesterne in den letzten zehn Jahren immer mehr zunahmen, und ihm so genügend Aufträge zukamen. Damit wurde das Königreich von ihm abhängig und Kapis genoss diese Macht!

Und das Heilmittel gegen die Wasserkrankheit, an dem Orames seit vielen Jahre arbeitete, war für Kapis ein perfektes Druckmittel, dass er im Ernstfall gegen den König und die Ratgeber einsetzen konnte. Der Heiler glaubte fest daran, dass es hier allein um seine Rückkehr und die Wiederherstellung seines Rufes ging. Orames war zwar ein Genie, aber er kannte eben nicht die ganze Wahrheit.

Kapis hatte also alle Trümpfe in der Hand! Bis zum Thron war es ein kleiner Schritt – er würde ihn mit Freuden machen!

Kapis dachte genüsslich an die nächsten Wochen, in denen sich im Königreich vieles ändern würde. Eine große Schlacht stand bevor, mit mehr als einem Feind – für das Heer eine unlösbare Aufgabe. Und viele Korallenkrieger würden ihr Leben verlieren, womöglich auch der eine oder andere General, einen solchen Verlust konnte das Kriegerheer von Faranon nicht verkraften.

Und danach war es für Kapis ein Kinderspiel, den König bei seinen Ratgebern und dem Volk in Misskredit zu bringen.

Ein paar sorgsam platzierte Bemerkungen zur richtigen Zeit, gelegentlich ein kleines Geschenk und das passende Versprechen und alles erledigte sich von alleine. Die Vorfreude darauf machte ihn ganz nervös.

Bleib ruhig, ermahnte er sich selbst. *Du darfst nicht übermütig werden oder unvorsichtig! Sonst war alles umsonst!*

Er wischte sich den Schweiß von der Stirn.

Es klopfte an der Tür.

Wigan brachte das Essen, die Platte genügte für Orames und seinen Besucher. Es roch so appetitlich, dass Kapis das Wasser im Mund zusammenlief.

»Ah! Eine leckere Mahlzeit!« sagte Orames vergnügt und nahm Wigan die Platte ab.

Der Diener ging hinaus und zog die Tür hinter sich zu.

Wigan hatte längere Zeit an der Tür gestanden und gelauscht, bevor er eingetreten war. Er wusste von dem Plan, den Kapis vor einigen Jahren geschmiedet hatte. Orames hatte ihm alles ausführlich erzählt, allerdings war Wigan ebenso wenig von Kapis Versprechen überzeugt wie sein Meister.

»Er denkt nicht im Traum daran, mich hier rauszuholen, glaub mir«, hatte Orames damals erklärt. »Kapis geht es um was ganz anderes. Er will Macht! Und ich soll ihm dabei helfen.«

»Warum machst du dann mit? Du brauchst diesen Kapis doch gar nicht!«

Orames machte seinem Diener klar, dass es ihm dabei um Informationen ging. Er wollte wissen, was im Königreich vorging, es war immer gut, auf dem Laufenden zu sein. Denn wenn er eines Tages zurückkehrte, wollte er auf alles vorbereitet sein. Das leuchtete Wigan ein. Und Kapis zögerte nicht, Orames das Neueste zu erzählen, er war eine wahre Fundgrube an Geschichten, Gerüchten, Intrigen und Lügen, die im Königreich umhergingen.

Und während der Baumeister glaubte, den Heiler bei Laune halten zu müssen, ihm Mut machte, damit er durchhielt, amüsierte sich Orames köstlich über die Art, mit der Kapis sich um ihn »kümmerte.« Es war rührend!

Wigan mochte Kapis nicht, die herablassende Art, mit der der Baumeister ihn von Anfang an behandelt hatte, gefiel ihm ebenso wenig wie die Tatsache, dass er sich gegenüber Orames als Wohltäter ausgab.

Wie sehr hatte sich Kapis bemüht, den Aufenthalt für den Heiler so angenehm wie möglich zu gestalten!

Offiziell galt er als bedeutender Baumeister, engster Berater des Königs und absolut loyal. Aber in Wirklichkeit war er gefährlich, gerissen, und beschäftigte viele Spitzel – dass hatte Wigan von Orames erfahren.

»Hüte dich vor ihm«, hatte ihn der Heiler gewarnt. »Kapis Interesse gilt nur seinen eigenen Zwecken und mein Vertrauen hat Grenzen.«

Wenn dies tatsächlich Kapis letzter Besuch ist, dann sollte er *besser gar nicht nach Faranon zurückkehren*, beschloss Wigan, nachdem er das Essen gebracht hatte. *Orames schafft das auch alleine, und Kapis kann seine Pläne vergessen!*

Grimmig lächelnd ging er in seine Räume zurück und wartete.

Die beiden Faraner saßen nach dem Essen zufrieden am Tisch. Der eingelegte Fisch und das Fletagemüse waren vorzüglich gewesen, der Beralienschnaps rundete das Ganze ab. Wigan war ein erstklassiger Koch, auch deshalb wollte Orames nicht auf seine Gesellschaft verzichten.

»Wie lange wird es dauern, bis das Heilmittel endgültig fertig ist?« fragte Kapis lauernd.

Orames sah den Baumeister an und bemerkte den gierigen Blick in dessen Augen. *Du kannst es gar nicht abwarten, was?*

»Noch ein paar Wochen«, antwortete der Heiler »Es fehlt noch eine Kleinigkeit, ich möchte, dass es perfekt ist.«

»Oh wunderbar! Das wird ein unglaublicher Triumph!«

»Willst du dich vor deiner Rückreise ausruhen? Du wirkst erschöpft, mein Freund«, fragte Orames und zeigte auf sein Bett. Es war groß und breit und mit weichen Decken und Kissen belegt.

»Nein, nein, ist gut«, wehrte Kapis lachend ab. »Das schaffe ich schon. Ich möchte auch meine Reittiere nicht so lange hier unten lassen. Die Hitze, du weißt, ich vertrage sie nicht.«

Hektisch stand er auf und streckte sich. Seine Muskeln schmerzten. Kapis dicker Bauch wölbte sich hervor, und Orames blickte angeekelt zur Seite. Er mochte es nicht, wenn sich jemand derart gehen ließ. *Du schätzt die guten Seiten deines Lebens zu sehr, mein lieber Kapis! Und garantiert sorgst du jeden Tag dafür, dass es auch so bleibt,* dachte der Heiler.

Er stand ebenfalls auf und zog ein langes Gesicht.

»Ich habe mich in dreißig Jahren nicht an die Hitze gewöhnt. Ich bin wirklich froh, wenn ich hier rauskomme!« jammerte er noch einmal.

»Ach, die Salbe für meine Füße, die du mir versprochen hast, ist sie fertig?« fragte Kapis.

»Ja«, Orames griff in die rechte Tasche seiner Tunika und nahm den Tiegel heraus. »Sei vorsichtig, du darfst nur wenig auftragen, sonst brennt es wie Feuer.«

»Keine Sorge, ich werde aufpassen«, versicherte Kapis und umarmte den Heiler.

Orames zog an der Klingelschnur neben seinem Schreibtisch, kurz darauf erschien Wigan und führte den Besucher hinaus.

Orames ließ sich in den Sessel fallen, er fühlte sich unendlich erleichtert. Er ahnte, dass er Kapis nicht mehr wiedersehen würde. Aber das wäre kein Verlust!

Orames lachte kurz auf. *Eines Tages werde ich erhobenen Hauptes durch diese Tür gehen und nicht mehr zurückkehren!*

Wigan sprach nicht mit Kapis. Er hatte sich angewöhnt, gegenüber dem Besucher so zu tun, als sei er stumm. Das erleichterte manches.

Er führte den Baumeister auch absichtlich über verschiedene Wege zum Labor, so dass der dicke Mann lange laufen musste, bis sie schließlich da waren. In Wirklichkeit lagen die Räume wenige Meter hinter der Pforte, aber Wigan fand es spaßig, dem Baumeister schwitzen zu lassen. Außerdem stierte er immer mit leerem Blick in die Luft, wenn Kapis in der Nähe war, so dass dieser glauben musste, er sei leicht schwachsinnig.

Orames wusste von diesem Spiel, er fand es ganz amüsant.

»Soll er doch glauben, dass du stumm und nicht ganz richtig im Kopf bist. Auf diese Weise erfährst du vielleicht einige interessante Dinge!«

Dass er von Kapis tatsächlich so einiges erfahren hatte, verschwieg Wigan allerdings vor seinem Herrn.

Denn der Baumeister brummelte auf den langen Fußmärschen gerne vor sich hin, erzählte irgendwas von einem Neffen, der seine Geschäfte fortführen würde, sollte ihm, Kapis, ein Unheil zustoßen. Und dass er große Pläne für die Zukunft habe, von denen niemand wisse. Leider erzählte er keine Einzelheiten, und so hatte Wigan beschlossen, diese Informationen vorerst für sich zu behalten.

Kapis gab ihm eine kleine Schriftrolle, bevor ihm die Augen verbunden wurden.

»Ließ das, wenn ich weg bin. Darin stehen Anweisungen für dich.« Wigan nickte, ließ das Papier in einer Falte seines Gewandes verschwinden und verband Kapis die Augen. Dann setzen sich die beiden Männer in Bewegung.

Er glaubt tatsächlich, dass er mich herumkommandieren kann! Armer Kapis, dachte der Diener. Er schüttelte den Kopf und ging noch langsamer als sonst.

Wigan wählte den Weg zur Quelle, sie lag tief unten im Labyrinth und war schwer zu erreichen. Dies war die einfachste Methode, den Baumeister für immer loszuwerden, auch wenn es ein langer Weg war. Aber sie hatten ja alle Zeit der Welt!

Danach wird es garantiert nicht lange dauern, bis jemand hier auftaucht und nach ihm fragt. Denn ein mächtiger Mann wie Kapis Broman kann nicht unbemerkt verschwinden! Und wer auch immer nach ihm sucht, er wird monatelang hier unten umherirren, ohne eine Spur zu finden. Dafür sorge ich, dachte Wigan und grinste.

Er würde seinem Herrn vorerst nichts davon erzählen. Orames hatte Wichtigeres zu tun, als sich über den Verbleib von Kapis den Kopf zu zerbrechen!

Die beiden Seepferde, die am See in der Eingangshöhle warteten, waren ein Geschenk. Denn sie ermöglichten ihre

Rückkehr ins Königreich! Aber die Transportmuschel musste er noch durchsuchen, vielleicht enthielt sie was Wertvolles. Schließlich war Kapis ein vermögender Mann!

Nachdem sie den langen, schmalen Korridor verlassen hatten, stiegen sie eine große Treppe hinunter. Hier wuchsen die Algen nicht bloß an den Wänden, sondern auch auf den Stufen. Licht gab es keines, aber Wigan hatte gute Augen. Es wurde noch heißer und stickiger, und der Diener konnte hören, wie Kapis hinter ihm keuchte.

Viele steile Treppen mit ausgetretenen, rutschigen Stufen mussten die beiden Männer überwinden. Und Kapis jammerte andauernd über den schlechten Weg.

»Was ist das für ein Rückweg? So sind wir aber vorher nicht hergekommen!« beschwerte sich der Besucher. »Auch wenn du mir die Augen verbunden hast, merke ich das!«

Wigan war froh, dass er bei Kapis stumm geblieben war. *Er kann jammern, so viel er will. Er ist auf mich angewiesen, und dass weiß er! Was wird er tun, wenn er bemerkt, dass sein Plan nicht aufgeht? Das ausgerechnet der schwachsinnige Diener alles zunichte gemacht hat? Er wird schreien vor Wut, wie schade, dass es keiner hören kann!*

Wigan fand es ganz amüsant, diesen mächtigen Mann derart zappeln zu lassen.

Wer ist hier mächtig?

Kapis fragte sich verärgert, was Wigan mit dem Abstieg über die Treppe bezweckte. Er empfand es jedenfalls als Zumutung, blind über rutschige Stufen gehen zu müssen. Er war ja schließlich kein Bittsteller! Und dann diese verdammte Hitze!

Aber er wusste, dass er Wigan nicht zu fragen brauchte. *Dieser Idiot bringt ja nicht mal ein Krächzen hervor!* Und dabei wollte Kapis nichts anderes, als möglichst schnell nach Hause zu kommen. Denn wenn die Schlacht losging, musste er auf alle Fälle anwesend sein, um keinen Verdacht zu erregen!

Als der Baumeister nach einigen Stunden um eine kleine Pause bat, ließ Wigan ihn auf einem Absatz stehen und drückte ihm eine kleine Flasche mit Wasser in die Hände. Kapis setzte sich vorsichtig einen Moment hin, um auszuruhen und zu trinken.

Hoffentlich sind wir bald da, ich habe jetzt genug von dieser Treppe, fluchte er im Stillen.

Nach einer Weile rief er nach Wigan. Keine Antwort. War der Diener ohne ihn weitergegangen? Er hatte keine Schritte gehört!

»Wigan, wo bist du?« Seine Worte schallten im Durchgang, es klang beinahe wie ein Echo!

Jetzt bemerkte er den frischen Luftzug, der von links kam. Gierig sog Kapis die Luft ein, sie mussten am Ausgang sein! Dass sich der Diener nicht meldete, fand er allerdings merkwürdig.

Na, was soll's, dachte Kapis und tastete sich an der Wand nach links. Er fand keine Tür, das irritierte ihn zwar einen Moment, aber er ging weiter, diesmal führte der Weg bergauf.

Wie war das mit dem Hinweg, direkt hinter dem Eingang, fragte er sich, machte einen weiteren Schritt nach vorne und – fiel.

Überrascht und panisch zugleich schrie er auf.

Wigan stand in der Mitte des Absatzes und lächelte. Er ging zur Kante und blickte nach unten. Fünfzig Meter tiefer lag der Baumeister halb tot am Wasserlauf der unterirdischen Quelle, die ins offene Meer mündete.

Wie bedauerlich, Kapis wird seinen Freund nicht mehr besuchen, dachte Wigan voller Hohn.

Kapis Fall dauerte bloß wenige Sekunden, ihm kam es wie eine Ewigkeit vor. Er knallte auf das harte Gestein, ein dumpfer Schrei kam aus seiner Kehle.

Dann verlor er das Bewusstsein.

Viele Stunden später wachte er benommen auf und stellte fest, dass sein ganzer Körper schmerzte. Er spürte, dass er mit dem Gesicht auf feuchtem Boden lag. Auch seine Arme und Beine waren nass, ebenso sein Bauch. Er versuchte, sich auf einem Arm abzustützen, und schrie auf. Ein unglaublicher Schmerz lief durch seinen ganzen Körper. Es war ihm nicht möglich, irgendein Körperteil zu bewegen.

Direkt hinter sich konnte er das Murmeln eines Baches hören. Zu gerne hätte sich Kapis umgedreht und daraus getrunken. Seine Kehle war vollständig ausgetrocknet, aber sein Mund war nass! Er schluckte vorsichtig und schmeckte Blut. Er musste husten, dabei fühlte es sich so an, als würden seine Lungen platzen.

Ein Geruch ...Was war das?

In seinen Nasenlöchern begann es zu prickeln, es war richtig unangenehm. Er dachte eine Weile über den Geruch nach, er kam ihm so bekannt vor, was war das bloß? Orames hätte ihm sagen können, was das für ein Geruch war. *Orames!*

Jetzt fiel es ihm wieder ein. Es war der Tiegel mit der Salbe für seine Füße! Sie war bei dem Aufprall zerbrochen, der brennende Geruch trieb ihm die Tränen in die Augen.

Was soll ich jetzt machen? Wie komme ich jetzt nach Hause? Ich muss nach Hause, sofort! Wo ist Wigan, wieso hilft er mir nicht? Er muss doch sehen, wie sehr ich leide!

Die Augenbinde war beim Aufprall zwar verrutscht, aber hier unten war es so dunkel, so dass er nichts sehen konnte. Hilflos lag er da und verwünschte den Diener.

Du Vollidiot! Ich hätte euch beide nach Hause gebracht! Ihr wärt aus diesem elenden Loch herausgekommen! Und was ist der Dank? Du lässt mich hier absichtlich verrotten, du schwachsinniger Tölpel!

Kapis war selten in seinem Leben so wütend gewesen, er hätte am liebsten geschrien und jemandem den Hals umgedreht.

Wenn jemand sehen könnte, wie ich hier liege!

Der große Kapis Broman, ein Meister seines Faches, von seinem König mehrfach für seine Arbeit ausgezeichnet, lag hier am Boden, mit zerschmettertem Körper, von einem stummen Diener hereingelegt! Kapis sah sein ganzes Leben an sich vorbeiziehen, seine Erfolge, die steigende Anerkennung und seinen gesellschaftlichen Aufstieg. Er war unfähig, einen Laut von sich zu geben, dabei hatte der König so gerne seinem Rat gelauscht! Der Mann, auf dessen Wink eine Vielzahl von Spitzeln durch das Korallenreich strömte, um jede gewünschte Information zu beschaffen, war nicht mehr in der Lage, den kleinen Finger zu heben.

Der Mann, der mehr Macht und Einfluss besaß als alle anderen, würde seinen heiß ersehnten Triumph nicht erleben können.

Ich kann nicht König werden, ich muss sterben! Es ist ein grau-

sames Schicksal, das habe ich nicht verdient! Tränen der Wut und Verzweiflung liefen über seine Wangen. *Ich habe so viel investiert, und jetzt liege ich hier, alleine und so gut wie tot! Orames, Orames, hilf mir doch!*

Aber der Heiler saß weit entfernt in seiner Höhle und dachte an die Zukunft.

Kapis schloss kurz die Augen. *Es war alles umsonst gewesen!* Panik breitete sich in ihm aus, beherrschte seine Gedanken für eine ganze Weile. Und dann fiel ihm etwas ein.

Ich habe doch einen Nachfolger!

Er sah Ofiel vor sich, der seit dem Tod seiner Mutter bei ihm lebte, und den er liebte wie seinen eigenen Sohn. Der Junge wurde wenige Monate nach der Verbannung seines Vaters geboren, und Kapis hatte dafür gesorgt, dass seine Mutter nicht allzu lange lebte. Offiziell galten Mutter und Kind als tot. Orames wusste nichts von diesem Kind. Kapis hätte in diesem Moment zu gerne gelacht.

Er hatte den jungen Mann gut darauf vorbereitet, sein Nachfolger zu werden, ihn in alle seine Geheimnisse eingeweiht und ihm eingeschärft, niemandem von dem Plan zu erzählen. Er wusste auch nichts von seinem Vater.

Ofiel war gerissen, ehrgeizig und zeigte ein gutes Gespür fürs Geschäft. Der junge Mann wusste auch, wo sich Orames aufhielt, aber er würde garantiert dafür sorgen, dass der Heiler nicht nach Faranon zurückkehrte. Ja, der junge Ofiel besaß eine gewisse Skrupellosigkeit, die Kapis faszinierte und zugleich erschreckte. Aber diese Fähigkeit würde ihm als König nützlich sein und vor allem dafür sorgen, dass er eventuelle Widersacher in Schach halten konnte.

Ein würdiger Nachfolger, dachte Kapis und schloss erleichtert die Augen. *Mein Traum wird sich doch erfüllen! Ein Broman wird König sein!*

Ein tiefer, bohrender Schmerz zog blitzartig durch seinen Körper, lähmte seine Gedanken und brachte sein Herz zum Stillstand.

Als Kapis seinen letzten Atemzug machte, lag ein glückliches Lächeln auf seinem Gesicht.

Perimat schlug wütend mit der Faust auf die Liege, als er bemerkte, dass die Verbindung zu Kapis abgebrochen war. Dieser Baumeister hatte sich doch tatsächlich von einem Diener hereinlegen lassen! Ein solcher Fehler würde *ihm* nicht passieren!

Der Herrscher der Salpeken stand auf, lief hin und her und ging schließlich zum Fenster.

Im Eisgarten herrschte Stille, so wie immer, obwohl viele seiner Untertanen dort spazieren gingen. Perimat schätzte es nicht, wenn im Garten laut gesprochen oder gar gelacht wurde. Er hatte keinen Blick für die wunderschönen Skulpturen, die vor langer Zeit erschaffen worden waren und teilweise bis zur Decke hinaufreichten, wo sich das spärliche Licht in den Eiskristallen brach und ein besonderes Leuchten erzeugte. Die Spaziergänger betrachteten die Skulpturen mit großer Bewunderung, auch die Ehefrau des Herrschers und ihre Kinder waren unter ihnen.

Perimats Blick war nach innen gerichtet, in seinem Geist suchte er nach diesem Neffen Ofiel, an den Kapis kurz vor seinem Tod gedacht hatte. Dieser Junge war vielversprechend, für die Pläne des Herrschers viel besser geeignet als sein Onkel, da er leichter zu beeinflussen war. *Er ist die bessere Marionette*, dachte sich der Herrscher und musste lächeln. Ja, dieser Neffe würde ihm gute Dienste leisten ...*mal sehen, ob ich ihm nicht ein paar Gedanken senden kann, die meinen Plänen entsprechen. Aber zuerst muss ich dafür sorgen, dass er überhaupt dafür empfänglich wird. Das dürfte leicht werden, der Junge ist meinen geistigen Fähigkeiten garantiert nicht gewachsen. Das muss ich ausnutzen!*

Perimat legte sich wieder hin und zog die Decke über sich. *Es wird eine Weile dauern, bis ich seinen Geist gefunden habe,* dachte er. *Aber wenn ich erst drin bin ...*

Sein Mund verzog sich zu einem teuflischen Grinsen.

Wigan ging zurück in seine kleine Höhle, für Kapis gab es keine Hoffnung mehr. Der Baumeister hatte Knochenbrüche und innere Blutungen. Die Verletzungen durch den Sturz waren derart schwerwiegend, dass er sie nicht überleben würde, das wusste Wigan genau.

Er nahm einen Korb mit getrocknetem Seegras und ging zur Eingangshalle. Die beiden Seepferde des Baumeisters machten sich dankbar über den Inhalt des Korbes her. Sie waren kräftig, gut genährt, alles in allem in einem ausgezeichneten Zustand. Wigan löste sie vom Geschirr, damit sie ein wenig umherschwimmen konnten.

»Ihr müsst den dicken Kapis nie mehr hierherschleppen!« sagte er leise zu ihnen und streichelte ihren Hals.

Dann kehrte er zu seinem Schreibtisch zurück. Vor ihm lag die Papierrolle, die der Baumeister ihm gegeben hatte.

Mit einem Seufzer rollte er sie auf und las den Inhalt. Als er damit fertig war, schüttelte er den Kopf.

Die ganze Mühe hättest du dir sparen können, mein lieber Kapis! Ich war niemals dein Handlanger!

Mit diesen Gedanken legte sich Wigan ins Bett.

Rot und Silber

In den Stallungen des Königreiches Faranon schwammen die Soldaten der Patrouille durch die Gänge, um ihre Seepferdchen zu zäumen und zu satteln.

Zwanzig Tiere warteten geduldig darauf, von den Stallburschen und Patrouillenkriegern für den Ausritt vorbereitet zu werden. Es dauerte nicht lange, und der Truppenführer Abarai rief zum Aufsetzen.

»Abteilung marsch, erste Patrouille – mir nach!«

Das ließen sich die Krieger nicht zweimal sagen. Schnell trieben sie die Seepferde auf den Ausgang zu und strömten über den Hügel hinaus in Freie.

Die Stallungen waren außerhalb des Königreiches am äußeren Ende des Pergamahügel angebaut und lagen knapp unterhalb der Wasseroberfläche.

»Wir nehmen die südliche Route!« rief Abarai und bog nach rechts ab.

Die Patrouille bot einen seltsamen Anblick. Kleine, menschenähnliche Wesen in Uniformen, die auf Seepferdchen saßen und dabei miteinander sprachen und scherzten, obwohl sie sich im Wasser bewegten!

Direkt hinter Abarai ritt Suli Neron auf seinem Seepferdchen Roki. Der fünfzehnjährige Junge war erst seit ein paar Monaten bei der Patrouille und im Grunde noch viel zu jung für das Heer.

Aber besondere Umstände hatten dafür gesorgt, dass er

schon frühzeitig eine Uniform trug, die ihm noch zu groß war. Das gleiche galt für seinen Helm, der ihm ständig ins Gesicht rutschte.

Anfangs hatten sich noch ein paar Soldaten darüber lustig gemacht, aber als sie merkten, wie gut Suli mit seinem Reittier umging, hörten die Lästereien bald auf.

Mit der Zeit hatte sich Suli mit seinen Kenntnissen vom Königreich Faranon und dessen Umgebung Respekt verschafft. Er war gerne bei der Patrouille und genoss die täglichen Ausflüge.

An diesem Nachmittag beschlich ihn jedoch ein ungutes Gefühl. *Irgendwas ist nicht in Ordnung, wenn ich bloß wüsste, was!*

Suli beobachtete die Umgebung sehr aufmerksam. Es war wie immer viel los am Großen Korallenriff, nichts deutete auf besondere Ereignisse hin.

Lediglich Calliope war nicht zu sehen, die Meeresschildkröte war vor einigen Wochen zu ihrer Brutstätte aufgebrochen und es würde noch einige Zeit dauern, bis sie zurückkam.

Abarai drehte sich um und bemerkte die besorgten Blicke des Jungen.

»Was ist los, Suli?« fragte er.

»Ich weiß nicht, Abarai«, antwortete der Junge zögernd. »Irgendwas stimmt nicht. Aber ich weiß nicht was.«

»So? Ich kann nichts entdecken«, entgegnete der Anführer, nachdem er sich kurz umgeschaut hatte. »Du machst dir zu viele Gedanken, mein Junge. Solange die Dornenkronenseesterne nicht auftauchen, müssen wir uns keine Sorgen machen. Und jetzt auf zur Hexenschlucht!«

Den letzten Satz rief er laut, damit auch die anderen Soldaten aus der Patrouille ihn hören konnten.

Geschickt lenkten sie ihre Seepferde durch die Strömung um den letzten Hügel des Königreiches herum in die Hexenschlucht hinein.

Suli blickte zurück. Das ungute Gefühl hatte sich noch verstärkt.

Etwas Schlimmes kommt auf uns zu, und ich weiß nicht was und kann es auch nicht verhindern!

Mit diesem Gedanken folgte er seinem Offizier in die dunkle Schlucht hinter den Hügeln von Faranon.

Sanft strich der Wind über die Wasseroberfläche des Westpazifiks und das helle silbrige Vollmondlicht tauchte die Korallenbänke des großen Riffes in ein geheimnisvolles Leuchten.

Wie schön es hier ist, ein wahres Paradies! dachte die alte Meeresschildkröte Calliope. Sie schwamm von der Lagune zum äußeren Riff an der australischen Ostküste, bis sie schließlich das Königreich Faranon erreichte. Die unechte Karettschildkröte war eben von einem längeren Ausflug zurückgekehrt und total erschöpft.

Sie freute sich auf die nächsten Wochen, in denen sie sich von der anstrengenden Reise erholen konnte. Allzu häufig würde sie die weite Stecke zu ihrer Brutstätte nicht mehr schwimmen, das war klar. *Ich sollte ganz damit aufhören,* ging es ihr durch den Kopf. *Bin ja schließlich nicht mehr die Jüngste!*

Ihr Blick schweifte über die Hügel von Faranon, die sich unter ihr ausbreiteten. Insgesamt war das Königreich zehn

Kilometer lang und lag im äußersten Norden des Großen Riffs.

Für die meisten Meeresbewohner war Faranon eine Legende. Sie kannten das Königreich bloß vom Hörensagen und erzählten ihrem Nachwuchs vor dem Einschlafen Geschichten von König Faran und seinen Untertanen.

Für Calliope war Faranon tägliche Wirklichkeit, sie hielt regen Kontakt zu der Patrouille des Kriegerheeres. Und obwohl die Meeresschildkröte weit gereist war und viel gesehen hatte, war das Reich der Korallenwesen für sie der schönste Platz, den sie sich vorstellen konnte.

Es bestand aus sieben Hügeln mit unzähligen Korallen, deren terrassenartige Auswüchse in allen Farben schimmerten, einige leuchteten sogar in der Nacht!

Das ganze Riff war aus Weich-, Leder- und Röhrenkorallen erbaut. Sie ähnelten Blumen mit wunderschönen Blüten oder hatten stachelige, spitze Triebe, häufig sahen sie aus wie Federn, die in der Meeresströmung schwebten. Zwischen den vielen Korallenstöcken befanden sich kleine und große Höhlen, unzählige Tunnel und Schluchten. In ihnen lebten Muränen und Riffhaie, auch Fische und Schnecken nutzen die zahllosen Möglichkeiten, um sich zu verstecken.

Die Meeresschildkröte konnte sich an dieser Pracht nicht satt sehen, und jetzt, wo das Mondlicht darauf schien, wirkte alles noch viel schöner, wie verzaubert.

Das ganze Riff war ein riesiger Lebensraum, bevölkert von Millionen Meeresbewohnern unterschiedlichster Art. Es herrschte ein ständiges Kommen und Gehen, Wale und Haie zogen vorüber, Rochen und Delfine ließen sich blicken,

Doktor-und Papageienfische, Langusten, Krebse, Schnecken, Tintenfische und viele mehr passierten das Riff in regelmäßigen Abständen.

Und wenn ein Walhai vorbeizog, war die Aufregung unter den Riffbewohnern immer groß. Schließlich war dies der größte Fisch aller Meere!

Für die Reisenden, die zum ersten Mal hier vorbeikamen, waren allerdings die winzigen Korallenwesen von Faranon ein seltsamer Anblick. Manch einer von ihnen wunderte sich noch stundenlang über die kleinen Reiter in ihren Uniformen, die sich so geschickt auf ihren riesigen Seepferdchen durch das Riff und seine Strömungen bewegten und ganz selbstverständlich ein Teil dieses Lebensraumes waren.

Im Norden wurde das Reich vom *Putzerhügel* begrenzt, er war recht niedrig, bot aber mit seinen zahlreichen Nischen und kleinen Höhlen einen idealen Platz für die vielen Fische und Garnelen, die dort den größeren Meeresbewohnern ihre Dienste anboten.

Vom Putzerhügel aus führte eine Brücke aus Kalkstein zum großen *Sonnenfelsen*. Die Brücke war eher zufällig entstanden, ursprünglich war es die Spitze des benachbarten Sonnenfelsens, die jedoch bei einem Seebeben abgebrochen und weiter nach unten gerutscht war.

Neben dem Sonnenfelsen lag der *Mondhügel* – die Steinkorallen waren nackt, überall auf der Oberfläche waren kleine Krater.

Der *Blaukorallenfels* war für viele der schönste Hügel von Faranon. Nachts leuchteten die Auswüchse, die wie riesige

Blüten aussahen, in geheimnisvollem Blau. Es war ein atemberaubender Anblick.

Der größte Hügel war der *Medusenhügel*, übersäht von Anemonen, deren rote Polypen sich sanft in der Strömung hin und her wiegten.

Der *Seeigelfelsen* unterhalb seines Nachbarn machte seinem Namen alle Ehre. Mit all den scharfen Stacheln der Korallen sah der Hügel tatsächlich wie ein Seeigel aus, vor den Stacheln musste man sich allerdings in Acht nehmen.

Der südlichste Punkt von Faranon war der *Pergamahügel*. Niemand weiß, wie er zu dem Namen kam, er war übersäht mit wunderschönen Lederkorallen.

Von außen betrachtet, sah das Königreich ebenso aus wie der Rest des Great Barrier Reefs, innen jedoch beherbergten die Korallenhügel ein ganzes, wundersames Königreich.

Während Calliope zur südlichen Grenze des Reiches hinüber schwamm, fiel ihr das seltsame Verhalten der Riffbewohner auf.

Üblicherweise waren um diese Zeit die nachtaktiven Jäger und deren Beute unterwegs, wie zum Beispiel die Riffhaie. Aber nicht einmal eine kleine Schnecke ließ sich blicken!

Die Meeresschildkröte drehte sich um und schaute in die andere Richtung, lediglich die Korallenstöcke waren zu sehen. Das Riff war wie leergefegt! Erschrocken hielt Calliope inne. *Was hat das zu bedeuten? Habe ich die Anzeichen für ein Seebeben übersehen?*

Die Schildkröte drehte sich mehrmals um die eigene Achse, um die ganze Umgebung zu überblicken, aber im Wasser gab es keine stärkere Strömung, die Korallenstöcke wackelten und zitterten nicht wie bei einem Beben.

Calliope blickte zur Wasseroberfläche hinauf, durch die das silberne Mondlicht schien. Sie konnte sich nicht erklären, was hier vorging. Das hatte sie in all den Jahren noch nicht erlebt!

Und dann sah sie einen riesigen roten Teppich, der von Norden auf das Riff zu trieb. Sie schwamm weiter vor, um sich diesen Teppich näher anzuschauen. Dabei stellte sie mit Schrecken fest, dass es sich um unzählige Dornenkronenseesterne handelte, die den Putzerhügel hinaufkrochen und sich anschickten, sämtliche Hügel zu besetzen und die in ihnen lebenden Algen zu fressen.

Calliope starte entsetzt auf die Angreifer, es mussten tausende sein!

»Oh nein, oh nein!« murmelte sie erschrocken und schwamm mit kräftigen Schlägen zum gewaltigen Medusenhügel, der die Mitte des Reiches markierte. Das Volk der Korallenwesen musste gewarnt werden!

Die Patrouille des Kriegerheeres war nicht zu sehen, womöglich schwammen sie in diesem Moment um den südlichen Bezirk herum.

Wo aber war die zweite Patrouille, die immer in der entgegengesetzten Richtung unterwegs war? Warum hatten sie die Seesterne nicht bemerkt? Calliope verstand das nicht. Ihr blieb bloß eine Möglichkeit!

Oben auf dem Medusenhügel befand sich eine kleine Röhre. Vorsichtig blies sie dort hinein. Calliope wusste, dass die Röhre zu einem kleinen Raum führte, in dem ein Soldat des Kriegerheeres wachte. Direkt neben einem großen Gong. Und diesen Gong würde ihr Atem bewegen!

Und ihm selben Moment ertönte überall im Korallenreich ein dumpfer Ton, wurde immer lauter und ließ die Korallenwesen zittern.

Der junge Soldat in der Wachstube fiel zwar vor Schreck beinahe von seinem Sitzplatz, aber er wusste, was er zu tun hatte!

»Alarm! Alarm!«

Laut halten die Schreie der Wächter durch die zahlreichen Gänge des Korallenreiches. Sämtliche Bewohner kamen aus ihren Höhlen, blickten ängstlich um sich. Es war mitten in der Schlafenszeit!

»Bringt euch in Sicherheit, schnell!« riefen die Wächter ihnen beim Laufen zu. Bevor jemand Fragen stellen konnte, waren sie verschwunden.

Die Korallenwesen erlebten häufig Angriffe ihrer Fressfeinde, den Schnecken und Fischen, die von außen an der Hülle der Korallen nagten und sie zerstörten. Am schlimmsten waren jedoch die Dornenkronenseesterne, die aufgrund ihrer Färbung von allen »die rote Flut« genannt wurden und das Reich immer wieder überfielen.

Glücklicherweise waren die Patrouillen des Heeres immer aufmerksam und auch die anderen Riffbewohner hielten ständig nach Fressfeinden Ausschau und warnten die Korallenwesen rechtzeitig. Diesmal jedoch kam der Angriff überraschend.

»Das ist bereits das dritte Mal in diesem Jahr«, rief eine der

Frauen aufgebracht, »wie oft sollen wir denn noch umziehen?«

»Beruhige dich, Athea«, sagte ihr Mann und legte den Arm um sie, »die Baumeister werden uns neue Höhlen errichten. Du weißt doch, wie geschickt sie sind.« Die junge Frau nickte, ganz überzeugt war sie jedoch nicht. Ständig mussten sie sich neu einrichten und zu recht finden, das war auch für ihre Kinder nicht ganz leicht!

Mit einem Seufzer scheuchte Athea ihre beiden Söhne aus dem Höhlenkomplex hinaus. Draußen auf dem Hauptgang trafen sie andere Familien, die auch verschlafen und erschrocken dreinblickten.

Alle hatten bloß das Nötigste eingepackt, keines der Korallenwesen wusste, ob seine Höhle nach dem Angriff noch bewohnbar war. Angstvolle Rufe waren zu hören, die kleineren Kinder weinten, weil sie aus dem Schlaf gerissen worden waren. Die größeren Kinder stellten neugierige Fragen, manche hatten ihr Lieblingsspielzeug vergessen und wollten nochmal zurück. Andere klagten über Hunger oder andere Bedürfnisse, es war ein unglaubliches Durcheinander.

Ein ganzes Volk war auf der Flucht und drängte sich durch die Gänge zur geräumigen Halle der Ahnen, die tief unter dem Königreich lag. Dort fanden sie Schutz und Unterkunft für die nächste Zeit.

Aber es war ein weiter Weg, sie mussten zahlreiche Tunnel passieren, und viele Treppen auf und absteigen. Die Tunnel des Königreiches bestanden aus hellem Kalkgestein, blank poliert von unzähligen Händen. Sie leuchteten im sanften Blau der Quallensteine, die überall in die Wände eingelassen waren. Zu dieser Stunde konnte sich jedoch niemand an dem geheimnisvollen Licht erfreuen, geschweige denn die wunderschönen Malereien an den Wänden bewundern. Alle waren damit beschäftigt, ihre Familien zusammenzuhalten, damit keiner verloren ging und auf ihr Hab und Gut aufzupassen. Nachbarn und Freunde achteten aufeinander, und jeder versuchte, so gut es ging, an Informationen heran zu kommen.

Aber wie immer gab es bloß Gerüchte, angeblich sei der König tot, das Heer vernichtet, und Faranon vollständig zerstört.

Als Athea Stunden später mit ihrer Familie in der Halle der Ahnen eintraf, herrschte dort bereits ein großes Gedränge. Die Kinder jammerten, die Erwachsenen teilten ihre Besorgnis untereinander aus, und verschiedene Wächter sorgten in dem großen Durcheinander dafür, dass zumindest alle einen Platz fanden.

Die Halle der Ahnen war riesig, die verzierte Decke wölbte sich hoch über den vielen Säulen, die an den beiden Längsseiten angebracht waren. Zwischen den Säulen befanden sich unzählige Terrassen, dort hielten die Korallenwesen ihre Trauerfeiern ab.

Die wichtigsten Persönlichkeiten des Reiches – unter ihnen auch die Mitglieder der Königsfamilie – fanden in den Gräbern im hinteren Teil der Höhle ihre letzte Ruhestätte. Jedes Grab war mit einem Standbild des Verstorbenen geschmückt, Quallensteine erhellten die Steinfiguren, die beinahe wie Wächter von ihren Terrassen auf die Korallenwesen hinunterblickten. Ganz links befand sich das Standbild von

König Faran, der das Reich gegründet hatte, ihm gegen über auf der rechten Seite war das Grab von Sachel, dem ersten Baumeister von Faranon. Ihre Steinfiguren waren die größten von allen. Der Anblick war sehr beeindruckend.

Es dauerte eine ganze Weile, bis Athea mit ihrer Familie einen Platz in der Mitte der Halle gefunden hatte, stumm blickte sie zu den Standbildern hinauf.

»Beschützt uns«, murmelte Athea leise. »Faran steh uns bei!«

Ihr Ehemann Krofon wies die Kinder an, still auf den Bänken sitzen zu bleiben. Seine Söhne Malon und Zegis waren sehr aufgeregt und fragten ständig, wie viele Krieger jetzt draußen waren und wie viele Feinde sie bereits getötet hätten. Für die acht- und zehnjährigen Jungen waren die Angriffe ihrer Feinde immer große Abenteuer, bei denen sie gerne dabei gewesen wären. Krofon betrachtete seine Söhne, die sich mit leuchtenden Augen alles Mögliche ausdachten.

Hoffentlich müsst ihr nicht erfahren, wie es tatsächlich ist, dachte er besorgt.

Die meisten andere Kinder schliefen – an ihre Mütter gekuschelt – wieder ein. Alle anderen blickten gespannt auf die kleine Pforte neben der Treppe und warteten auf die Ankunft des Königs.

Um seine Söhne ein wenig abzulenken, begann Krofon, ihnen die Geschichte von Sachel, dem berühmtesten Baumeister der Korallenwesen, zu erzählen. Der hatte vor zehntausenden von Jahren mit seiner Truppe dieses Höhlenreich erschaffen, auf Geheiß von König Faran. Es dauerte viele Jahrzehnte, leider hatte Sachel die Fertigstellung des Königreiches Faranon nicht mehr erlebt. Aber für die Korallenwesen war er ein Held, ihm zu Ehren fand jedes Jahr ein großes Fest statt, an dem das ganze Volk teilnahm und seine große Leistung würdigte.

Und da Krofon Lehrer und ein guter Erzähler war, hörten ihm bald alle Korallenwesen zu, die in seiner Nähe saßen. So wurden sie immerhin ein bisschen abgelenkt.

Kurze Zeit später traf der König mit seiner Familie und seinen engsten Beratern ein. Sofort verstummten die Gespräche und alle Augen waren auf den König gerichtet.

Maris Modama war eine stattliche Erscheinung, die durch seine Krone noch verstärkt wurde. Wie ein riesiges Geweih erhob sich das milchig glänzende Gebilde über seinem Kopf, dass aus Federkorallen bestand und in dessen Mitte ein dunkelrot leuchtender Stein prangte, das Zeichen seiner Königswürde. Der lange Haarzopf war kunstvoll um die Krone gebunden und am Hinterkopf befestigt. Er trug eine gelbe Tunika und einen silbernen Umhang, der vorne auf der Brust von einer kostbaren Spange gehalten wurde. Alle erhoben sich sofort, um dem König Respekt zu erweisen und verbeugten sich. Es gab einige »Hoch lebe Maris«-Rufe, dann wurde es wieder still.

Der König deutete seinem Volk an, Platz zu nehmen.

In seinem faltenreichen Gesicht zeigte sich keine Spur von Angst oder Besorgnis. Er wirkte gelassen, so als sei dies eine normale Versammlung oder eines der zahlreichen Feste, die im Korallenreich stattfanden.

Maris Modama war groß und schlank, mit langen, zierlichen Gliedmaßen, und seine Bewegungen waren fließend und elegant. Seine schräg stehenden, grünen Augen blickten zuversichtlich in die Runde. Auf seinen Wangenknochen leuchtete die goldene Königstätowierung. Er sprach kurz mit seinem ältesten Sohn Nebun, es hörte sich wie Gesang an, melodisch und leise.

Auch Königin Suna Orea wirkte gelassen, als sie einen Diener leise um eine Erfrischung bat. Suna zeigte eine erstaunliche Ähnlichkeit mit ihrem Gemahl, auch wenn sie aus einer anderen Familie stammte. Aber das lag daran, dass ihr Gesicht mit den großen, schrägen Augen gleich viele Falten zeigte wie das des Königs. Auch sie trug ihre Krone, die jedoch um einiges kleiner war, und in ihrem silbergrünen Gewand wirkte die Königin würdevoll und elegant. Dennoch steckte in ihr eine Kriegerin, die bereits in ihrer Jugend gegen die Angreifer gekämpft hatte. In zahlreichen Schlachten hatte sie ihren Mut bewiesen, aber für die Königin war es weitaus schwerer, nichts zu tun und auf einen guten Ausgang zu hoffen. Sie wusste zu gut, was draußen vor sich ging.

Suna sprach mit den Untertanen in ihrer unmittelbaren Nähe, versuchte ihnen Mut zu machen und scherzte mit den Kindern, die noch wach waren, so gut sie konnte.

Der König nahm mit seiner Familie inmitten seines Volkes Platz. Aus alter Tradition durfte er selbst nicht an den Kämpfen teilnehmen, sondern hatte die Aufgabe, bei seinem Volk zu bleiben. Im Notfall sollte er seine Untertanen über geheime Gänge an einen geschützten Ort bringen, hinter den Sachel-Schlund. So lautete König Farans Anordnung, die jeder Nachfolger einhalten musste.

Der Schlund war von außen nicht angreifbar, weil eine

extrem starke Strömung jeden Feind in den Schlund hineinsaugen und gegen die Höhlenwände schleudern würde. Dahinter befand sich eine weitläufige Höhle. Das perfekte Versteck.

Und so saß der König – wie seine Untertanen – auf den Steinbänken und wartete auf den Ausgang der Schlacht. Er hätte lieber draußen sein Königreich verteidigt! König Maris besaß noch keine Informationen über die Angreifer, aber er war zuversichtlich, dass das fünfzigtausend Mann starke Kriegerheer die Feinde besiegen würde. So wie immer.

Außerdem war General Suram Olis der beste Heerführer, der jemals dem Korallenreich gedient hatte. Und im Heer kämpfte auch die älteste Tochter des Königs, Thora Modama, mit. Sie befehligte die Harpuniere, und der König wusste, dass er sich voll und ganz auf sie verlassen konnte.

Er rief einen Wächter zu sich.

»Geh raus zur Kriegerhalle und sieh zu, ob du einen der Offiziere befragen kannst«, befahl er leise. »Wir müssen wissen, wie viele Feinde angreifen und welchen Schaden sie eventuell bereits angerichtet haben. Und beeil dich!«

Der Wächter – ein junger Mann – verbeugte sich und rannte davon.

Er musste sich durch den Strom vieler Korallenwesen kämpfen, die immer noch über die große Treppe nach unten zur Halle der Ahnen unterwegs war.

Peran Tuth schaute mit fasziniertem Blick nach oben. Die Treppe war ein Meisterwerk der Baukunst, leicht geschwungen, das Geländer war mit kostbaren Schnitzereien verziert, und die einzelnen Stufen waren mit Muscheln eingelegt. Auf jedem Absatz waren Quallensteine eingearbeitet, um die Treppe zu erleuchten.

Wenn man auf dem obersten Treppenabsatz stand und direkt zum hinteren Teil der Höhle schaute, blickte man auf die erhöhten Terrassen mit den Gräbern von König Faran und dessen Baumeister Sachel. Aber heute hatte Peran dafür keinen Blick.

Er lief so schnell ihn seine Beine trugen, durch die gewundenen Gänge und Tunnel des Korallenreiches. Bis zur Kriegerhalle im Außenbereich unter dem Pergamahügel waren es vier Kilometer, aber Peran war ein guter Läufer und kannte alle Wege und Abkürzungen. Unterwegs begegneten ihm andere Krieger, die er mit einem kurzen Nicken grüßte. Schließlich kam er am Heilertrakt vorbei, auch dort herrschte große Betriebsamkeit.

Alle bereiteten sich auf mögliche Verwundete oder Tote vor. Die Oberste Heilerin Bola Chron scheuchte ihre Mitarbeiter von einer Höhle zur anderen. »Haltet die Transportmuscheln bereit! Und die Schwimmer sollen sich fertig machen! Und seht zu, dass genug von dem Heiltrank bereitsteht! Mascha, du kümmerst dich bitte um den Abtransport der Verwundeten und Toten! Und denk an die Einteilung!« hörte Peran sie noch rufen, bevor er in den nächsten Gang hinauflief, der zur Kriegerhalle führte. Er dachte mit Schaudern daran, was in den nächsten Stunden bei Bola los sein würde und hoffte inständig, dass alle gerettet wurden.

Kurze Zeit später erreichte Peran sein Ziel. Er betrat die Halle durch eine Seitentür neben der riesigen Waffenkammer.

Die große Halle bot genug Platz für alle Krieger des Korallenreiches. Sie war als langes Rechteck mit einer Galerie angelegt, am hinteren Ende der Halle befand sich ein kleiner See. Er war einer der zahlreichen Ausgänge, durch die man in die Wasserwelt außerhalb des Königreiches eintauchen konnte.

Die Wände der Halle waren bis zur Decke mit kunstvollen Malereien verziert, sie zeigten Szenen aus kriegerischen Auseinandersetzungen mit den verschiedenen Feinden des Korallenreiches.

Peran erinnerte sich noch gut an seinen ersten Besuch in dieser Halle. Er hätte Stunden damit zubringen können, sich die Decke und Wände anzuschauen. Aber stattdessen musste er lernen, mit dem Dolch umzugehen. Die Wächter wurden im Nahkampf ausgebildet und waren zum Innendienst abkommandiert, dort brauchte man weder Speer noch Harpune. Täglich hielten die Krieger in der Halle ihre Kampfübungen ab, es roch nach Schweiß und am Boden waren Spuren getrockneten Blutes zu sehen. Die Ausbildung war hart, und mancher Soldat trug bereits am ersten Tag Verletzungen davon.

Der Kriegsrat mit seinen Generälen tagte regelmäßig auf der Galerie, auch der König nahm an diesen Sitzungen teil. Peran wusste, dass Maris Modama über alle Vorgänge im Heer bestens informiert war, er kannte sämtliche Offiziere persönlich und beobachtete die Krieger bei ihren Kampfübungen.

Im Moment nahm ein Teil des Heeres seine Aufstellung, viele Rufe drangen durch die Halle hin und her. Die Waffen und die Munition wurden aus der Kammer nebenan geholt und verteilt. Annähernd fünftausend Mann machten sich bereit, mit ihren Harpunen die großen Rochen, die im See warteten, zu besteigen. Sie dienten den Soldaten als Transportmittel zu den Stallungen der Seepferde hinter dem Pergamahügel. Kleiner und wendiger als Rochen, außerdem speziell für die schwierigen Kampfsituationen ausgebildet, waren sie die perfekten Reittiere. Auch einige Soldaten von anderen Truppen machten sich zum Aufbruch bereit. Sie waren durch unterschiedliche Färbungen ihrer Uniformen gekennzeichnet. Als Wächter trug Peran eine rote Uniform und einen roten Helm. Die Harpuniere trugen gelbe Uniformen, die anderen Soldaten blaue, grüne oder schwarze, je nachdem, welchem Regiment sie angehörten.

Unter den Harpunieren befand sich auch ihre Anführerin Thora Modama und rief ihren Männern Befehle zu. Sie war klein und muskulös, konnte ihre Harpune erstaunlich weit und treffsicher schleudern. Die Hälfte ihres Gesichtes war von furchtbaren Narben eines früheren Kampfes verunstaltet, daher trug sie darüber immer eine silberne Maske. Ihre blau-grünen Augen blickten konzentriert auf das Geschehen um sie herum. Nichts durfte vergessen oder vernachlässigt werden! Thora war unnachgiebig und unerbittlich, gegenüber anderen und auch gegen sich selbst. Bei den Schlachten war sie immer an der vordersten Front zu finden, und kämpfte bis zum Umfallen. Die Kriegerin war gefürchtet und geachtet, niemand hätte es gewagt, sich mit ihr anzulegen.

Peran traute sich gar nicht, Thora anzusprechen, während

sie ihre Truppe inspizierte. Schließlich war sie ja auch die Tochter des Königs!

Daher sah er sich nach jemand anderem um, der ihm Auskunft geben konnte. Sein Blick fiel auf einen Offizier aus der Truppe von Nefer Olis, dem Sohn des Heerführers.

Peran zwängte sich durch die vielen Krieger. Vor einem kleinen, stämmigen Soldaten mit tiefer Stimme und grimmigem Gesichtsausdruck machte er Halt. Er war die rechte Hand von Nefer Olis und konnte Peran garantiert Auskunft geben!

»Aran Voltas, ich frage dich im Namen des Königs, wie viele Feinde angreifen und welcher Schaden bereits angerichtet wurde«, sprach er den Offizier an und salutierte.

Aran erwiderte den Gruß und verzog das Gesicht.

»Name und Regiment?« fragte er mürrisch. Ausgerechnet jetzt wollte der König Informationen!

»Peran Tuth, Wächter im zweiten Jahr«, antwortete der junge Krieger sofort.

»Gut«, der stämmige Offizier nickte und der Tonfall in seiner Stimme zeigte deutlich, dass gar nichts gut war! Peran hielt die Luft an und spitzte die Ohren, damit er in dem Lärm auch alles hören konnte.

»Sag unserem König, dass unsere Patrouille eine große Anzahl Seesterne gesichtet hat, die bereits einige Hügel besetzt hält. Und Calliope berichtet, dass von Norden her noch mehr kommen. Wir wissen nicht, wieso sie uns schon wieder angreifen. Aber sämtliche Riffbewohner sind wie vom Erdboden verschluckt. Auch die Muränen lassen sich nicht blicken. Es ist draußen verdächtig still, richtig unheimlich. Es müssen enorm viele Seesterne sein! Und Calliope sagte, dass es aussehe, als habe Eburon einen riesigen roten Teppich über der Korallensee ausgebreitet. Thora schickt ihre Harpuniere raus, damit sie die erste größere Verteidigungswelle starten können, wir anderen kommen nach. Nefer ist mit einem Teil unsere Truppe seit einigen Stunden draußen und legt die Netze aus, aber es wird noch einige Zeit dauern, bis sie fertig sind und ehrlich gesagt, weiß ich nicht, ob das viel bringen wird.

Suram Olis hat seine Männer postiert, sie kämpfen verbissen wie immer und General Schoni hat seinen Beobachterposten bezogen. Und sobald ich sein Zeichen bekomme, ziehe ich mit meinen Männern nach und unterstütze Nefer. Ist bei den Heilern alles vorbereitet? Und sind alle anderen in Sicherheit?«

Peran nickte, die Schilderungen des Offiziers dröhnten in seinen Ohren. Die Angriffe häuften sich in den letzten Jahren immer mehr, es war sehr merkwürdig! Mit diesen schlechten Nachrichten eilte Peran zurück, so schnell er konnte.

Mittlerweile waren – von den Heilern und Kriegern abgesehen – alle Korallenwesen in der Halle der Ahnen untergebracht. Insgesamt zählte das Korallenreich an die fünfhunderttausend Untertanen.

Die Stimmung war angespannt, als Peran die Halle betrat. Er lief sofort zum König und berichtete, was ihm der Offizier aufgetragen hatte. Maris Modama wechselte einen langen Blick mit seiner Gemahlin. Ihre Miene zeigte deutlich die Sorge um die eigene Tochter und die anderen Krieger.

»Lauf zurück, und wenn du neue Nachrichten hast, dann erstatte mir Bericht!« befahl Maris dem Wächter, der sich sofort auf den Weg machte.

Der König trat mit seiner Gemahlin zur Seite und nahm ihre Hände.

»Wieso greifen die Seesterne erneut an? Und in so großer Zahl?« fragte Suna Orea verängstigt. Ihre Augen waren weit geöffnet, so hatte der König sie selten gesehen.

»Ich habe darauf keine Antwort, Liebste, aber wir werden es herausfinden«, versuchte er sie zu beruhigen. »Ich mache mir jedenfalls auch Sorgen wegen der hohen Anzahl unserer Feinde!«

»Maris, glaubst du, dass unser Heer damit fertig wird?« Suna spürte, wie ihr Herz bis zum Hals klopfte und sah ihren Gemahl erwartungsvoll an.

»Ich hoffe es, General Olis hat garantiert eine gute Kampfstrategie. Ansonsten sind unsere Krieger da draußen verloren.«

»Was wirst du dem Volk sagen?«

»Vorerst nichts, sie sollen glauben, es sei ein normaler Angriff«, erwiderte der König.

»Aber Maris, du darfst das Volk nicht anlügen!«

»Das tue ich ja auch nicht, ich will aber mein Volk nicht unnötig ängstigen. Glaub mir, es ist besser so«, erwiderte der König.

»Und wenn unsere Krieger alle sterben? Denk doch an das Gift!«

»Dann, Suna, ist immer noch genug Zeit, die traurige Wahrheit zu verkünden«, sagte der König leise und schloss einen Moment die Augen.

Ein Schlachtfeld, übersät mit den Leichen all seiner Krieger, das konnte und wollte er sich nicht vorstellen. Es war zu grausam! Und er saß hier und konnte nichts tun! Wut und Ohnmacht breiteten sich in ihm aus und Maris ballte die Fäuste.

Er hätte am liebsten lauthals geschrien!

»Thora ist da draußen! Unsere Tochter riskiert ihr Leben, womöglich wird sie auch sterben!«

Suna sprach ganz leise, mit zittriger Stimme. Die Angst schnürte ihr den Hals zu.

»Suna, du weißt, wozu Thora fähig ist. Sie wird diese Schlacht überleben, so wie immer«, versuchte er sie zu beruhigen, obwohl er in diesem Moment selber nicht so recht daran glaubte. Aber das durfte er Suna nicht zeigen!

»Sie kämpft bereits zu lange, und hat zu viele Narben. Soll ich *mein* Leben lang um *ihr* Leben fürchten?« erwiderte die Königin und bemühte sich, leise zu sprechen. Langsam wurde sie zornig, sie fühlte sich so hilflos!

»Du bist nicht die einzige, die Angst hat, und das weißt du auch«, Maris seufzte. »Glaubst du, dass ich erfreut war, als Thora mit fünfzehn Jahren heimlich mit den Soldaten von General Schoni mittrainiert hat?«

Maris versuchte sich zu beherrschen, seine Stimme zitterte. Die Erinnerung an diese Zeit versetzte ihn in Rage.

»Ich hätte sie am liebsten eingesperrt, aber sie hat ihren Willen durchgesetzt, damit müssen wir leben. Und nach dem Tod ihres Gefährten ist der Kampf alles, was ihr noch geblieben ist. Jede Schlacht ist für sie eine Erinnerung an Zeiten, in denen sie noch glücklich sein durfte.«

Der König holte tief Luft und setzte sich.

Suna Orea biss sich auf die Lippen. Sie musste die Tränen zurückhalten, das Volk durfte nicht sehen, wie sie litt!

Thora war ihre einzige Tochter und Suna hatte sich für sie eine andere, glanzvollere Zukunft vorgestellt. Bei ihrer Geburt hatte sich die Königin geschworen, dass *sie* dieses Kind beschützen würde, und was war daraus geworden?

Jetzt beschützte dieses Kind seine Mutter und das ganze Volk!

Noch immer sah die Königin das wütende, aufgebrachte Mädchen vor sich, das von seinem Vater wegen der heimlichen Kampfübungen zur Rede gestellt worden war. Nachdem Maris bereits General Schoni zurechtgewiesen hatte. Der alte Haudegen besaß ein weiches Herz und konnte die Bitte der Königstochter nicht abschlagen. Also erlaubte er das Training, auch wenn er wusste, dass Thora die Übungen nicht heimlich absolvieren konnte und er dafür bestraft werden würde.

»Versuch, mich aufzuhalten!« hatte Thora geschrien und ihren Dolch gezückt.

Da wussten ihre Eltern, dass es zu spät war, um ihr das Training zu verbieten. Sie hätte den Dolch tatsächlich benutzt, um ihren Willen durch zu setzen. Sie war bereits eine Kriegerin, mit Leib und Seele!

Suna blickte zu den Standbildern hinüber und hoffte, dass sie nicht miterleben musste, wie ihre Tochter dort begraben wurde. Die Königin berührte kurz das Amulett, das sie als Glücksbringer stets bei sich trug. Es war eine kleine, golden verzierte Muschel, in der eine Haarlocke von Thora versteckt war. Schwarzes Haar aus einer glücklichen Zeit.

Das Gespräch des Königspaares wurde von den Untertanen beobachtet. Ihre Mienen und Gesten lösten bei den meisten großes Unbehagen aus, und sie warfen sich besorgte Blicke zu.

Auch Ofiel Broman fühlte sich im Moment nicht gut. Er wusste, was da draußen vor sich ging, immerhin war dieser Angriff – wie so viele davor – von seinem Onkel Kapis sorgfältig geplant worden. Und Ofiel hatte für die Durchführung gesorgt. Vieles hing vom Ausgang dieser Schlacht ab, auch seine eigene Zukunft.

Leider war Kapis vor ein paar Tagen abgereist, um einen alten Freund zu besuchen und bisher nicht zurückgekehrt. Er hatte auch keine Nachricht überbringen lassen, das war kein gutes Zeichen und machte Ofiel Sorgen. Er brauchte seinen Onkel, immerhin war es sein Plan gewesen und Kapis sollte längst hier sein!

Der junge Baumeister war ein blasser, dünner Mann mit strähnigem Haar, dass bereits grau wurde, auch wenn Ofiel mit knapp dreißig Jahren noch schwarze Haare haben sollte. Die tiefen Ringe unter seinen Augen zeugten von Schlafmangel, die zerknitterte Kleidung trug er dem Anschein nach bereits seit ein paar Tagen. Er sah aus wie jemand, der dringend Erholung brauchte, und viele Faraner schauten neugierig zu ihm herüber. Der Neffe von Kapis Broman war ein trauriger Anblick, er hatte von seinem Onkel noch eine Menge zu lernen!

Ofiel fuhr sich nervös mit der Zunge über die Lippen. Seine Nasenlöcher – einen Nasenrücken mit Flügeln hatten die Korallenwesen nicht – öffneten und schlossen sich schnell wie das Maul eines Fisches, der an Land gespült worden war und zu ersticken drohte. Und so fühlte sich Ofiel auch! Er hatte sich mehrfach im Reich umgehört, auch die Spitzel konnten nichts Neues berichten. Niemand hatte Kapis gesehen. Irgendwas musste passiert sein!

Ofiel beschloss, selbst nach seinem Onkel zu suchen, er musste aber erst die Schlacht abwarten. Denn es hätte die Mitglieder seiner Familie verwundert, wenn er in dieser gefährlichen Lage plötzlich abgereist wäre. *Verdammt, Kapis, wo steckst du,* dachte er ungeduldig.

»Ich glaube, diese Schlacht wird schlimmer als alle anderen.«

Ofiel drehte sich zu seiner Tante um, die mit erschrockenem Gesichtsausdruck auf das Königspaar blickte. Er schluckte ein paarmal und versuchte, sich zu beherrschen.

»Sie machen sich Sorgen um die Krieger und das Volk«, sagte er leise zu Sinowa und drückte ihre Hand. Die alte Frau lächelte und nickte.

»Du hast ja Recht, mein Junge. Ich habe das zu oft erlebt, verstehst du? Und wo ist überhaupt dein Onkel Kapis? Ich habe ihn seit Tagen nicht mehr gesehen. Halten ihn seine Geschäfte so sehr ab, dass er sich nicht in Sicherheit bringen kann, wenn es nötig ist?« hakte Sinowa nach.

»Nein, nein«, wehrte Ofiel lachend ab. »Ich glaube, dass Kapis hier ist. Garantiert sitzt er mit den königlichen Ratgebern zusammen, wegen der Bauarbeiten. Du weißt ja, dass nach einer Schlacht immer viel zu tun ist.«

Ofiel bemühte sich, gelassen zu bleiben. *Blablabla,* dachte er mürrisch. Er hatte keine Lust, eine alte Tante zu beruhigen, aber ihm blieb nichts anderes übrig. Der Rest seiner Familie saß verunsichert auf den Bänken und wartete auf Mitteilungen vom König. *Sie sind ein Haufen ängstlicher Fischchen, womit habe ich das verdient?* Ofiel verachtete diese Familie.

Die Schlacht selbst interessierte ihn nicht. Wenn alles gut ging, würde man Kapis in wenigen Monaten zum König krönen. Und nach ihm würde Ofiel die Krone tragen. Bis dahin musste er sich eben gedulden, und das fiel dem jungen Mann schwer.

Es durfte nichts schiefgehen! Zum Schein stand er auf und sah sich um.

»Da hinten sitzen die königlichen Ratgeber – und ich denke, Kapis ist bei ihnen. Es ist alles in Ordnung, Tante.« Damit gab sich Sinowa zufrieden, aber sie fand es nicht in gut, dass Kapis während einer Schlacht über Geschäfte sprach. Ofiel seufzte. *Ich muss dafür sorgen, dass Kapis die Besuche bei Orames einstellt,* dachte er.

Bisher hatte sein Onkel davon keinen Vorteil gehabt, und das war für ihn ganz untypisch!

Mit dem königlichen Befehl und einem flauen Gefühl im Magen machte sich Peran auf den Rückweg. Diesmal ließ er sich aber Zeit, er wusste, dass er nicht mehr zu rennen brauchte, ein schneller Schritt genügte. Und so dauerte es zwei Stunden, bis er den Heilerbezirk erreicht hatte.

Aus den Höhlen drangen die Schmerzensschreie der Verwundeten, der junge Wächter hielt sich die Ohren zu. Es war schrecklich, aber Peran traute sich nicht, in den Höhlen nachzuschauen. Von draußen erklangen gedämpft Kampfgeräusche und er fragte sich, wie es dort zuging.

Er eilte weiter zur Kriegerhalle, die bis auf einen anderen jungen Wächter vollständig leer war. Erstaunt blickte sich Peran um.

»Wo sind denn alle?« fragte er seinen Kameraden.

»Draußen«, erwiderte der und setzte sich auf einen Stein. Sein Blick war stumm auf den kleinen See gerichtet. Nichts deutete auf den großen Aufbruch hin, der vor kurzem noch hier stattgefunden hatte.

»Und? Gibt es was Neues?« fragte Peran weiter.

»Sie haben soeben einige Krieger gebracht. Die sind schwer verletzt, auch Nefer Olis ist unter ihnen«, antwortete der Wächter monoton. Sein Gesicht war ausdruckslos, während Peran überrascht nach Luft schnappte.

»Wie ist das möglich?«

»Er wurde von einem Seestern attackiert«, antwortete eine Stimme.

Peran drehte sich überrascht um. Hinter ihm stand Mascha, der Stellvertreter von Bola Chron.

»Ein Giftstachel steckt in seiner Brust.« Das Gesicht des Heilers war voller Kummer, in seiner Hand hielt er eine kleine Schriftrolle.

»Die bringe ich jetzt dem König«, sagte er leise. »Eine Nachricht von der Obersten Heilerin.« Mascha drehte sich um und verließ die Kriegerhalle. Peran blickte ihm bestürzt nach.

Der Sohn des Heerführers war schwer verletzt!

Nefer war ein geschickter Kämpfer, Peran hatte ihn mehrfach während der vielen Kampfübungen beobachtet.

Er wurde garantiert abgelenkt und hat den Seestern nicht bemerkt, dachte Peran und schüttelte den Kopf.

Der junge Wächter war dankbar, dass er nicht aufs Schlachtfeld musste. Peran war nicht so todesmutig wie die anderen Krieger, als Wächter und Bote zu dienen genügte ihm.

»Wie bekämpft man Seesterne?«

»Was?« Der andere Wächter drehte sich erschrocken um.

»Ich habe gefragt, wie man Seesterne bekämpft. Hast du eine Ahnung?« erwiderte Peran.

»Nein, woher sollte ich? Ich habe erst vor wenigen Monaten meinen Dienst begonnen. Und ich bin froh, dass ich heute nicht raus muss.«

»Ich auch.«

Die beiden jungen Männer nickten sich zu und blickten auf den See. Die Stille in der Halle war richtig unheimlich.

Das ist die Ruhe vor dem Sturm, dachte Peran.

Nefer Olis, der Sohn des alten Heerführers, war weit schlimmer verletzt, als Bola zuerst dachte. Sie hatte ihn in ihre Kammer bringen lassen, damit er sich nach der Behandlung ungestört erholen konnte. Viele kleine Wunden und Schrammen waren zu versorgen, die machten der Obersten Heilerin jedoch keine Sorgen.

Das weitaus größere Problem war der Giftstachel eines Seesternes, dessen Spitze im Brustkorb des Kriegers feststeckte. Dort wo er in das Fleisch eingedrungen war, färbte sich das gesamte Umfeld schwarz. Das Gewebe begann zu verwesen, der süßliche Geruch kroch Bola in die Nasenlöcher und brachte sie zum Niesen.

Ich muss dieses Gewebe schnellstens entfernen, dachte Bola. *Wie weit hat sich das Gift bereits in seinem Körper ausgebreitet?*

Nefers Atem ging schnell und pfeifend, er verlor immer wieder das Bewusstsein. Sein Körper zitterte, er wurde von Krämpfen geschüttelt, und der Schweiß rann ihm über das bleiche Gesicht. Seine rechte Hand fest in den Arm eines anderen Heilers krallend, versuchte er, sich aufzurichten und zu sprechen.

Aber Bola drückte ihn vorsichtig auf die Liege zurück.

»Halt still, Nefer, ich muss den Stachel und das verweste Fleisch rausschneiden. Das geht nicht, wenn du rumzappelst!«

Bola wies einen Pfleger an, dem Anführer nochmals einen Schluck vom Schlaftrank zu verabreichen.

Nefer weigerte sich und drehte den Kopf weg.

»Bola!« keuchte er und zwang die alte Frau damit, ihn anzusehen. »Hör auf! Ich bin bereits tot! Das Gift ist überall in meinem Körper, das spüre ich!«

Seine dunkelblauen Augen zeigten einen hoffnungslosen Ausdruck, er hatte den Kampf um sein Leben aufgegeben, dass wusste Bola in diesem Moment.

Die kleine, rundliche Frau zog die Augenbrauen hoch, holte tief Luft und blickte ihren Patienten unnachgiebig an.

»Nein Nefer, ich lasse nicht zu, dass du stirbst! Das ist nicht meine Aufgabe!« widersprach sie und setzte das Messer nochmals an.

»Hör auf!« bellte Nefer mit letzter Kraft und in seinem besten Befehlston, der seine Wirkung nicht verfehlte. »Lass mich sterben!«

Bola setzte sich hin und starrte auf ihr Messer.

Sie erinnerte sich noch gut an ein Gespräch, dass sie vor unendlich langer Zeit mit dem damals noch jungen Suram Olis geführt hatte. Sie musste eine Schnittwunde an seiner rechten Hand nähen und er sagte ihr deutlich, dass er lieber im Kampf als durch ihr Messer sterben wolle.

»Merk dir das!« hatte Suram Olis ihr beim Hinausgehen zugerufen. »Ich verlange von dir, dass du mir diese Ehre erweist!«

Sein Sohn Nefer hatte vermutlich die gleiche Einstellung!

Bola neigte den Kopf, legte das Messer zur Seite und gab dem Pfleger zu verstehen, dass sie mit dem jungen Mann alleine sein wollte.

»Ich werde deine Bitte erfüllen und dir die Ehre erweisen, im Kampf zu sterben«, sagte sie leise zu Nefer. Er nickte erleichtert.

»Mein Tod wird nicht umsonst sein«, antwortete er mit gebrochener Stimme.

Bola richtete sich auf.

»Ich habe nicht gesagt, dass ich dir diese Ehre *heute* erweisen werde«, sagte sie. »Das würde mir dein Vater niemals verzeihen! Ich werde den Stachel herausziehen, deine Wunden versorgen und dich gesund pflegen. Und du wirst dich nicht widersetzen, hast du mich verstanden, Nefer Olis?«

Der Sohn des Heerführers blickte die Oberste Heilerin erstaunt an. So kannte er sie gar nicht! Für einen winzigen Moment vergaß er die Schmerzen und nickte.

»Gut«, antwortete Bola und nickte. »Und jetzt trinkst du diesen Becher leer!«

Die Heilerin wartete noch einen Moment, bis Nefer eingeschlafen war und nahm dann ihr Messer in die Hand.

Verdammter Stolz! dachte sie, während sich die scharfe
Klinge durch das Fleisch bohrte.

Tod und Taktik

Währenddessen herrschte draußen am Riff ein gnadenloser Kampf zwischen den Seesternen und den Kriegern von Faranon.

Ein endloser Strom roter Leiber wälzte sich über die sieben Hügel und löste bei manchem Soldaten Panik aus. So viele Seesterne hatten sie noch nie gesehen!

Einige von ihnen waren auf den Blaukorallenfelsen gekrochen, andere hingen am Medusenhügel teilweise in den Netzen, die Nefer hatte auslegen lassen.

Tempas Vodrim, ein altgedienter Offizier aus der Truppe von Nefer Olis, mühte sich dort mit seinen Kameraden ab, um die Seesterne mit den Netzen von den Korallen wegzuziehen.

Am Pergamahügel kämpfte die Patrouille von General Lotris verbissen gegen die Angreifer, und der Mondhügel war bereits von den Leichen getöteter Krieger aus den Truppen von Heerführer Suram Olis und General Schoni übersät.

Am Fuße des Mondhügels lebte der berühmte Adonos – ein Fangschreckenkrebs, der gerne vorüberziehende Fische mit seinen riesigen Scheren erschreckte. Zu ihm gesellte sich vor einiger Zeit ein Teppichhai names Schlurf, der im sandigen Meeresboden seiner Beute auflauerte. Die beiden waren damit beschäftigt, die Angreifer zu attackieren. Leider war der Erfolg nicht groß, da zu viele Seesterne den sandigen Boden bevölkerten.

Adonis war nach einigen Stunden total erschöpft und zog

sich in sein Erdloch zurück. Schlurf kam auf die Idee, den Sandboden aufzuwühlen, um den Seesternen die Sicht zu nehmen, aber auch das konnte sie nicht aufhalten. Schließlich wurde auch der Teppichhai müde und zog sich in sein Sandloch zurück. Er hoffte inständig, dass die Krieger allein klarkommen würden.

Die Schwimmer hatten Mühe, die Verletzten und Toten zu bergen und abzutransportieren, ohne dabei selbst in Lebensgefahr zu geraten. Das Wasser war erfüllt vom Blutgeruch und den Schreien der verwundeten Krieger. Selbst die ältesten Soldaten hatten das noch nicht erlebt.

Thora Modama war mit ihren Harpunieren auf dem Blaukorallenfelsen postiert. Sie gab den Befehl, auf die Seesterne zu feuern, die den Abhang heraufkrochen, um ihr zerstörerisches Werk zu beginnen. Lediglich der obere Teil war mit Netzen ausgelegt, Nefer hatte gar keine Zeit gehabt, den gesamten Hügel zu sichern.

Thoras Harpuniere gehorchten.

Es dauerte nicht allzu lange, und die Rücken der Feinde waren gespickt mit Speeren, an denen lange Leinen befestigt waren. Die Harpuniere hatte Mühe, diese Leinen zu halten, denn die Seesterne wehrten sich nach Leibeskräften.

Daher feuerten alle zusätzlichen Medusenpollen über den Abhang, der die Seesterne ein wenig betäubte. Wenn sie müde waren, zog man sie von den Korallenstöcken weg. Den Rest besorgten einige Männer aus General Schonis Truppe mit ihren Speeren.

Aber es dauerte lange, bis ein Seestern seinen Widerstand aufgab. Denn die Beute in den Korallen – winzige kleine Algen – war ein zu großer Anreiz für die Seesterne. Und keiner der Soldaten hatte damit gerechnet, dass ihre Todfeinde in so großer Zahl angreifen und derart aggressiv sein würden.

Davon ließ sich Thora jedoch nicht entmutigen. Sie hatte einen größeren Seestern entdeckt, der seitwärts am Hang hinaufkroch. Thora lenkte ihr Seepferd Antalus gefährlich nahe zu dem Angreifer hin und begann, mit ihrem Dolch auf einen der Arme einzustechen.

Ihr Stellvertreter Gata folgte ihrem Beispiel und zog ebenfalls seinen Dolch. »Lenkt sie ab!« schrie er einigen Kriegern zu. »Wir greifen sie direkt an!«

Die Soldaten waren ein gut eingespieltes Team, dennoch mussten Thora und Gata immer wieder den Giftstacheln ausweichen, mit denen der Arm gespickt war. Für den Seestern waren die Dolchstiche nicht schmerzhaft, aber er ärgerte sich darüber, dass ihn diese Korallenwesen so attackieren konnten. Also versuchte er, sie mit seinem Arm zu erwischen. Zum Glück hatten Thora und Gata schnelle und wendige Reittiere, die wussten, wie gefährlich dieses Lebewesen war.

Plötzlich änderte der Seestern seine Richtung und kroch erstaunlich schnell auf den Seeigelfelsen zu, dessen stacheligen Auswüchse zentimeterlang nach allen Seiten abstanden. Die scharfen Kanten hätten leicht die Uniformen und die Haut der Krieger aufreißen können.

»Seid vorsichtig, Bola wird euch eine Standpauke halten, wenn ihr euch an den Stacheln verletzt!« schrie Thora ihren Männern zu. Eine ganze Weile suchte der Seestern einen Fluchtweg, gab aber dann schließlich auf. Auf dem Seeigelfelsen war es auch für ihn gefährlich.

Und da ihm auch der Rückweg durch die Soldaten versperrt war, schlug er wild um sich. Seine Giftstachel trafen dabei leider unkontrolliert auf die Krieger und ihre Seepferde, dadurch wurden einige von ihnen tödlich verletzt. Bald lagen sie zwischen den stacheligen Auswüchsen des Seeigelfelsens und schrien vor Schmerzen, es war ein furchtbarer Anblick.

Thora schloss kurz die Augen und betete, dass alle gerettet wurden. Dann holte sie tief Luft und machte mit Gata alleine weiter. Zum Glück steckten keine Speere im Rücken des Seesternes, dass hätte ihre Attacke behindert.

»Wir müssen uns aufteilen, geh du auf die rechte Seite«, rief sie Gata zu.

Und während ihr Stellvertreter Gata auf die Arme des Seesternes einstach, konnte Thora mit Erleichterung feststellen, dass er langsam seinen Widerstand aufgab. Er klebte wie ein Fleck am Felsen und rührte sich nicht mehr. *Wird auch Zeit,* dachte sie und trieb ihr Seepferd an. Sie hatte keine Munition mehr in ihrer Harpune, der ganze Hügel war mit dem gelben Pollen der Medusenkoralle übersät, den sie alle benutzten. Thoras Dolch hatte sich beim Durchstoßen so sehr verbogen, dass sie ihn nicht mehr benutzen konnte. Außerdem tat ihr der rechte Arm weh, jede Bewegung kostete sie Kraft, die langsam nachließ. Sie steckte den Dolch in die Scheide und rief Gata zu sich. Währenddessen waren einige Schwimmer aufgetaucht, um die Verletzten zu bergen.

»Hoffentlich kommen sie durch«, seufzte Gata mit einem Blick auf die Kameraden. »Ich weiß gar nicht, wie viele wir bereits verloren haben.«

Sein verzweifelter Gesichtsausdruck erschreckte Thora.

Gata war nicht zimperlich, aber diese Schlacht setzte ihm sehr zu.

»Der hier ist fertig«, sie sah auf den Seestern herunter. »Lass uns die Giftstachel rausholen, den Rest können die anderen erledigen.«

Gata nickte. Die Giftstachel der Seesterne ragten alle aus einer dünneren Hautschicht hervor, und waren leicht zu entfernen. Ein paar andere Krieger kamen hinzu und halfen mit. Keiner sprach, alle waren mit ihrer Aufgabe beschäftigt. Nach einer Weile waren sie fertig, die Stacheln wurden zu den Heilern gebracht, die aus dem Gift ein Gegenmittel herstellten. Alle atmeten erleichtert auf und gönnten sich einen Moment Ruhe – es war ein winziger Moment. Einer der Krieger bemerkte die dunklen Schatten, die sich in sicherer Entfernung am Riff entlang bewegten. Er machte die anderen darauf aufmerksam.

»Weißspitzenhaie!« rief Gata überrascht.

»Der Blutgeruch hat sie angelockt«, sagte Thora müde und rieb sich die Augen. »Ich brauche ein bisschen Ruhe, Gata«, sagte sie leise. »Sag den anderen Soldaten, sie sollen dafür sorgen, dass die Seesterne möglichst viel Blut verlieren!«

In ein paar Stunden wird die Gier der Haie übermächtig werden, dachte Gata und musste grinsen.

Thora dachte ebenso. Die Seesterne gehörten zwar nicht zur Beute der Haie, aber der Blutgeruch würde die Raubfische rasend machen, und dafür sorgen, dass sie mit ihren Schwanzflossen über das Riff peitschen und somit etliche Seesterne erwischten – darauf hoffte sie. *Womöglich können wir doch als Sieger aus dieser Schlacht hervorgehen!* Weiter mochte sie gar nicht denken. Sie lenkte ihr Seepferdchen den Blaukorallenhügel hinauf, wo sie und ihr Reittier in einer kleinen Blüte erschöpft zu Boden sanken. Der Blütenkopf schloss sich sofort und bot den beiden Schutz – zumindest für eine kleine Weile.

Aran Voltas und die Truppe von Nefer Olis – achttausend Mann stark – befand sich am unteren Ende des Seeigelfelsens. Neben an, auf dem Pergamahügel, trotzte General Lotris mit seiner Patrouille dem Angriff.

Über ihnen lag der Medusenhügel, wo General Schoni in einer Anemone seinen Posten bezogen hatte. Nachdem er sich in der letzten Schlacht eine schlimme Verletzung am Bein zugezogen hatte, wurde er die rechte Hand des Heerführers. Seine Aufgabe bestand darin, die Schlacht zu koordinieren, zu beobachten und seinen Vorgesetzten auf dem Laufenden zu halten. Suram Olis Truppe wurde von Schonis Männern unterstützt.

Die Soldaten von Aran saßen in den kleinen Nischen und Höhlen, um das Kampfgeschehen zu beobachten. Zum Glück waren sie durch die stacheligen Auswüchse der Koralle vor den Angreifern geschützt. Aran hatte eine kurze Pause angeordnet, damit sich die Männer von dem anstrengenden Einsatz erholen konnten. Immerhin waren sie bereits seit Stunden hier draußen. Nach Nefers Verletzung hatte er das Kommando übernommen.

Nefers Truppe hatte die Aufgabe, große Netze auszulegen, in denen sich die Seesterne verfangen sollten. Daher wurden sie auch »Netzmänner« genannt. Diese Netze waren aus dem hauchdünnen Garn der silbernen Seespinne gefertigt und wurden über die Korallenstöcke gespannt. Obwohl das Garn sehr dünn war, besaß es eine erstaunliche Festigkeit. Außerdem war es mit einer klebrigen Substanz versehen, von der man sich nicht so ohne weiteres lösen konnte. Daher benutzten Nefer und seine Männer spezielle Haken, um die Netze zu ziehen und zu befestigen. Nach der Schlacht wurden die Netze dann entfernt, um die anderen Riffbewohner nicht zu gefährden.

Bei dieser Schlacht sind die Netze keine große Hilfe, dachte Ceti Cham und blickte besorgt zum Nachbarhügel. Er war ein echter Draufgänger, der für die anderen gern den Kopf hinhielt, ein Hüne unter den Korallenmännern mit mächtigen Muskeln. Er saß mit Aran Voltas und Telam Sokur in einer kleinen Nische und kaute an einer Pina Wurzel. Die Offiziere überlegten, was sie jetzt tun sollten.

»Wir können keine Netze mehr auslegen«, sagte Telam leise, während er die Seesterne aufmerksam beobachtete.

»Stimmt«, erwiderte Aran. »Dafür ist es jetzt zu spät. Aber hier herum sitzen geht auch nicht. Also lasst uns den anderen helfen. Lotris steckt gewaltig in der Klemme«, Aran warf einen besorgten Blick zum Pergamahügel.

Der Anführer seufzte. Als ob sie nicht bereits genug Sorgen hätten! Nefer lag schwer verletzt im Heilertrakt, keiner wusste, ob er überleben würde! Und sie saßen hier am Hügel und wussten nicht mehr weiter. Und dann noch die vielen Verletzten und deren Schreie! Aran war aus vorangegangenen Schlachten einiges gewohnt, aber so schlimm war es noch nicht gewesen!

»Gut, ich werde einen Boten losschicken, um uns andere

Waffen zu besorgen. Mit unseren Haken können wir nicht viel ausrichten«, Telam erhob sich und steckte den Kopf aus der Höhle.

»Da draußen warten die Haie, Aran«, sagte Telam leise und grinste. »Zeit für ein anständiges Nachtmahl!«

Ceti warf einen Blick nach oben, das Licht des Vollmondes drang durch die Wasseroberfläche und legte einen silbernen Glanz auf das Königreich, so dass es wie verzaubert wirkte. Es passte überhaupt nicht zur Situation!

Dann kam ihm eine Idee.

»Das Licht«, sagte Ceti leise. »Das Mondlicht treibt sie auf unser Riff zu. Wir müssen die Seesterne ins Dunkle bringen.«

Aran und Telam sahen ihren langjährigen Kameraden erstaunt an. Sie waren zusammen aufgewachsen und hatten gemeinsam ihre Ausbildung absolviert. Und auch wenn Ceti absolut zuverlässig war, galt er nicht als schlau oder listig wie Telam. Er war eher der Mann fürs Grobe.

»Was meinst du damit?« wollte Aran wissen.

»Sie kommen vom nördlichen Ende des Reiches, kriechen am Putzerhügel über die Brücke nach oben. Wie wäre es, wenn wir sie angreifen, die Netze über die Seesterne werfen und sie rüber in den Sachel-Schlund bringen?«

Der Schlund war ein tiefes Loch am westlichen Ende des Königreiches, weit hinter dem Medusenhügel, ein unterseeischer Wasserlauf mit einer sehr starken Strömung.

Wer diesem Schlund zu nahe kam, war verloren.

»Klingt nicht schlecht«, sagte Telam und grinste. »Du hast eine Kleinigkeit vergessen. Nämlich ihre Arme mit den Giftstacheln. Wie willst du die bändigen?«

»Lass dir was einfallen«, antwortete Ceti und grinste ebenfalls. »Du hast doch immer eine Lösung parat, stimmts, Aran?«

Der Anführer nickte.

»Ja, das hat er«, sagte er leise und blickte Telam in die Augen.

Er konnte sehen, wie Telam nach einer Möglichkeit suchte, die gefährlichen Waffen der Seesterne auszuschalten.

»Fangen und binden«, sagte Telam plötzlich und erhob sich. »Wir brauchen so viele Seile wie möglich. Am besten mit Muschelleim getränkt!« Aran und Ceti und beauftragten ein paar Soldaten, die Seile zu holen, die massenweise in der Waffenkammer lagerten.

»Wir müssen von der Brücke aus angreifen!« mahnte Telam. »Das ist unsere einzige Chance.«

»Und wir sollten uns Verstärkung holen«, fügte Aran hinzu. »Am besten wäre es, wenn wir uns auch von hinten anschleichen, dann ist der Überraschungseffekt am größten. Also müssen wir schnellstens zum Sonnenhügel.« Aran gab seinen Männern den Befehl zum Aufsitzen, die Pause war vorbei. Er war froh, dass sie was tun konnten.

Telam sah bereits alles vor sich, er wusste auch schon, wie er seine Männer einsetzen würde. *Ablenken und angreifen*, dachte er und grinste.

Ceti stand auf und reckte sich.

»Fangen und Binden – das ist gut, meine Krieger sind sehr geschickt im Binden.« Er trat aus der Nische und winkte seinen Männern zu.

»Wir werden uns diese Arme genauer anschauen.«

»Sei bloß vorsichtig, ich will keine unnötigen Verluste«, mahnte Aran.

»Die kriegst du auch nicht«, Ceti grinste und gab das Zeichen zum Aufsitzen.

Bald verließen einige Soldaten auf ihren Seepferden den Hügel, verteilten sich und schwirrten zwischen den Seesternen hin und her. Es war ein waghalsiges Manöver, und Aran bewunderte die Männer dafür.

Telam machte diese Waghalsigkeit Sorgen.

»Ich frage mich, warum er bei jeder Schlacht die Gefahr sucht und seinen Hals riskiert«, sagte er nachdenklich.

»Weil sein Vater das auch getan hat. Und weil er dabei gestorben ist. Und weil wir seine Familie sind. Genügt dir das?«

Telam nickte.

»Weißt du, was ich denke, Aran? Ceti ist wie Nefer. Unser Anführer ist der Kopf, Ceti sein Arm. Und wenn Nefer seine Verletzungen nicht überlebt, wird Cetis´ Arm jeden Feind töten, der sich ihm in den Weg stellt. Ohne Rücksicht auf sich selbst – er wird den Tod suchen.«

Als sie losreiten wollten, traf ein Bote von General Schoni ein. Er brachte leider keine guten Nachrichten mit.

»Wie schlimm sieht es aus?« fragte Telam den jungen Krieger.

»Etwa fünftausend Tote und Verletzte, bisher«, antwortete der Junge mit bleichem Gesicht. Es war seine erste Schlacht, und die hatte er sich wahrlich anders vorgestellt!

Ihm war ganz schlecht von den vielen Schreien, den Verletzten, den Toten und vom Anblick der vielen Seesterne und dem Blut im Wasser. Er hätte sich zu gerne in den Stallungen versteckt, bis alles vorüber war. Stattdessen musste er hier draußen auf dem Schlachtfeld für General Schoni Nachrichten überbringen!

Aran nickte, dieser Angriff hatte bereits zu viele Opfer gefordert, es wurde Zeit, dass sich das änderte.

»Irgendwelche Erfolgsmeldungen?« fragte er ohne große Hoffnung.

»Thora Modama und ihre Männer kämpfen am Blaukorallenhügel und am Seeigelfelsen, sie konnten den Feind allerdings nicht aufhalten. Und General Lotris ist am Pergamahügel, er hat viele Krieger verloren, so wie General Olis«, antwortete der Bote.

Telam nickte betroffen und seufzte. *Wie soll das alles noch enden? Wir kämpfen alle auf verlorenem Posten,* dachte er.

Aran sah sich den Boten an und stutze. Das war ja noch ein halbes Kind! »Wie alt bist du?« fragte er den Jungen.

»Ich bin fünfzehn! Und seit vier Monaten bei der Patrouille!« sagte der Bote und rückte seinen Helm zurecht.

»Wie ist dein Name?« fragte Telam und dachte irritiert: *Mit fünfzehn beim Heer? Wie ist das möglich?*

»Suli Neron«, antwortete der Junge.

»Wie kommt es, dass du in deinem Alter bereits Bote bist? Du gehörst auf die Schulbank!«

»Ich weiß«, Suli seufzte. Er war es langsam leid, ständig erklären zu müssen, warum er schon beim Heer war. General Schoni hatte ihn deswegen auch befragt, als er ihn zufällig vor seinem Beobachterposten fand. Suli war dort gewesen, um sich um ein verwundetes Seepferd zu kümmern. Der General war von der Antwort des Jungen nicht begeistert.

»Ein Kind in der Schlacht!« hatte Schoni erbost gerufen. »Das hat mir gerade noch gefehlt!«

Ein paar Stunden lang war Suli mit den Seepferden beschäftigt, sie mussten regelmäßig ausgewechselt und versorgt werden. Als dann plötzlich ein Bote ausfiel, ernannte ihn der General kurzerhand zu dessen Nachfolger, und ermahnte ihn gleichzeitig, ja gut auf sich aufzupassen.

Suli war Vollwaise, aufgezogen von seiner Großmutter, die im letzten Jahr verstorben war. Ein junger Heiler hatte ihn damals getröstet und in seine Familie aufgenommen. Und da der Bruder des Heilers Züchter bei den Seepferden war, hatte er ihn kurzerhand zum Stalldienst mitgenommen. Der Junge brauchte schließlich eine Aufgabe, die ihn ein wenig ablenkte!

Und auch wenn er mit seinen vierzehn Jahren noch sehr jung war, zeigte er eine erstaunliche Geschicklichkeit im Umgang mit den Reittieren. Natürlich ging er noch zur Schule, aber in seiner Freizeit ritt Suli mit seinem Pferdchen heimlich draußen herum, erkundete alles und träumte davon, durch alle Meere der Welt reisen zu können.

Nach etlichen Monaten wurde er zur Patrouille gerufen, da sich seine Kenntnisse über das Korallenreich und seine Umgebung herumgesprochen hatten. Und so wurde Suli Neron das jüngste Mitglied des Heeres, und er hatte eine neue Familie gefunden. Die beiden Krieger waren verblüfft, als sie die Erklärung hörten. Aran räusperte sich und bückte sich zu dem Jungen herunter.

»Halte dich aus dem Schlachtgeschehen heraus, so gut du kannst. Und wenn du unterwegs bist, um Nachrichten zu überbringen, dann benutze die Schleichwege. Du kennst sie doch sicher, oder?«

»Klar, ich kenne sie alle«, erwiderte Suli stolz.

»Gut, dann hör zu! Ich möchte, dass du sofort zu General Schoni zurückkehrst. Es gibt Neuigkeiten.«

Er berichtete von seinem Plan, die Seesterne zu fangen und zum Sachel-Schlund zu bringen und bat um Unterstützung durch Schonis Truppe. »Und jetzt reite los, es eilt!«

Suli nickte, bestieg sein Seepferdchen Roki und gab ihm die Sporen.

»Willkommen in der Familie«, sagte Telam leise und blickte ihm nach.

Sulis Weg führte durch enge Passagen quer durch den Seeigelfelsen zum Medusenhügel zurück. Dort hielt er an und meldete sich bei der Wache, die vor einer großen Seeanemone stand.

General Schoni stand mit drei Offizieren an einem Tisch, um ihre Beobachtungen zu besprechen. Es war bereits weit nach Mitternacht, Schoni war müde und auch die Offiziere zeigten Anzeichen von Erschöpfung. Die Besprechung war für sie nicht mehr als eine kurze Atempause. Die Sorgen über den Verlauf der Schlacht war allen Kriegern deutlich anzusehen.

»Klar ist, dass wir gegen eine solche Übermacht keine Chancen haben, wie sollen wir diese Schlacht gewinnen?« fragte der Offizier Rafan, als Suli eintrat. General Schoni drehte sich um und blickte müde auf seinen Boten hinunter.

»Was gibt es Neues, hast du was von Nefer Olis gehört?«

»Nein, von seinem Zustand weiß ich nichts, General, aber Aran Voltas hat einen Plan.«

Schoni hörte sich an, was Suli zu berichten hatte und überlegte eine Weile.

»Kennst du einen Weg, der an die Brücke führt, aber außerhalb des Schlachtfeldes liegt, Kleiner?«

Suli musste nicht lange überlegen.

»Ja, General, am Anemonenfeld entlang, und dann bis zum Ende durch die Hexenschlucht und von da an steil nach oben, den Sonnenhügel hinauf. Dann ist man direkt vor der Brücke.«

»Und wie lange braucht man für diesen Aufstieg?« Schoni kniff die Augen zusammen, der Junge kannte ja das Riff ja tatsächlich wie seine Westentasche!

»Mit schnellen Seepferdchen voraussichtlich zwei Stunden.«

Schoni überlegte einen Moment, dann schickte einen anderen Boten zu Aran.

»Sag ihm, er soll mit seinen Männern zum Sonnenhügel reiten, ich schicke ihm Verstärkung!«

Suli blickte sich nervös um. Die drei Offiziere starten ihn an wie ein seltenes Tier, und er fühlte sich mulmig dabei. Schoni beobachtete ihn aus dem Augenwinkel heraus.

»Hast du schon was gegessen? Du bist seit Stunden draußen unterwegs«, fragte der General besorgt. *Wie hält der Kleine das aus?*

Suli schüttelte stumm den Kopf.

»Dann setz dich und iss was. Anschließend werden drei meiner Truppen unter deiner Führung diesen Schleichweg nutzen, um ungesehen an den Feind heranzukommen. Wir müssen Aran und seine Männer unterstützen, so gut es geht. Rafan, Noser und Bogel – ihr nehmt eure Männer und folgt diesem Bengel«, befahl Schoni seinen Offizieren, die sich auch sofort erhoben um ihre Männer zu informieren.

»Du hältst dich verborgen und beobachtest den Angriff. Ich erwarte, dass du unverletzt zurückkehrst!« schärfte der General dem jungen Krieger ein.

Suli nickte und begab sich nach draußen, um sich eine abgelegene Ecke zu suchen. Er fand sie direkt hinter der Anemone, zog ein Päckchen mit getrocknetem Fletagemüse aus seiner Tasche und kaute bedächtig auf seiner Mahlzeit herum. Bei jedem Bissen fragte er sich, ob dies seine erste und gleichzeitig letzte Schlacht sein würde.

Und wie können General Schoni und seine Offiziere so gelassen bleiben, während hier tausende Krieger sterben? Womöglich werden wir alle sterben!

Suli fühlte sich ohnmächtig vor Wut und Angst.

»Ich kann nichts tun, rein gar nichts!« schrie er laut zu der Anemone, als sei sie an allem schuld. »Ich bin ein kleiner, armseliger Bote aus der Patrouille, da draußen sterben alle und ich kann gar nichts tun! Ich bin hier total überflüssig!!«

»Ruhig, mein Junge«, hörte er eine Stimme hinter sich sagen. Suli drehte sich überrascht um und sah Rafan vor sich stehen.

»Du kannst eine Menge tun, aber immer einen Schritt nach dem anderen, verstehst du?«

Suli schüttelte den Kopf. »Nein, das verstehe ich nicht. Ich bin doch bloß ein Bote«, rief er aufgebracht.

»Diesen Boten brauchen wir aber jetzt, um Aran bei seinem Angriff zu helfen. Du bist nicht überflüssig, Suli.«

»Aber ich kann bloß dasitzen und beobachten!« sagte der Junge traurig.

Rafan nickte. »Das ist wichtig, weißt du? Jemand muss doch schließlich den anderen von unserem großartigen Sieg erzählen! In allen Einzelheiten! Und glaube mir, Suli, alle werden dich bewundern und beneiden! Schließlich warst du dabei und hast alles gesehen! Das ist besser als kämpfen, darauf kannst du wetten!«

»Tatsächlich?« fragte Suli unsicher. Er konnte sich das gar nicht vorstellen.

»Suli, hör zu«, Rafan fasste den Jungen bei seinen Schultern, »du solltest gar nicht hier sein und das alles mit ansehen müssen. Aber jetzt ist es so und du musst das Beste daraus machen. Also komm, wir warten auf dich.«

Suli seufzte und stand auf. »Hoffentlich habe ich auch was Erfreuliches zu erzählen«, sagte er leise zu sich selbst.

General Schoni lief ungeduldig hin und her und blickte ständig nach draußen.

Er brauchte die Toten am Meeresboden gar nicht erst zu zählen, mit jeder Minute wurden die Verluste höher. Egal, wo er hinschaute, jeder Hügel war mit Angreifern übersäht. Schoni füllte eine unglaubliche Wut in sich aufsteigen. Am liebsten hätte er jedem einzelnen Seestern den Hals umgedreht! Leider hatten sie keinen.

Müde rieb er sich übers Gesicht, es war Zeit, dass Suram zurückkam und eine Pause einlegte. Er war, wie Schoni selbst, nicht mehr der Jüngste. Und der Heerführer kämpfte immer wie ein Hai im Blutrausch, das wusste Schoni zu gut.

»Hoffentlich überlebt Nefer seine Verletzungen«, brummte er wütend vor sich hin, und setzte sich.

Ein Bote traf ein und brachte Nachrichten. Was er zu sagen hatte, war mittlerweile nichts Neues. Noch mehr Tote und Verwundete ...

»Aran muss Erfolg haben«, sagte er leise und ballte seine Fäuste.

Im selben Moment ritten dreitausend kampferprobte Korallenkrieger unentdeckt hinter den Anemonenfeldern entlang.

Suli führte sie hinunter in die Hexenschlucht, die spärlich vom Mondlicht beleuchtet wurde. Sie lag hinter dem Medusenhügel, weitab vom Kampfgeschehen, und war viele hundert Meter tief. An den Hängen wuchsen Pflanzen, die von den Heilern für verschiedene Zwecke genutzt wurden. Der Graben war von Muränen und Krebsen bewohnt, die sich über den Aufzug wunderten. Aber ihre Angst vor den Seesternen, deren Angriff sich natürlich herumgesprochen hatte, war in diesem Moment größer als ihre Neugier, und so blieben sie alle in ihren Höhlen und riskierten höchstens einen neugierigen Blick.

Es war gespenstisch still hier unten, und so mancher Krieger trieb sein Seepferdchen an, damit er diese unheimliche Gegend schneller verlassen konnte.

Suli, der die angespannte Stimmung unter den Kriegern spüren konnte, drehte sich um und winkte ihnen zu.

»Keine Sorge!« rief er nach hinten. »Hier sind wir sicher!«

Und so schwammen sie die nächsten Stunden im Halbdunkeln weiter durch den Graben, und wunderten sich über den Jungen, der sie anführte.

»Es ist, als ob man ins Totenreich schwimmt«, murmelten einige Soldaten. »Und der Kleine da vorne zeigt nicht die geringste Angst!«

Auf dem Pergamahügel sah der junge General Lotris mit Entsetzen, wie seine Truppe immer kleiner wurde. Unentwegt kamen die Schwimmer aus dem Heilertrakt, um die Verletzten mit den Transportmuscheln abzuholen. Eben hatten sie Ruon und Lindion mitgenommen, zwei erfahrene Soldaten, deren Rat und Kampferfahrungen Lotris sehr schätzte. Der Anführer der Patrouille sah den beiden besorgt nach. *Hoffentlich sehe ich sie wieder!*

Er rief ein paar Männer zu sich, sie mussten sich neuen Medusenpollen besorgen, die Seesterne wehrten sich immer noch zu heftig. Ein Bote sollte zu Schoni eilen und um weitere Männer bitten, ansonsten waren sie hier verloren. Ganze hundert Soldaten waren ihm noch geblieben!

Und während er seine Befehle erteilte, kroch ein kleiner Seestern auf Lotris zu und schlug mit einem seiner Arme nach dem General. Ein Giftstachel traf seinen Nacken.

Lotris fiel überrascht um und verlor das Bewusstsein. Sein letzter Gedanke galt seinem Seepferd, das entsetzt die Flucht ergriffen hatte.

In der Anemone neben Schonis Beobachterposten türmten sich unzählige Giftstachel, die zum Heilertrakt gebracht wer-

den sollten. Schoni sah zu, wie die Soldaten ihre Fracht ableg-
ten und fragte sich, ob man den Feind nicht mit den eigenen
Waffen schlagen konnte.

Als er sich umdrehen wollte, sah er einen kleinen Trupp
aus fünf Kriegern, der merkwürdig langsam und vorsichtig
auf seinen Posten zuhielt. Sie kamen vom Mondhügel herüber. Schoni beschlich ein ungutes Gefühl. Was hatte das zu
bedeuten?

Erst als der Trupp wenige Meter von der Anemone entfernt
war, konnte er alles erkennen. Die Männer führten eines der
Seepferdchen, auf seinem Rücken lag eine leblose Gestalt mit
dem Gesicht nach unten.

Es war der Heerführer Suram Olis!

»Oh, Eburon, steh uns bei! Erst der Sohn und jetzt auch
noch der Vater!« rief Schoni entsetzt.

Die Männer brachten den Körper des großen Heerführers
herein, der aus vielen Wunden blutete. In seinem Rücken
steckten zwei Giftstachel.

Wortlos legten ihn die Krieger vorsichtig auf den Boden ab.

Schoni bückte sich zu seinem alten Kameraden hinunter
und hielt seine Hand. Suram Olis atmete schwer, sein Gesicht
war ganz blau, und ein mächtiges Zittern lief durch seinen
ganzen Körper. Mit letzter Kraft blickte er seinem Freund
in die Augen, als wollte er noch etwas sagen. Dann war sein
Todeskampf vorbei.

Schoni schloss die Augen, damit niemand seine Tränen
sehen konnte.

Die Soldaten standen mit gesenktem Kopf vor ihrem Heerführer, sein Tod war für sie so unfassbar wie für den General.

Mascha war in der Halle der Ahnen angekommen.

Er bahnte sich seinen Weg durch die Menge, bis er vor dem König stand. Maris Modama war erstaunt, ihn zu sehen und erhob sich.

»Was führt dich zu mir Mascha, wieso bist du nicht bei den anderen Heilern?« fragte er besorgt. Mascha verbeugte sich vor dem Herrscherpaar und hielt dem König die Schriftrolle hin.

»Dies ist eine Botschaft von Bola Chron«, sagte er.

»Was ist los?« fragte die Königin besorgt.

»Es geht um die Verwundeten, es sind leider sehr viele«, antwortete der Heiler leise, damit nicht gleich alle Umstehenden von diesem Unglück erfuhren. Erschrocken hielt sich Suna Orea die Hand vor den Mund. Ganz bleich geworden, nahm sie langsam Platz. *Thora, meine Tochter, wo bist du? Hoffentlich lebt sie noch,* dachte Suna Orea ängstlich.

Der König entfaltete die Schriftrolle, sein Gesicht war eine versteinerte Miene. Er las die Botschaft, ließ das Blatt sinken und setzte sich ebenfalls.

»Was ist? Was steht drin?« Suna Orea fasste ihren Gemahl am Arm und sah ihn eindringlich an.

»Nefer Olis ist schwer verletzt. Und auch sonst sieht es schlimm aus«, antwortete der König leise. Die Königin nahm das Blatt Papier und las die wenigen Worte, die Mascha auf Geheiß von Bola notiert hatte: »Der Sohn des Heerführers wird womöglich sterben. Die Schwimmer berichten von tausenden Toten und Verletzten.«

Suna Orea unterdrückte ein Schluchzen. Es war furchtbar, sie waren alle verloren! Mascha verbeugte sich abermals.

»Ich gehe jetzt zurück, mein König. Hast du irgendwelche Anweisungen für mich?«

König Maris erhob den Kopf und sah ihn mit flehendem Blick an. »Rette so viele, wie du kannst!« sagte er leise und fasste nach der Hand seiner Gemahlin. Er musste seinem Volk die Wahrheit sagen, auch wenn es ihm schwerfiel.

Viele Familien haben Angehörige draußen auf dem Schlachtfeld, Ehemänner, Väter, Söhne, Brüder, Neffen, auch viele Frauen sind unter ihnen – wie soll ich ihnen diese schlimme Nachricht überbringen, fragte er sich.

Maris Modama seufzte und stieg auf seinen Sitz. Schlagartig wurde es still in der Halle der Ahnen.

Aran hielt mit seiner Truppe direkt auf den Sonnenfelsen zu. Mit Schrecken hatte er die unzähligen Seesterne beobachtet, die immer weiter auf das Korallenreich zuströmten. Das war tatsächlich eine rote Flut!

Sie konnten sehen, dass sich viele Seesterne über den Sandboden auf die Mitte des Reiches zu bewegten. Aber sie krochen auch auf den Putzerhügel und über die Brücke, um auf den Sonnenfelsen zu gelangen. Mit seinen Offizieren hatte Aran besprochen, dass sie dort Netze auslegen würden. Den Angriff auf der Brücke und auf dem Putzerhügel sollten Telam und Ceti mit ihren Männern führen, wenn man den Angreifer bereits dort stoppen konnte, wäre es ein großer Erfolg.

»Wir müssen erst die beseitigen, die auf der Brücke sind, das wird ein hartes Stück Arbeit«, bemerkte Ceti und rieb sich erwartungsvoll die Hände. Diese Arbeit mochte hart sein, aber er liebte sie über alles!

Seit zwei Jahren besaßen er und seine Männer eine Waffe, die er selbst entwickelt hatte. Ein langer Stiel, vorne mit Haifischzähnen bestückt, war bestens geeignet, um einem Seestern die Arme abzuhacken. Ceti war immer glücklich, wenn er diese Waffe einsetzen konnte. Und heute würde sein Hacker – wie er die Waffe im Stillen nannte – genug zu tun bekommen!

Auch seine Männer waren wild darauf, das konnte er deutlich spüren. Alle Draufgänger wie er selbst, konnten sie es nicht erwarten, den Gegner direkt angreifen zu können. Das war viel besser, als immer Netze auszulegen!

Telam überlegte fieberhaft, wo die Seesterne alle herkamen. Und dann in so großer Zahl, das war nicht natürlich!

Waren sie angelockt worden? Und wenn ja, wovon, fragte er sich. Er wusste, dass eine Kolonie Seesterne außerhalb des Korallenreiches lebte. Bereits mehrmals hatte man versucht, diese Kolonie zu vernichten. Aber trotzdem überlebten immer wieder einige Seesterne, um sich dann schlagartig zu vermehren und über Faranon herzufallen. Aber in so großer Anzahl hatten sie bisher nicht angegriffen!

»Aran, hier stimmt was nicht«, sagte er leise zu seinem Freund. »Es sind zu viele und sie sind viel wilder als sonst. Findest du nicht?«

»Habe ich auch bemerkt«, brummte der Anführer. »Wenn die Schlacht vorbei ist, werden wir der Sache auf den Grund gehen.«

»Wenn wir dann noch leben.«

»Was redest du da für einen Unsinn!« rief Ceti dazwischen. »Natürlich werden wir leben, stimmts Männer? Los vorwärts!« brüllte er und schüttelte drohend seinen Haken. Sein Seepferd tauchte zu einer tiefergelegenen Strömung ab, die sie schneller nach Norden brachte.

»Sieg, Sieg für Faranon!« brüllten seine Soldaten. Ceti grinste.

Wenig später erreichten sie den Putzerhügel. Ceti schwärmte mit seinen Männern aus und wirbelte seine Waffe herum. Bei jedem Schlag schrien die Männer laut »Sieg!«, das Blut spritzte hoch, und mit der Zeit bedeckten immer mehr Seesterne den Meeresboden.

Auch Telam beteiligte sich mit seiner Truppe, die Speere wurden gnadenlos in die Angreifer versenkt. Es war ein unglaubliches Gemetzel, dem Aran jedoch keinen Einhalt gebot. Er wusste, dass es richtig war, die Männer gewähren zu lassen.

Und während sechstausend Krieger ihre Wut und Blutgier auf der Brücke und dem Putzerhügel austobten, begann Aran mit seinen Kriegern, weiter oben am Sonnenfels die anderen Seesterne zu erledigen.

Suli Neron hatte indessen mit den drei Truppen die Hexenschlucht durchquert, jetzt begann der Aufstieg am Sonnenfels. Pfeilschnell schossen die Seepferde mit ihren Reitern nach oben, es war ein sensationeller Anblick!

Unterwegs besprachen die Offiziere Rafan, Noser und Bogel, wie sich aufteilen und Aran Voltas Männer unterstützten wollten.

»Ich glaube nicht, dass wir uns langweilen werden, es gibt garantiert genug zu tun«, sagte Rafan, die anderen nickten. Mit ihren Speeren, die mit Widerhaken besetzt waren, wollten sie direkt auf die Seesterne zielen.

Als sie Spitze des Hügels erreicht hatten, nahmen alle dreitausend Männer Aufstellung und beobachteten das Schlachtfeld von oben. Was sie sahen, ließ sie erschauern.

Aran war am Sonnenhügel beschäftigt, am Putzerhügel kämpften die übrigen Männer, das Wasser war vom Blut bereits rot gefärbt.

»Hier gibt es viel zu tun, lasst uns anfangen. Die Männer werden bald müde sein«, befahl Rafan.

Bereitwillig stürzten sich alle in den Kampf. Noser hatte eine Menge Medusenpollen im Gepäck, er ließ es großzügig über dem Putzerhügel verteilen.

Suli versteckte sich mit seinem Seepferdchen Roki hinter einer großen Federkoralle am Rand des Sonnenfelsens. Er war so aufgewühlt, dass er weder Hunger noch Müdigkeit verspürte. Sein ganzer Körper bebte, er konnte keinen klaren Gedanken fassen. Entsetzt und fasziniert zugleich beobachtete er das Geschehen drei Stunden lang, bemühte sich, die Männer von Rafan, Noser und Bogel im Auge zu behalten. Aber es war nicht leicht.

Das Wasser hatte sich vom vielen Blut ganz rot gefärbt. Außerdem kämpften die Männer Seite an Seite, ganz gleich, welcher Truppe sie angehörten. Ihre wilden Schreie dröhnten in Sulis Ohren, überall auf dem Boden und am Hügel lagen die abgetrennten Arme und Körper der Seesterne.

Er blickte nach rechts in Richtung Medusenhügel, den er allerdings nicht erkennen konnte, dafür waren sie zu weit weg. Aber Suli glaubte, dass dort ebenso gekämpft wurde wie hier.

Wie lange noch? Wann hat dieser Wahnsinn ein Ende, fragte er sich. Der kleine Soldat wünschte sich sehnlichst in den Stall zurück, zu seinen Seepferden. Dort war es warm und friedlich.

Auch wenn Suli bei der Familie des Heilers lebte, der Stall war sein zu Hause. *Gibt es nach der Schlacht noch ein zu Hause, in das ich zurückkehren kann?*

Plötzlich ergriff ihn nackte Angst. Er stand auf, wollte am liebsten weglaufen. Roki schnaubte und zog am Zügel. Suli drehte sich um und versuchte sein Reitpferd zu beruhigen. Dann – als ob ihn eine Stimme gewarnt hätte – blickte er zurück, zur Wasseroberfläche hin.

Beim Anblick der Würfelquallen, die dort trieben, blieb ihm beinahe das Herz stehen. Ein ganzer Schwarm – Suli schätzte gut hundert Quallen – trieb direkt auf sie zu.

Was wollen sie hier? Warum kommen so viele? Würfelquallen sind Einzelgänger!

In Suli Kopf überschlugen sich die Gedanken. Das Gift dieser Quallenart war absolut tödlich – dagegen gab es kein Heilmittel!

Ich muss die anderen warnen, ich muss die anderen warnen, ich muss ...

Wie von selbst griff Sulis Hand nach dem kleinen Horn, das an einer Schnur an seinem Hals hing. Er setzte das Horn an die Lippen und blies mit aller Kraft hinein.

Das Wasser trug den hohen Ton durchs ganze Königreich und im selben Moment wusste jeder Krieger, dass eine weitere Gefahr drohte.

Netze und Tentakel

Aran hielt inne und blickte zum Hügel hinauf. Er sah noch, wie der kleine Bote sein Horn losließ und mit einer Hand nach Norden zeigte. Als er die vielen Quallen entdeckte, wurde Aran ganz schlecht. Nach und nach wurden auch die anderen Krieger auf die drohende Gefahr aufmerksam, und so mancher wurde vor Schreck ganz bleich.

»Eburon, steh uns bei!« konnte Aran einige von ihnen rufen hören. Zum Glück waren sie erfahren genug, ihre aufkommende Panik an den Seesternen auszulassen, und so kämpften sie noch verbissener als vorher.

Aran rief seine Offiziere zu sich, sie mussten sich schnellstens beraten, während die anderen weiterkämpften.

Rafan, Noser und Bogel bahnten sich einen Weg durch die vielen Krieger hindurch, um an der Beratung teilzunehmen.

»Was machen wir jetzt?« fragte Ceti. Er war völlig blutüberströmt, die Mordlust in seinen Augen war nicht zu übersehen. »Ich habe noch nicht genug«, sagte er mit gefährlichem Unterton und klopfte auf seine Waffe.

»Die größere Gefahr geht von den Quallen aus, das ist klar. Aber wie können wir gegen sie kämpfen?« Aran blickte fragend in die Runde.

»Haben wir noch genügend Netze?« Telam beobachtete den Quallenschwarm.

Rafan stutze. »Willst du sie einfangen?«

»Warum nicht? Wir werfen von oben die Netze über sie und

ziehen sie dann rüber zum Sachel-Schlund. So wie wir es mit den Seesternen machen.«

»Die Idee ist gut«, lobte Noser. »Und was ist mit den Tentakeln?«

»Die binden wir zusammen. Das erledige ich mit meinen Männern«, gab Ceti zurück. »Wir haben noch jede Menge Seile übrig, jetzt haben wir Verwendung für sie.«

»Der Angriff muss gleichzeitig von oben und unten stattfinden, ich gebe das Zeichen«, Aran erhob sich. »Aber wir müssen uns dafür aufteilen.«

»Gut, ein Teil meiner Männer wird die Quallen von oben attackieren. Die anderen kümmern sich weiter um die Seesterne«, schlug Rafan vor.

»Abgemacht, ich gebe das Zeichen zum Angriff.« Aran stieg auf sein Seepferd und teilte die restlichen Truppen ein.

Die Quallen zogen langsam vorwärts. Sie waren sehr klein, die Wirkung des Nesselgiftes in ihren langen Tentakeln war dafür umso größer.

Rafan rief seine Männer zu sich und informierte sie über den bevorstehenden Angriff. »Tod diesen Biestern!« schrien die Männer und schüttelten ihre Speere in Richtung der Quallen. »Lasst sie uns aufspießen!«

»Halt!«

Rafan trieb sein Seepferdchen durch die Krieger, die sich am Sonnenfels eingefunden hatten und blickte jedem einzelnen direkt in die Augen.

»Wichtig ist, dass ihr Ruhe bewahrt!« sprach er mit lauter Stimme. »Wir müssen die Quallen so früh wie möglich erledigen, bevor sie großen Schaden anrichten! Aran und seine

Männer werden sie mit den Netzen einfangen, wir werden unsere Speere auf sie schleudern und sie so unschädlich machen! Aber ich will keine überstürzten Aktionen sehen, habt ihr das verstanden? Ich erwarte, dass ihr alle diesen Angriff überlebt, ist das klar?«

Rafan konnte keinen Soldaten gebrauchen, der sich hier zum Held aufspielen wollte und diesen Übermut mit dem Leben bezahlte! Sofort herrschte Ruhe. Dann kam Aran Voltas mit seiner Truppe. Sie hatten die Seile und Netze besorgt, die unter den Männern verteilt wurden.

»Ihr solltet euren Angriff erst dann starten, wenn wir die Netzte ausgebreitet haben«, schlug Aran vor und die anderen nickten. »Womöglich wird uns dadurch das Einfangen der Tentakel erleichtert.«

Rafan blickte vom Hügel aus nach oben. Die ganze Meeresoberfläche war von Quallenköpfen bedeckt, ihre Tentakel hingen wie ein riesiger Vorhang herab. Zum Glück waren sie noch weit genug entfernt, so dass die Männer auf dem Hügel nicht gefährdet waren. Aber bei der starken Strömung um den Sonnenfels herum würde sich das bald ändern!

Wenig später änderten die Quallen ihre Richtung. Sie ließen sich von der Strömung weiter nach Süden treiben, direkt auf die Mitte des Königreiches zu.

Wir müssen sie schnellstens angreifen, dachte Aran und trieb sein Seepferd an. *Wenn sie am Blaukorallenhügel angekommen sind, ist es zu spät!*

Mehr als eine Stunde lang hetzten die Krieger dem Quallenschwarm hinterher. Sie mussten Abstand halten, um sich von den Tentakeln fernzuhalten, die meterlang waren und durchs Wasser trieben. Ceti wäre zu gerne mit ein paar Männern losgezogen, um sich die Tentakel näher anzuschauen, aber Aran wies seinen Vorschlag ab.

»Du wirst dem Gift noch nahe genug kommen, gedulde dich.«
Ceti seufzte. *Aran ist immer so verdammt vorsichtig!*
Im selben Moment schrien ein paar Krieger auf und zeigten nach vorne. Einige Quallen hatten sich aus dem Schwarm gelöst und hielten auf den Mondhügel zu, auf dem die Truppen von General Olis und General Schoni kämpften.

Eine günstige Strömung beschleunigte ihr Tempo, so dass sie binnen weniger Minuten den Hügel erreicht hatten. Die Folgen waren schrecklich.

Auch wenn alle Sulis Horn gehört hatten, blieb die Gefahr für viele bis zum letzten Moment unerkannt. Sie waren zu sehr mit den Seesternen beschäftigt, um sich richtig umzusehen und die Wasseroberfläche zu beobachten. Bis es zu spät für sie war. Die Soldaten konnten nicht schnell genug reagieren und sich in Sicherheit bringen.

Die langen Tentakel der Quallen streiften über den Hügel und hinterließen eine Spur der Vernichtung. Die Soldaten wurden Opfer eines Giftes, das sie innerhalb von Sekunden erst lähmte und dann tötete. Die Krieger waren nicht mehr in der Lage, zu schreien. Ebenso wenig ihre Seepferde, die mit seltsam verkrümmten Körpern zu Boden sanken.

Aran und alle anderen mussten hilflos mitansehen, wie ihre Kameraden qualvoll starben. Ceti schloss kurz die Augen und atmete tief durch. Er war selten so wütend gewesen wie jetzt.

Du kriegst deine Rache, sagte er sich.

Das Abschlachten am Putzerhügel ging weiter, die Soldaten tobten sich regelrecht aus.

Es war ein grausiger Anblick, Suli war froh, dass er auf dem Beobachterposten saß. Aber er bewunderte die anderen Krieger, die sich so mutig im Kampf zeigten, und ohne Rücksicht auf sich selbst kämpften. Auch die Seepferdchen mussten Höchstleistungen zeigen, um ihre Reiter aus der Gefahrenzone zu bringen. Suli beobachtete die eleganten Tierchen, es waren erfahrene Rösser, sie gehörten zu den besten des Reiches.

Der junge Bote klammerte sich ängstlich an den Hals von Roki. So verbrachte er die nächsten Stunden voller Ungewissheit. Staubwolken wirbelten vom Meeresboden auf, als etliche Seesterne vom unteren Hang des Putzerhügels abfielen.

Die Sonne ging langsam auf, Suli wurde müde, seine Augen vom angestrengten Hinschauen immer schwerer. Und so schlief er ein.

Am Pergamahügel spitzte sich die Lage zu.

Die Attacken der Seesterne wurden immer wilder, sie wandten sich jetzt wütend hin und her. Die vielen Dolchstöße der Korallenwesen hatten sie längst zur Weißglut getrieben. Und natürlich bemerkten sie auch, dass man ihre Giftstachel entfernte. Die kreisenden Schatten der Weißspitzenhaie, die sie keine Sekunde aus den Augen ließen, nahmen sie gar nicht wahr. Dafür aber die Korallenwesen. Sie schleuderten die kleinen Kugeln mit dem ätzenden Pollen der Medusenkoralle auf die Seesterne, und der Pollen fraß sich in die offenen Stellen der obersten Hautschicht, wo vorher die Giftstachel gesteckt hatten. Das löste einen starken Juckreiz aus, den die Seesterne nicht aushielten. Und so verfingen sie sich immer mehr in den Leinen, die am Pergamahügel verankert waren.

General Schoni sah mit grimmiger Genugtuung, dass diese Taktik aufging, so mancher Korallenkrieger jubelte innerlich bereits. Der Tod von General Lotris wurde erst bemerkt, als sein Seepferd ohne Reiter in die Stallungen zurückkehrte.

Schoni brüllte wütend auf, als er diese Nachricht bekam und schlug mit der Faust auf den Tisch.

»Er war unser jüngster General! Wie viele müssen wir noch verlieren?« schrie er verzweifelt den Boten an. Der junge Mann duckte sich und verließ schnell den Beobachterposten.

Der alte General dachte mit Kummer an die Aufgabe, die ihm noch bevorstand. Suram Olis Leiche lag noch immer in der Anemone nebenan, er würde sie persönlich zurückbringen und dem König Bericht erstatten. Das war er seinem alten Freund schuldig.

Thora Modama war am Ende ihrer Kräfte. Der rechte Arm schmerzte so sehr, dass sie ihn nicht mehr bewegen konnte. Sie zog die Decke über den Kopf und erlaubte sich einen Moment der Ruhe.

Ihre Gedanken schweiften vom Geschehen draußen ab, sie dachte an eine der früheren Schlachten, bei der sie den schlimmsten Verlust ihres Lebens erlitten hatte.

Vorsichtig berührte sie mit der linken Hand die Narben in ihrem Gesicht. Sie dachte an ihren Geliebten Sabon, der in jeder Schlacht an ihrer Seite gekämpft hatte. Er war ihr großer Rückhalt gewesen in all den Jahren, sie musste bereits seit vielen Jahren ohne ihn leben.

Sabon war am Gift eines Seesternes gestorben, für Thora war damals eine Welt zusammengebrochen. Sie selbst war bei dem Kampf ebenfalls durch einen Stachel im Gesicht verletzt worden.

Viele Monate lang war sie wie betäubt gewesen, verweigerte das Essen und redete im Fieberwahn ununterbrochen von Rache. Für die Königin war es furchtbar, ihre Tochter so leiden zu sehen. Blass und abgemagert lag sie in dem Krankenbett, wollte keinen Besuch und kein Sonnenlicht sehen.

Suna versuchte, ihr beizustehen, so gut sie konnte, aber es dauerte lange, bis Thoras Kampfwunden verheilt waren und sie den Verlust ihres Gefährten akzeptieren konnte. Als sich die Königstochter nach einem halben Jahr von ihrem Krankenlager erhob, hatte sie sich sehr verändert.

Eine Maske bedeckte fortan die schlimmen Narben in ihrem Gesicht, sie sprach selten und ließ niemanden an sich heran.

Thora kehrte zum Heer zurück, kämpfte unerbittlich in jeder Kampfübung und in jeder Schlacht und mit einer Härte, die selbst Suram Olis erschreckte. Sie übernahm immer mehr Verantwortung, und schließlich wurde sie zur Anführerin der Harpuniere. Der König selbst ernannte sie stolz zum General. Es war eine feierliche Zeremonie gewesen, und die anderen Generäle hatten ihr voller Bewunderung gratuliert. Sabon wäre stolz auf sie gewesen! Aber er war tot, und sie weinte später in der Nacht an seinem Grab.

Thora bemerkte gar nicht, wie ihr jetzt die Tränen über die

Wangen liefen. Sie war zu erschöpft und wollte ihre Ruhe haben.

Keine Schlachten, keine Kämpfe mehr!

Sie schloss die Augen und fiel in einen traumlosen Schlaf.

Peran rannte zurück zur Halle der Ahnen, so schnell er konnte. Er hielt eine Eilbotschaft von General Schoni in den Händen, die er zum König bringen sollte. Den Inhalt der Botschaft kannte er nicht, aber er befürchtete das Schlimmste. Vom Tod Suram Olis wusste er nichts, aber natürlich waren Gerüchte aufgetaucht.

Der Heerführer sei schwer verletzt, hieß es, könne sich nicht mehr aufrecht halten, seine Truppe sei geschlagen und ähnliches. Und dann die vielen Verletzten!

Als Mascha von ihnen gegangen war, erschienen die ersten Muscheln mit den verwundeten Kriegern. Der junge Wächter alarmierte einige Heiler und man bemühte sich, die Verletzten so schnell wie möglich in den Heilertrakt zu bringen.

Auch Peran hatte mitgeholfen, den Anblick der Wunden würde er niemals vergessen! Die Schreie der Krieger hallten noch in seinen Ohren, als er schließlich die große Treppe erreichte.

Atemlos verbeugte er sich vor dem König und überreichte ihm mit zitternden Händen die Schriftrolle aus gewichstem Schilfgras. Erwartungsvoll starrte Peran seinen König an.

Maris Modama entfaltete das Papier und las. Und dann zog ein Lächeln über sein Gesicht. Die Königin sah ihn erstaunt an.

»Gute Nachrichten?« fragte sie und hielt den Atem an.

»Ja!« Maris strahlte. »Es gibt Neues vom Schlachtfeld.«

Der König stieg nochmals auf seinen Sitz, und nachdem in der Halle Ruhe eingekehrt war, berichtete er kurz von Aran Voltas Angriff am Putzerhügel. Jubel brach unter den Korallenwesen auf, für kurze Zeit waren alle erleichtert.

»Leider gibt es viele Tote. Aber zumindest haben wir uns dafür gerächt!« fügte der König noch hinzu. Alle nickten, ein Krieg forderte immer viele Tote, aber der Feind hatte dafür bezahlt!

Suna Orea war erleichtert, dass ihre Tochter noch lebte. Müde und gleichzeitig hoffnungsvoll sank sie auf ihren Sitz zurück.

»Geh zurück in den Kriegerhalle, und berichte mir, wenn es Neuigkeiten gibt!« wies Maris den jungen Wächter an.

Das ließ sich Peran nicht zweimal sagen. Auch wenn er vom vielen Laufen müde war, ging er mit schnellen Schritten an seinen Platz zurück.

Er hatte sich nicht getraut, dem König von den anderen Gerüchten zu erzählen, die er von den verwundeten Kriegern gehört hatte. Angeblich waren Würfelquallen aufgetaucht und hatten Suram Olis Truppe getötet. Peran wollte nicht die Hoffnung, die der König und seine Gemahlin noch hatten, zerstören.

Ofiel Broman war von den guten Nachrichten überhaupt nicht begeistert.

Bohrende Kopfschmerzen quälten ihn bereits seit Stunden und er hörte dauernd eine Stimme, die seinen Namen flüsterte. Sie war zwar leise und dünn, aber sie klang sehr bedrohlich. Wie eine Gefahr, die ganz langsam näherkam. Er konnte sich das nicht erklären und das machte ihn auch noch wütend.

Ofiel war von der langen Nacht total übermüdet und sehnte sich nach seinem Bett. Stattdessen musste er sich anhören, wie König Maris erleichtert von der Schlacht erzählte, die eine unerwartete Wendung genommen hatte. Das war überhaupt nicht vorgesehen und konnte den ganzen Plan gefährden!

Zum Schein hatte er mitgejubelt, seine Familie sollte auf gar keinen Fall Verdacht schöpfen. Jetzt saß er da und überlegte fieberhaft, was er tun konnte, um das Schlimmste abzuwenden.

Ich muss meinen Onkel finden, und zwar sofort, Ofiel stand auf und sah sich um.

»Ich kann Onkel Kapis nicht sehen, ich gehen ihn suchen.« Damit stürmte er die Treppe hinauf, ohne die Antwort seiner Tante abzuwarten. Er konnte auf keinen Fall riskieren, dass alles schiefging, dafür hatte er zu viel auf sich genommen! Und er musste dringend ein Mittel gegen diese furchtbaren Kopfschmerzen einnehmen! Dann würde auch diese schreckliche Stimme verschwinden, glaubte Ofiel.

Sinowa schaute ihm besorgt hinterher, der junge Mann benahm sich sehr merkwürdig! Und dann dieser wütende Gesichtsausdruck! Ofiels Augen blickten für Sinowas Geschmack zu verschlagen um sich. Und sein spitzes Gesicht wirkte auch nicht vertrauenerweckend. Man hatte ständig das Gefühl, das der Junge gewisse Dinge verheimlichte.

Und warum ist er wütend? Außerdem hatte er doch gesagt,

Kapis säße bei den königlichen Ratgebern, wieso rannte er dann die Treppe rauf und wollte ihn suchen?

Die alte Frau schüttelte den Kopf. Sinowa waren bereits öfter Gerüchte zu Ohren gekommen, Kapis sei weit mehr als ein Baumeister und königlicher Berater. Angeblich solle er viele Spitzel beschäftigen und den König stürzen wollen!

Sinowa war sich sicher, dass er Schlimmes plante. An Gerüchten war immer was Wahres dran! Und Kapis war seit seiner Jugend ein Geheimniskrämer. Die alte Frau vermutete, dass sie den echten Kapis Broman gar nicht kannte.

Ofiel weiß garantiert genug, die Sorge um seinen Onkel scheint jedenfalls echt zu sein!

Sinowa seufzte. *Hoffentlich hat das hier bald ein Ende,* dachte sie. *Ich bin so müde ...*

Sie schloss die Augen und schlief ein – in aufrechter Haltung. Auch wenn sie alt war, das harte Training und die vielen Jahre als Kriegerin hatten ihre Spuren hinterlassen.

Bola Chron wischte sich den Schweiß von der Stirn. Es war geschafft, Nefer hatte den Eingriff und die Nacht gut überstanden. Jetzt musste das Gift aus seinem Körper herausgeschwemmt werden, und zwar möglichst schnell. Bola entnahm aus ihren Alkoven drei Behälter mit unterschiedlichen Flüssigkeiten, die sie in einer Schale miteinander vermischte. Sie musste aufpassen, damit die jeweilige Dosis stimmte, ansonsten konnte das für den Patienten sehr gefährlich werden.

Als Bola fertig war, weckte sie Nefer auf.

Benommen blickte der junge Anführer die Oberste Heilerin an, er wusste zunächst nicht, was passiert war.

»Du musst das trinken«, sagte Bola und hielt ihm die Schale an den Mund. Sie gab keine Erklärungen ab, zuerst musste Nefer gesund werden. Dann war genug Zeit für alles andere.

Die Flüssigkeit schmeckte bitter, Nefer verzog angewidert das Gesicht und drehte den Kopf weg.

»Alles leer trinken«, Bola war unerbittlich.

Die Flüssigkeit würde dafür sorgen, dass sein Blut gereinigt und das Gift vom Körper ausgeschwemmt wurde. Die nächsten Stunden waren dabei entscheidend. Nefer musste ordentlich schwitzen, außerdem musste sein Wasser aufgefangen und untersucht werden.

Für die Heiler bedeutete es viel Arbeit, einen vom Gift geschwächten Patienten immer wieder aufzurichten, damit er sich entleeren konnte. Womöglich wurde ihm auch übel, dies war eine Nebenwirkung ihres Heilmittels. Zuweilen war eine zweite Portion nötig, um alles Gift aus dem Körper zu entfernen. Bola hatte erlebt, dass Patienten dafür etliche Tage brauchten. Manche waren davon so sehr geschwächt, dass sie sich nicht mehr erholten und starben.

Die Oberste Heilerin hoffte, dass Nefer stark genug war, um die Prozedur zu überstehen. Nachdem er die Schale leer getrunken hatte, lehnte sich Nefer erschöpft zurück. Fragend blickte er Bola an.

»Dieses Heilmittel wird das Gift aus deinem Körper schwemmen, aber es wird sehr anstrengend für dich werden. Ruhe dich aus, solange es geht.«

Nefer nickte, dann schlief er ein.

Die Heilerin erhob sich und wies ihre Helfer an, auf Nefer zu achten. Sie musste auch noch nach den anderen Patienten sehen, mittlerweile waren abermals viele Verwundete eingetroffen. Bola seufzte und verließ den Raum.

Während überall die Schlacht tobte und Suli auf dem Sonnenfelsen in den Vormittag hinein schlief, wandte sich aus dem Schlamm am Meeresboden eine Gestalt und hielt auf den Beobachterposten des jungen Kriegers zu.

Suli bemerkte den riesigen Schatten erst, als Roki nervös wurde. Verwirrt blickte er um sich und riss vor Entsetzten die Augen auf.

Direkt vor ihm hatte sich eine Seeschlange aufgerichtet, das riesige Maul weit aufgerissen. Ein furchtbarer Gestank schlug ihm entgegen, der ihn ganz benommen machte. Sein Seepferdchen bäumte sich auf und stieß einen gellenden Pfiff aus. Suli verlor das Gleichgewicht und knallte auf den Boden.

Er stand sofort auf, während Roki die Flucht ergriff.

In wilder Panik ergriff Suli seinen Beutel mit den Pollenkugeln, der auf dem Boden lag und warf in ins Maul der Bestie. Überrascht hielt sie inne und betrachtete das winzige Wesen, das vor ihr stand und Todesängste ausstand. Das konnte die Schlange riechen. Und sie liebte diesen Geruch über alles!

Der Beutel mit den Kugeln landete auf ihrer Zunge und platzte auf. Und sofort begann der lila Pollenstaub, der sich in den Kugeln befand, zu wirken.

Ein starker Juckreiz setzte ein, die riesige Zunge schwoll so heftig an, dass die Schlange zu ersticken drohte und sich hilflos hin und her wälzte. Suli beobachtete sie ängstlich, sein Herz raste. Roki versteckte sich ängstlich hinter einer Reihe abgestorbener Steinkorallen und schnaufte wild.

Die Bewegungen der Schlange wurden immer langsamer, schließlich kam aus ihrem Maul ein furchtbares Geräusch. Dann blieb sie reglos liegen. Sie war tot!

Suli stieß einen langen Seufzer aus und legte sich auf den Boden. Ihm war ganz schlecht, um ein Haar hätte ihn diese Schlange getötet!

Der kleine Bote schloss die Augen. Er wollte von dieser Schlacht, den Seesternen, Quallen und Schlangen nichts mehr hören und sehen!

Aran und seine Männer lenkten ihre Seepferde zur Wasseroberfläche. Die Quallen waren bereits weitergetrieben, ihre Tentakel streiften die Hügel, auf denen gekämpft wurde. Viele Krieger versuchten, sich in Sicherheit zu bringen, aber nicht alle konnten sich in die schützenden Höhlen und Nischen retten. Und so forderte das Gift immer mehr Opfer.

Aran gab das Zeichen zum Angriff, und die Krieger verteilten sich um die Quallen herum und warfen die Netze aus.

Kurz darauf stürzten sich Rafans´ Männer kampfbereit und todesmutig auf die Quallenköpfe und stachen mit unerbittlicher Härte zu. Die Haut platzte auf, das Wasser entwich, und die Köpfe schrumpften und blieben in den Netzen hängen.

Ceti und Telam schleuderten mit ihrer Truppe die mit Muschelleim getränkten Seile um die Tentakel, es war das reinste Himmelfahrtskommando, und keiner wusste mit Sicherheit, ob es gelingen würde.

Einige Male entkamen die Krieger nur mit Mühe den Tentakeln und ihrem tödlichen Gift, aber glücklicherweise ging alles gut. Und der Leim an den Seilen sorgte dafür, dass sich die Tentakel ineinander verklebten und keine Gefahr mehr darstellten. Nach zehn Minuten war alles vorbei.

Etliche Quallen hingen tot in den Netzen, Cetis´ Männer brachten sie zum Sachel-Schlund. Der Eingang des Schlundes lag direkt unterhalb eines Hügels, der einige hundert Meter steil zum Meeresboden abfiel, man konnte den gefährlichen Sog sogar noch hier oben spüren!

Vorsichtig näherten sich die Krieger dem Abhang und ließen die Netze los. Sofort wurden sie nach unten gezogen und in den Schlund hineingesaugt.

»Die sind wir los«, sagte Ceti und nickte.

Er gab das Zeichen zur Rückkehr und wendete sein Seepferdchen. Es wartete noch eine Menge Arbeit auf alle und sie mussten sich beeilen.

Nach etlichen Stunden blickte Aran Voltas zufrieden nach unten. Es klappte bisher ganz gut, aber noch war die Gefahr nicht vorbei. Ständig schwammen seine Männer nach oben, die Netze im Schlepptau, um sie dann im geeigneten Moment auf die Quallen herabsinken zu lassen.

Die Sonne stand hoch am Himmel, man konnte die zahllosen Opfer des Krieges gut sehen. Sowohl die Hügel als auch der Meeresboden waren von toten Soldaten übersät.

Aran befahl seinen Kriegern, sie liegen zu lassen. Sie würden sich später um die Toten kümmern und trauern, jetzt war dafür keine Zeit. Es war ein grausamer Befehl, dass wusste Aran, aber ein Krieger durfte sich in einer Schlacht vom Tod eines Kameraden nicht ablenken lassen!

Ceti war nochmals zum Sachel-Schlund unterwegs, fünf Quallen waren noch zu erledigen.

Und selbst dann war die Schlacht immer noch nicht vorbei!

Aran fragte sich, wie es auf dem Putzerhügel und der Brücke aussah. *Wie viele Seesterne sind dorthin unterwegs? Haben die Soldaten sie erfolgreich bekämpft?*

Aran schüttelte den Kopf, es hatte wenig Sinn, darüber nachzudenken. Wenn diese Quallen erledigt waren, konnten sie zum Putzerhügel zurückkehren. Und darauf hoffen, dass möglichst viele Kameraden lebten!

Aran gab das Kommando für den letzten Angriff, die Männer verteilen sich um die verbliebenen Quallen und breiteten ihre Netze aus.

»General Modama!«

Thora fuhr erschrocken auf. Vor ihr stand Gata, ihr Stellvertreter.

»Was gibt's?« fragte Thora und stand auf. Sie rückte ihre Uniform zurecht und zog die Maske über ihr Gesicht.

»Wir wurden von Würfelquallen angegriffen und es sind noch viele Seesterne draußen. General Schoni hat uns noch einige Soldaten zur Unterstützung geschickt und ...« er brach ab und presste die Lippen zusammen.

»Was ist Gata?« fragte Thora verwirrt.

Ihr Stellvertreter stand mit gesenktem Kopf vor ihr, so kannte sie ihn gar nicht!

»Suram Olis ist tot«, antwortete er leise. »General Lotris ebenfalls.«

Thora spürte, wie ein eiskalter Schauer über ihren Rücken lief. *Würfelquallen? Olis und Lotris tot? Was noch?* dachte sie kummervoll. Sie fühlte sich wütend und ohnmächtig zugleich.

Thora holte tief Luft. *Eines nach dem anderen,* ermahnte sie sich. *Trauern kannst du später!*

»Die Würfelquallen, kämpft jemand gegen sie?« fragte sie Gata, um sich abzulenken.

»Ja«, bestätigte Gata und ein schüchternes Lächeln huschte über sein Gesicht.

»Aran Voltas und seine Männer haben ganze Arbeit geleistet. Sie sind besiegt.«

»Gut«, erwiderte Thora erleichtert. »Was ist mit Nefer? Gibt es Neuigkeiten?«

»Nein«, antwortete Gata bedauernd. »Ich habe nichts gehört.« »Hoffen wir, dass er überlebt«, erwiderte Thora und stieg aus der Blüte. Sie wollte jetzt nicht weiter darüber nachdenken, es gab zu viel zu tun. Thora straffte die Schultern.

Du bist eine Kriegerin, also kämpfe, dachte sie und sah nach oben zur Wasseroberfläche. Die Sonne stand bereits sehr niedrig, bald würde es dunkel sein.

Gata führte Antalus am Zügel aus der Blüte.

»Pass gut auf sie auf«, flüsterte er dem Seepferd zu.

Thora stieg auf und packte ihren Speer. Den Dolch ließ sie in die Scheide am Nacken. Er war nicht mehr zu gebrauchen, aber das kümmerte sie im Moment nicht. Sie lenkte Antalus auf das Schlachtfeld hinaus und feuerte im selben Moment ihre Harpuniere an. Ihre helle Stimme war gut zu hören, und dennoch folgten ihr nicht mehr viele ihrer eigenen Männer. Mehr als die Hälfte ihrer Truppe war bereits Opfer der Schlacht geworden und bedeckte den Meeresboden und die Korallenstöcke. Und ein großer Teil war verwundet, die Hilfstruppen der Heiler beeilten sich, sie so schnell wie möglich in Sicherheit zu bringen. Thora wurde bei diesem Anblick traurig und schleuderte ihren Speer auf den nächst Seestern.

Zur Hölle mit diesem Feind!

Die Truppe von Aran Voltas kehrte zum Sonnenfels zurück. Bereits aus einiger Entfernung konnten sie die tote Schlange sehen, ebenso den kleinen Boten, der scheinbar leblos auf dem Hügel lag. Erschrocken sprang Aran von seinem Reitpferd und stürmte auf den Jungen zu. Erleichtert stellte er dann aber fest, dass der Junge noch lebte und lediglich schlief.

Aran beugte sich zu ihm hinunter und weckte ihn.

Erschrocken setzte sich Suli auf und rückte seinen Helm zurecht.

»Ein Beobachter darf nicht einschlafen!« sagte Aran streng.

»Ich war so müde«, antwortete Suli kleinlaut.

»Was ist mit der Schlange?« wollte der Anführer wissen.

»Die Schlange? Ach, die ist tot«, antwortete Suli verwirrt und stand auf. Ihm tat alles weh, und wieso interessierte sich der Offizier für das tote Untier?

»Was hast du mit der Schlange gemacht?« fragte Aran unbeirrt weiter. Sein bohrender Blick war Suli unangenehm.

»Ich?« antwortete er ausweichend. »Nichts!«

»Ach tatsächlich? Und wie kommt es dann, dass die Schlange in so einem Zustand ist?« fragte Aran in Befehlston weiter und zeigte mit der Hand zum Meeresboden, wo der Kadaver lag.

Er ahnte, dass der kleine Krieger nicht so unschuldig war, wie er vorgab. *Irgendwas verschweigt der Junge, und ich werde herausfinden, was es ist!* Aran stützte sich auf seine Harpune, beugte sich vor und wartete auf Antwort.

Suli verstand nicht, wieso das jetzt so wichtig sein sollte. Er wollte viel lieber wissen, ob der Angriff auf die Würfelquallen erfolgreich gewesen war. Ein kurzer Blick zu Aran machte ihm allerdings deutlich, dass der Anführer im Moment nicht *darüber* reden wollte.

Suli sah ihn an. »Sie ist urplötzlich aufgetaucht«, antwortete er mit einem Seufzer. »Ich hatte furchtbare Angst. Und da habe ich halt meinen Beutel mit den Pollenkugeln in ihr Maul geworfen – sie wollte mich fressen!« verteidigte er sich.

»Und dann ist ihre Zunge so sehr angeschwollen?« fragte Telam erstaunt. Das konnte er nicht glauben!

»Tja, ich weiß ja auch nicht«, antwortete Suli leicht entmutigt. »Was ist mit den Würfelquallen?«

»Was war in den Kugeln drin? Medusenpollen? Der hätte die Schlange nicht getötet!« Aran war unerbittlich und ließ sich nicht beirren. Zuerst musste er wissen, was hier passiert war. Das Ganze kam ihm äußerst merkwürdig vor.

Suli straffte die Schultern. Es war doch besser, dem Anführer die Wahrheit zu sagen!

»Ich habe den Pollen zufällig während einer Patrouille entdeckt. Von einer seltsamen Pflanze in der Hexenschlucht. Den Pollen habe ich dann an einer Muräne ausprobiert, die ein bisschen zu frech geworden ist. Es hat sofort gewirkt! Die Muräne war sehr schnell tot!«

»Hast du deinem Vorgesetzten davon berichtet?« bohrte Aran weiter.

»Äh, nein, es war keine Zeit, ich musste für einen erkrankten Kameraden einspringen«, gab Suli kleinlaut zu.

Aran und seine Offiziere sahen sich erstaunt an. Und alle hatten den gleichen Gedanken. *Wenn der Pollen bei einer Schlange wirkte, dann womöglich auch bei den Seesternen! Der Junge hatte, ohne es zu wissen, eine erstaunliche Entdeckung gemacht, die den Sieg bedeuten konnte!*

Aran war erleichtert, dass dem Jungen nichts zugestoßen war. Aber er musste dafür sorgen, dass General Schoni davon erfuhr, und es gab noch anderes zu tun ...

Und natürlich war Suli nicht in den Sinn gekommen, dass der Pollen die Rettung sein könnte, und so hatte er ihn vergessen!

»Steh gerade!« befahl Aran dem jungen Boten.

Suli gehorchte prompt.

»Die Schlange und die Quallen sind keine Gefahr mehr, aber hier gibt es für uns noch eine Menge zu tun. Du bleibst hier und rührst dich nicht vom Fleck, verstanden?«

Suli nickte, er war froh, dass er mit dem Schrecken davongekommen war.

Nach einem kurzen Bissen kehrten die Männer zum Putzerhügel zurück, dort strömten immer noch Seesterne den Abhang hinauf.

Das wird noch Stunden dauern, dachte Suli entmutigt. *Zum Glück sind die Quallen erledigt!*

Er verspürte Hunger und kramte in seiner Tasche. Zum Glück fand er noch eine Senafrucht, genüsslich biss er hinein und schämte sich im selben Moment, weil er aß, während die anderen für ihn kämpften. Er lehnte sich an Roki und versuchte, das Schlachtfeld im Auge zu behalten. Ceti und seine Männer wüteten ohne Unterlass, sie schienen gar nicht müde zu werden. Telams Männer sammelten die benutzten Speere ein, klemmten neue Widerhaken an, um sie nochmals einsetzen zu können. Jeder ihrer Würfe war ein Treffer und für die Seesterne tödlich, da die Speere direkt in der Mitte des Körpers landeten. Suli war dankbar, dass seine Heimat von solchen Kriegern verteidigt wurde. Er fragte sich, ob er später auch so tapfer sein würde.

Während Telam seinen Speer schleuderte, ließ ihn der Gedanke an Sulis Pollen nicht mehr los. Garantiert konnten sie die Seesterne damit besser lähmen als mit dem Medusenpollen, und womöglich würde er ihre Angreifer ganz töten, so dass weitere Kämpfe gar nicht nötig waren!

Wir müssen es ausprobieren, dachte er.

Er ritt zu Aran hinüber, um mit ihm darüber zu sprechen. Der Anführer war erst skeptisch, sie waren mitten in der Schlacht, da konnte er keinen Soldaten entbehren! Und es war auch nicht sicher, welche Auswirkungen der Pollen auf die Seesterne haben würde.

»Klar sollten wir der Sache auf den Grund gehen, aber jetzt ist der falsche Zeitpunkt dafür, Telam. Es tut mir leid.«

»Wann willst du den Pollen ausprobieren? Wenn wir alle tot sind? Wir müssen es *jetzt* versuchen, Aran! Nicht, wenn es bereits zu spät ist! Glaubst du, wir können diesem Ansturm ewig standhalten? Sieh dich doch um!«

Aran ließ seine Harpune sinken und nahm sein Umfeld in

Augenschein. Es war nicht zu übersehen, dass die Männer langsam müde wurden, aber immer noch krochen die Seesterne zu hunderten den Hügel hinauf.

Wie lange würden sie die Brücke noch halten können?

Womöglich hat Telam doch Recht. Ein Versuch kann ja nicht schaden, dachte Aran und nickte.

»Gut, Telam. Reite mit dem Jungen in die Hexenschlucht und lass dir die Stelle zeigen, wo er die Pflanze gefunden hat. Am besten nimmst du noch ein oder zwei Männer mit. Und beeilt euch!«

Telam wendete sein Reitpferd, winkte zwei Soldaten aus seiner Truppe zu sich und ritt mit ihnen zum Beobachterposten.

Suli sah die drei Soldaten auf sich zukommen und fragte sich, was das zu bedeuten hatte.

»Sitz auf! Wir reiten zu der Stelle, wo du den Pollen gefunden hast. Wir wollen sehen, welche Wirkung er bei den Seesternen erzielt!« rief ihm Telam zu.

Das ließ Suli sich nicht zweimal sagen, im Nu saß er auf Roki und ritt der Gruppe voraus. Er war heilfroh, zumindest für eine Weile dem Schlachtfeld zu entkommen.

In der Hexenschlucht war es nach wie vor still, aber sie kamen sehr schnell voran. Telam blickten an den Hängen entlang und fragte sich, welche Pflanze Suli entdeckt hatte.

In diesem Moment drehte sich der kleine Bote um und gab ein Zeichen. »Achtung, wir biegen hier ab!« Er lenkte sein Seepferd nach rechts und verschwand in einer Spalte, die bald in einem größeren Tunnel mündete. Die Wände waren mit Leuchtalgen übersäht, ein Heulen war zu hören und schließlich ging es bergab. Es wurde immer dunkler.

»Wohin führt dieser Tunnel?« Telam wurde es ganz mulmig zumute. Sie mussten tief unter dem Korallenreich sein, er hatte jedenfalls noch nie von diesem Tunnel gehört.

»Wir kommen gleich zu einer Senke, dort wachsen viele dieser Pflanzen«, antwortete Suli. »Da gibt es massenweise von diesem Pollen!«

Einer der Männer brummte was von Leichtsinnigkeit, was ihm einen strafenden Blick von Telam einbrachte.

Suli zügelte das Tempo, weiter vorne wurde es heller.

»Wir sind gleich da. Habt ihr genug Beutel dabei?«

»Ja, aber kann man den Pollen so leicht einsammeln?« wollte Telam wissen.

»Ja«, gab Suli zurück. »Man braucht die Pflanzen bloß zu schütteln.« Im selben Moment lenkte er sein Seepferd nach oben und hielt vor einem Feld, auf dem hunderte von Pflanzen im Dämmerlicht leuchteten. Ihre fliederfarbenen Blütenköpfe hingen herunter, und der Boden war übersäht mit ihrem lila Pollen. Die Männer staunten nicht schlecht, als sie diese Pracht sahen.

»Das ist ja unglaublich!«

»Das würde meiner Frau gefallen!«

»Schluss jetzt! Wir müssen den Pollen einsammeln, also los!« fuhr Telam dazwischen.

»Seid vorsichtig!« warnte Suli. »Am besten haltet ihr euch Tücher vors Gesicht, und bindet den Seepferden auch welche vor!«

Die Soldaten kamen der Aufforderung nach, es war ein

merkwürdiger Anblick. Aber sie merkten schnell, dass die Vorsichtsmaßnahme vonnöten war. Der Pollen war so fein, dass er mit Leichtigkeit in den Mund eindringen konnte. Und er juckte auf der Haut.

»Wenn das wir Zeug verteilen, müssen wir sehr vorsichtig sein. Sonst schlagen wir uns mit den eigenen Waffen«, gab Telam zu bedenken. Die anderen nickten.

Die Beutel waren schnell gefüllt, so dass sie gleich zurückreiten konnten. Nach knapp einer Stunde waren sie auf dem Sonnenhügel und hielten kurz auf dem Beobachterposten an.

»Wir müssen die anderen warnen, ich werde das gleich erledigen.« Telam ritt los und wurde von den Soldaten verwundert beobachtet. Auch Aran zeigte ein verblüfftes Gesicht, aber nach Telams Erklärung nickte er und gab allen den Befehl, das Schlachtfeld zu räumen.

»Räumen? Bist du verrückt?« schrie Ceti. Was war hier los?

»Beruhige dich«, sagte Aran und fasste ihn beim Arm. »Wir möchten was ausprobieren.«

»So, was denn? Glaubst du, die Seesterne gehen von alleine zurück in ihre Kolonie, wenn wir sie darum bitten?« Ceti war sehr verärgert, und er konnte sich nicht zurückhalten.

Aran hätte beinahe gelacht.

»Nein«, sagte er und zeigte ihm seinen Beutel. »Womöglich wirkt das hier besser als deine Waffe, Speere und Harpunen.«

»Was ist das?«

»Pollen. Von einer seltsamen Pflanze. Suli hat sie entdeckt und damit einer Seeschlange den Garaus gemacht.«

»Suli? Der kleine Bote? Hat eine Seeschlange getötet? Das glaube ich nicht. Diese halbe Portion kann ja kaum einen

Speer halten, so kurz wie er ist. Und hast du seinen Helm gesehen? Der wackelt auf seinem Kopf herum wie ein Korallenstock beim Seebeben!«

Jetzt musste Aran lachen.

»Keine Sorge, Suli wird noch wachsen, und dann passt ihm auch der Helm.«

Ceti brummte irgendwas von »der Junge sollte gar nicht hier sein«, stieg dann aber auf sein Seepferd und lenkte es zum Beobachterposten.

Telam und die beiden Männer ritten zum hinteren Ende des Putzerhügels und stiegen langsam den Abhang hinauf. Dabei ließen sie die geöffneten Beutel mit dem Pollen hinter sich her schleifen. Der feine Staub senkte sich nach unten. Die Soldaten auf dem Beobachterposten und auf der Brücke behielten den Abhang im Auge. Gespannt warteten alle darauf, was passieren würde. Es dauerte eine Weile, bis sich eine Reaktion zeigte. Plötzlich schrie einer der Soldaten auf.

»Da!« rief er. »Sie fallen runter!« Ganz aufgeregt zeigte er auf einen kleinen Vorsprung, von dem zwei Seesterne abgerutscht waren. Sie landeten auf dem Meeresboden, wo sie regungslos liegenblieben.

»Ich sehe nach, ob die noch leben«, bevor irgendjemand was sagen konnte, hatte Ceti seine Waffe gepackt und war auf seinem Seepferd losgestürmt. Er näherte sich vorsichtig den beiden Seesternen, schubste sie mit der Waffe an, es passierte jedoch nichts. Jubelnd und mit hoch erhobener Waffe kam er zurück.

»Es klappt!« schrie er begeistert. »Es klappt, sie sind tot!«

Ceti sprang aus dem Sattel und schwamm auf Suli zu. Dann hob er den Jungen hoch und wirbelte ihn herum, so dass dem Boten ganz schwindlig wurde.

Aran atmete erleichtert auf, und Telam grinste. Also war seine Vermutung doch richtig gewesen!

»Wir brauchen mehr von dem Zeug! Damit können wir sie alle vernichten!« Die Soldaten jubelten, und viele meldeten sich freiwillig zum Pollensammeln.

»Ich will mir diese Pflanzen selbst anschauen«, sagte Aran. Seine Frau Begara war Heilerin, ihr wollte er ein Exemplar mitbringen. Womöglich enthielt sie ja auch Heilkräfte.

»Wir wissen längst noch nicht alles, auch wenn wir bereits seit vielen Jahren forschen«, hatte sie ihm einmal erklärt.

Aran nahm zehn Männer mit, Suli begleitete sie. Die anderen blieben zurück, um weiter zu kämpfen.

»Haltet sie auf, so gut es geht!« rief er noch – dann war er weg.

Ceti blickte unsicher auf seine Waffe und fragte sich, ob er sie in Zukunft überhaupt noch brauchen würde. »Na, dann machen wir weiter!« schrie er zu seinen Männern. Zumindest jetzt konnte ihm sein kleiner Hacker noch gute Dienste leisten!

»Wo hast du diese Pflanze gefunden?« fragte Aran den Boten. »Meine Frau ist Heilerin und durch sie kenne ich alle Pflanzen aus der Hexenschlucht. Von keiner ist mir eine solche Wirkung bekannt!«

Suli blickte erschrocken zu dem Offizier herüber.

Dieser Aran will immer alles wissen! Wenn ich ihm von mei-

nen heimlichen Ausritten erzähle, bekomme ich womöglich noch eine Strafe! Aber es hilft alles nichts, ich muss die Wahrheit sagen, dachte er.

»Na ja«, antwortete er stockend, »ich habe sie nicht direkt in der Hexenschlucht gefunden. Ich bin bei einem Ausritt einem Nautiliden gefolgt, durch einen kleinen Tunnel, der von der Schlucht wegführt. Als wir den Tunnel verlassen haben, war dort ein Feld mit wunderschönen Pflanzen. Große fliederfarbene Blüten haben sie, ein paar davon habe ich gepflückt. Es war ganz leicht. Und dann habe ich die Pollen in meinen Säckchen gesammelt, ich dachte, sie könnten nützlich sein.«

Aran nickte. »Da hast du richtig gedacht. Zeig mir dieses Feld, wir sammeln so viel wie möglich davon. Es wird Zeit für einen Sieg!«

Pollen und Gift

Aran hatte Rafan zu General Schoni geschickt, um ihn von dem Kampf gegen die Quallen zu berichten.

»Verluste?« fragte Schoni knapp. Er musste erst wissen, welchen Preis das Heer für diesen Sieg gezahlt hatte, bevor er sich darüber freuen konnte.

»Schwer zu sagen«, antwortete Rafan vorsichtig. »Von unserer eigenen Truppe sind alle heil durchgekommen, aber das Gift der Quallen hat bei den anderen Regimentern hohe Opfer gefordert. Vor allem bei den Männern von General Modama und General Olis. Wir schätzen insgesamt zweitausend Mann«, fügte er mit einem nervösen Blick auf den General hinzu.

Schoni schloss kurz die Augen.

Das waren eindeutig zu viele! Und garantiert haben auch viele meiner eigenen Männer ihr Leben verloren! Warum musste das passieren?

Schoni versuchte, sich seine Verzweiflung nicht anmerken zu lassen. Er räusperte sich kurz und nickte.

»Gut«, sagte er dann. »Gute Arbeit. Wo ist mein kleiner Bote?« fragte er weiter. »Er ist doch in Sicherheit? Oder?«

»Ja, natürlich«, antwortete Rafan schnell. »Den Rest sollte er lieber selbst erklären.«

»Was soll das heißen?«

Der Offizier räusperte sich. »Tja, also, er hat eine Seeschlange getötet. Mit einer neuen Pollenart. Jedenfalls haben wir das bei den Seesternen ausprobiert, und es hat gewirkt. Im Moment ist Aran mit ein paar Männern unterwegs, um noch mehr davon einzusammeln, damit wir alle Seesterne vernichten können.«

Schoni blickte den Soldaten erstaunt an.

Eine neue Pollenart?

Er setzte sich und nahm einen kräftigen Schluck Quellwasser. Gab es womöglich doch noch Hoffnung?

»Wo habt ihr den Pollen her?«

»Suli hat ihn auf einem Feld gefunden, den Standort kenne ich nicht.«

»Und wie wirkt er?« fragte Schoni gespannt. *Besser als Medusenpollen, hoffe ich!*

»Es sieht so aus, als würde der Pollen die Seesterne zuerst lähmen und dann töten. Sie waren alle unnatürlich aufgequollen. Ein echt ekelhafter Anblick.«

Schoni atmete tief durch. Das war die gute Nachricht, die sie alle so dringend brauchten!

»Besorgt davon, soviel ihr könnt. Hier wird er auch benötigt!«

»Machen wir. Hast du noch andere Befehle?«

»Kehre zu deiner Truppe zurück. Und sieh zu, dass du lebend aus der Sache rauskommst. Wir haben bereits genug Verluste.«

»Jawohl, General«, Rafan wandte sich zum Gehen um.

»Und noch eine Sache!«

»Ja?« Der Offizier blieb stehen.

»Du sorgst dafür, dass mein Bote heil hier ankommt, verstanden?«

»Jawohl. Wird gemacht.«

»Und wehe nicht«, knurrte Schoni leise.

Rafan bemerkte den traurigen Ausdruck in General Schonis Augen. Der alte Soldat wirkte sehr bedrückt. Rafan blickte sich um und fragte dann: »General, was ist hier los?«

Der alte Mann holte tief Luft und blickte den Offizier an.

»Unser Heerführer ist tot.«

Zwei Stunden später tauchten Aran und seine Männer auf. Ihre Beutel waren mit dem lila Pollen gefüllt, Aran schickte sofort noch einige Soldaten los, um weiter zu sammeln. Sie hielten kurz am Beobachterposten an, um sich und den Seepferden Tücher vorzubinden. Suli musste zurückbleiben. Rafan sprach kurz mit Aran, der mit finsterer Miene zuhörte und dann nickte. Dann schickte Aran einen der Männer los, um die anderen zurück zu rufen.

Als sich alle versammelt hatten, zogen die Männer mit dem Pollen los, den sie großzügig über dem Feind verteilten.

Rafan beschloss, bei Suli zu bleiben und ihm Gesellschaft zu leisten. Der Offizier teilte ihm mit, dass General Schoni seine Rückkehr erwartete.

»Natürlich will er auch alles über den Pollen wissen. Du musst ihm sagen, wo du ihn gefunden hast.«

»Natürlich, das mache ich«, erwiderte Suli schnell. Er fürchtete sich ein wenig vor dem Gespräch mit dem General und wollte gar nicht daran denken.

»Hoffentlich dauert die Schlacht nicht mehr allzu lange«, sagte Rafan, während er einen Blick auf den Meeresboden warf, wo die tote Schlange lag. Ihr ganzer Körper war aufgebläht und hatte eine unnatürliche blaue Färbung angenommen.

So eine riesige Seeschlange hatte Rafan bisher nicht gesehen, und es beunruhigte ihn sehr, dass sie so urplötzlich aufgetaucht war.

Während beide das Geschehen auf dem Nachbarhügel beobachteten, erinnerte der Offizier Suli daran, dass seine unbedachte Tat für alle hätte gefährlich werden können.

»Du könntest jetzt tot sein. Es ist immer gefährlich, einen Gegner anzugreifen, dessen Stärken und Schwächen man nicht kennt«, sagte er eindringlich zu dem Jungen. »Solche Alleingänge sind selbst für einen erfahrenen Krieger ein Risiko, denk bitte in Zukunft daran.«

Rafan zog aus seiner Tasche einige Senafrüchte, die er sich mit dem Boten teilte. Hungrig stopfte sich Suli die Früchte in den Mund, jetzt konnte er essen. Es war mittlerweile Abend und langsam wurde es dunkel.

»Bist du nicht furchtbar müde?« fragte er Rafan. »Ihr kämpft doch bereits seit gestern Abend!«

»Doch, müde bin ich. So wie wir alle«, antwortete Rafan und streckte die Beine von sich. »Aber ich könnte jetzt nicht schlafen, selbst wenn ich die Gelegenheit dazu hätte. Zuerst muss diese Schlacht vorbei sein, erst dann komme ich zur Ruhe.«

»Ist das immer so?«

»Ja, Suli«, seufzte Rafan. Der Junge wusste natürlich nicht, wie es im Krieg zuging. »Ein Soldat muss nicht nur gegen den Angreifer kämpfen, sondern auch gegen Müdigkeit, Hunger und Angst, Hoffnungslosigkeit, die Trauer um verlorene Kameraden, und nicht zu vergessen, gegen die Schmerzen einer Verletzung. Es gibt viele Kämpfe im Leben, Suli, und du wirst einige davon durchstehen müssen. Aber egal, wie schlimm oder wie schwer es wird, du darfst nicht aufgeben!«

»Meine Großmutter hat auch zu mir gesagt, dass ich immer durchhalten muss. Aber das ist ganz schön schwer«, seufzte er dann.

»Keine Sorge, du wirst es schon schaffen«, ermunterte ihn Rafan und klopfte ihm auf die Schultern.

Sulis Helm rutschte runter, und Rafan musste an Cetis' Bemerkung denken. *Der Helm wackelt wie ein Korallenstock bei einem Seebeben!*

Alle Augen waren auf die Seesterne gerichtet, die im Todeskampf zuckten, um dann vom Abhang des Hügels zu rutschen und auf dem Boden zu landen. Die Soldaten zogen weiter, bis zum Ende des Schwarms, der vom Sonnenhügel aus nicht mehr zu sehen war.

Nach einer Stunde waren die Beutel geleert und die Soldaten kehrten zurück. »Wir müssen nochmals los, es sind noch etliche Angreifer hierher unterwegs«, meldete einer von ihnen.

»Ruht euch aus, Nachschub ist unterwegs«, sagte Aran und hielt nach den Sammlern Ausschau.

Die anderen Soldaten freuten sich riesig über den Sieg und jubelten.

»Wir werden die Brut ausrotten!« schrien sie begeistert. Aran lachte, und gleichzeitig fragte er sich, wie es Nefer erging. Sein Freund rang vielleicht mit dem Tod, während sie hier ihren Sieg feierten!

In diesem Moment beugte sich Bola Chron über das Lager von Nefer und beobachtete den Patienten.

Er war blass und schweißgebadet, sein ganzer Körper zitterte.

Bola befragte den Heiler, der ihn betreute, über die Ausschwemmung.

»Wir haben bereits zweimal sein Wasser aufgefangen und untersucht. Es steckt noch eine Menge Gift in ihm, aber ich bin zuversichtlich, dass die Behandlung erfolgreich sein wird«, sagte er und nickte.

Bola war erleichtert. Sofor war ein Fachmann für Entgiftungen, seinem Urteil konnte sie vertrauen.

»Braucht er noch eine zweite Dosis?« fragte sie ihn.

Sofor zögerte.

»Ich möchte gerne noch einige Stunden warten. Er ist aufgrund seiner Verletzung sehr geschwächt, eine zweite Dosis wäre im Moment zu viel.«

»Gut«, Bola nickte. Hier gab es für sie im Moment nichts zu tun, aber sie wusste, dass soeben neue Verwundete eingetroffen waren. Also verließ sie den Raum und machte sich auf den Weg zur Kriegerhalle. Auf dem Gang begegnete ihr eine andere Heilerin mit erschrecktem Gesichtsausdruck.

»Was ist los, Zetis?« fragte sie besorgt.

Die junge Frau zitterte und antwortete mit leiser Stimme.

»General Schoni ist eben eingetroffen. Und er ist nicht alleine gekommen. Er hat seinen besten Freund mitgebracht.«

Bola keuchte entsetzt auf. Sie wusste sehr gut, was diese Worte zu bedeuten hatten! Sofort lief sie zur Kriegerhalle, dort wartete Schoni mit einigen Männern aus seiner Truppe.

Er war müde und erschöpft, und sein Gesicht war voller Kummer. Zu seinen Füßen lag eine der länglichen Muscheln, in denen die Verwundeten und Toten transportiert wurden.

Die Muschel war offen, in ihr lag die Leiche von Suram Olis. Er lag auf dem Bauch, den Kopf zur Seite gedreht.

Bola fiel auf die Knie und betrachtete entsetzt den großen Heerführer. Die Uniform war an vielen Stellen aufgeschlitzt, Blut sickerte heraus. Sein Gesicht war in unnatürlicher Weise zu einer Maske erstarrt, eine solche Reaktion auf das Gift der Seesterne hatte Bola bisher noch nicht gesehen!

»Zwei Giftstachel steckten in seinem Rücken«, beantwortete Schoni ihre unausgesprochene Frage.

Bola blickte erschrocken zu dem General und erhob sich, ganz benommen von dem schrecklichen Tod dieses Kriegers.

»Ich gehe jetzt zum König«, sagte Schoni monoton, »sorg doch bitte dafür, dass er einen ruhigen Platz bekommt.«

Bola nickte und sah dem General nach, der mit schweren Schritten die Kriegerhalle verließ.

Sie fasste sich ans Herz. Große Angst machte sich in ihr breit.

Die Oberste Heilerin nahm tief Luft und befahl den Kriegern, ihren Heerführer zu seinem Höhlenkomplex zu bringen.

Sie würde später von Suram Olis Abschied nehmen, jetzt musste sie andere Aufgaben erledigen. Sie wischte sich über die Augen, straffte die Schultern und suchte ihren Stellvertreter Mascha auf.

General Schoni kniete mit gesenktem Kopf vor seinem König.

In der Halle der Ahnen herrschte angespannte Stimmung.

Einer der großen Generäle berichtete dem König persönlich, und das während der Schlacht! Das verhieß nichts Gutes!

Überall wurde getuschelt.

Die Korallenwesen schauten neugierig zum Herrscherpaar herüber, das sich leise mit dem General unterhielt. Leider konnte man nicht hören, was gesprochen wurde, und die in der Nähe sitzenden Untertanen tauschten besorgte Blicke miteinander.

Athea sah zum Standbild des alten Königs hinauf. Ihre Lippen bewegten sich lautlos während ihres Gebetes. Krofon legte den Arm um ihre Schultern. Die Kinder waren eingeschlafen, aber die Erwachsenen konnten keine Ruhe finden.

Der junge Korallenmann mochte sich gar nicht vorstellen, wie es draußen auf dem Schlachtfeld aussah, er war Lehrer und alles andere als ein Krieger. Er hoffte im Stillen, dass es bald zu Ende war.

Danach war es die Aufgabe der Baumeister, die Beschädigungen zu reparieren oder neue Wohnräume zu erschaffen. Und falls es nötig sein sollte, würde es nicht lange dauern, bis sie in ein neues Zuhause einziehen konnten.

Der Umzug selbst bereitete Krofon keine Sorgen. Für die Kinder war es beinahe wie ein Abenteuer, aber Athea litt unter den ständigen Veränderungen. Und auch an der Tatsache, dass ihre beiden Söhne Krieger werden und gegen die Feinde kämpfen wollten!

König Maris sah seinen General mit entsetztem Blick an. Das konnte nicht sein! Er beugte sich zu Schoni vor und fragte nochmals leise: »Er ist tot?«

Der General konnte bloß nicken. »Ich weiß nicht, wie es

passiert ist, mein König, seine Soldaten haben ihn zu mir gebracht. Er konnte mir nichts mehr sagen, das Gift hatte ihn bereits vollständig gelähmt.«

Maris lehnte sich einen Moment zurück, schloss die Augen und atmete tief durch. Suram Olis war dreißig Jahre lang Heerführer gewesen, es würde schwer sein, ihn zu ersetzten! Und was, wenn Nefer auch seinen Verletzungen und dem Gift zum Opfer fiel?

»Hast du von meiner Tochter gehört?« fragte Suna Orea ängstlich. Sie wagte nicht daran zu denken, dass auch Thora dem tödlichen Gift zum Opfer gefallen war. Ihre einzige Tochter, die bereits so viel erleiden musste!

»Als ich sie zuletzt gesehen habe, hat sie noch gekämpft. Und sie war sehr erfolgreich, meine Königin!« antwortete General Schoni und blickte auf.

Die Königin atmete auf, es bestand also noch Hoffnung!

»Was gibt es noch zu berichten?«

»Wir haben eine neue Waffe«, sagte General Schoni leise und berichtete dem König von der Entdeckung.

»Ich habe Aran Voltas und seine Männer losgeschickt, um die Pollen zu sammeln und über den Korallenstöcken zu verteilen, auf denen sich noch Seesterne befinden. Womöglich können wir sie so besiegen!«

Der König war überrascht.

»Gut, gib mir Bescheid, ob ihr erfolgreich wart«, befahl er mit lauter Stimme. »Das andere erledigen wir später.«

General Schoni erhob sich und nickte. Er hatte mit diesem Befehl gerechnet. Er verbeugte sich und eilte mit seinem Adjutanten zurück zur Kriegerhalle.

Ofiel nahm die Nachricht entgegen, die ihm sein Diener überreichte. Beim Lesen musste er sich beherrschen, um nicht erfreut los zu lachen. *Es läuft doch besser, als ich dachte!*

Der Heerführer war tot – deswegen war auch General Schoni hier gewesen – und die Schlacht hatte bisher schätzungsweise ein Drittel aller Soldaten gefordert. Einen solch schweren Schlag konnte das Königreich nicht verkraften!

Nachdem er sich selbst überall umgeschaut und erfolglos nach Kapis gesucht hatte, war er zur Halle der Ahnen zurückgekehrt. Glücklicherweise war ihm für Kapis Abwesenheit eine gute Ausrede für die Familie eingefallen ...angeblich war die Transportmuschel des Baumeisters in seinem Teich aufgetaucht – leer. Er hatte seinen Spitzel losgeschickt, um herauszufinden, was die Leute redeten – und dachten. Das war in dieser Situation wichtig, so konnte er die Stimmung für seine Zwecke nutzen! Und lange würde die Nachricht von Suram Olis Tod nicht geheim bleiben!

Irgendeiner redet immer, dachte er und beobachtete seine Umgebung aufmerksam. An vielen Gesichtern konnte er Unmut erkennen. *Sie fragen sich, was der General zu berichten hatte und warum der König nicht zu ihnen spricht! Das ist gut,* dachte Ofiel zuversichtlich. Natürlich würde er selbst kein Wort über den Tod des Heerführers verlieren. Das war Sache des Königs, und der junge Baumeister freute sich auf den Moment, indem Maris diese Nachricht verkünden würde.

Das Verschwinden von Kapis beunruhigte ihn indes immer mehr. Dieser Heiler – wie hieß er nochmal? – hatte entweder seinen Onkel mit irgendwelchen unwichtigen Dingen aufgehalten oder Kapis war verunglückt. Was, wenn er bereits in Faranon angekommen und in die Schlacht hineingeraten war?

Womöglich hatte ihn ein Seestern angegriffen! Ofiel zerknüllte die kleine Schriftrolle in seiner Hand. *Ich werde es bald wissen,* dachte er und ging auf seinen Platz zu.

Glücklicherweise hatten die Kopfschmerzen nachgelassen, und auch die Stimme war aus seinem Kopf verschwunden. Der junge Mann machte sich darüber keine weiteren Gedanken und das war auch beabsichtigt. Perimat wusste sehr gut, wie er sich im Geist eines anderen einnisten konnte.

Ofiel holte tief Luft und setzte sich neben seine Tante, die ihn erstaunt beobachtete. Sinowa war das kurze Leuchten seiner Augen nicht verborgen geblieben, als er die Nachricht seines Dieners gelesen hatte. *Was geht hier vor,* fragte sie sich verwirrt. *Draußen kämpfen alle ums Überleben, und mein Neffe freut sich? Welchen Grund kann er dafür haben? Und dann seine Mitteilung über die leere Transportmuschel von Kapis, wo war der Baumeister?*

Gespannt sah sie zu dem Königspaar herüber, ihre Gesichter zeigten große Sorge und Betroffenheit. *Irgendwas Schlimmes muss passiert sein,* dachte Sinowa besorgt. Aber welche gute Nachricht hatte Ofiel erhalten? *Ich muss ihn ihm Auge behalten,* nahm sie sich vor. *Der Junge hat irgendwas vor, das kann ich deutlich spüren!*

Sinowa beobachtete ihn heimlich, Ofiel schnaufte und verkrampfte die Hände ineinander, während er mit zusammen gekniffenen Augen das Königspaar betrachtete.

Plötzlich fiel Sinowa die Nachricht ein, die sie kurz vor der

Schlacht erhalten hatte. Darin hieß es, dass Ofiel in letzter Zeit häufig Besuch eines Heilers gehabt habe.

Was hat das zu bedeuten? Krank sieht der Junge jedenfalls nicht aus! Ich muss herausfinden, wer dieser Heiler ist! Womöglich kann ich von ihm ein paar Informationen bekommen!

Sinowa gab sich einen Ruck und stand auf. Während sie so tat, als wolle sie sich einen Überblick zu verschaffen, suchte sie nach Giran, dem alten Kammerdiener des Königs.

Er war ein langjähriger Freund und Vertrauter, mit ihm musste sie dringend über ihre Beobachtungen sprechen. Sinowa konnte Giran jedoch nirgends entdecken.

Garantiert ist er in den Gemächern geblieben, um ein paar Sachen für den Notfall zu packen, dachte sie und setzte sich. So war Giran eben, selbst in der größten Krise behielt er einen kühlen Kopf und dachte an die nächstliegenden Dinge.

Oder er hat ein Mahl für das Königspaar zubereitet, damit sie vor lauter Sorgen nicht verhungern!

Peran Tuth war noch ganz geschockt vom Anblick des toten Heerführers. Der Gedanke, dass ein Seestern diesen Mann getötet hatte, verursachte ihm Übelkeit. Er wollte gar nicht daran denken, wie es den anderen Soldaten da draußen erging.

»Eburon, steh uns bei«, flüsterte er leise. Dann fiel ihm ein, dass Nefer Olis ebenfalls schwer verletzt im Krankentrakt lag. Die ganze Familie ausgelöscht? An einem einzigen Tag? Das durfte nicht sein! Suram Olis war bereits Witwer, seine Frau Anais war bei Nefers Geburt gestorben. Der Oberste Heiler Orames Nedil hatte sie damals aufgeschnitten und dabei war die junge Frau verblutet. Darauf hin hatte der König dem Heiler Berufsverbot erteilt und ihn ins Exil verbannt.

Ich sollte nach Nefer sehen, damit wir zumindest erfahren, wie es ihm geht, dachte Peran und gab dem anderen Wachsoldaten Bescheid.

Im selben Moment kam General Schoni mit seinem Adjutanten herein. Er winkte Peran zu sich.

»Soldat, geh zu Bola Chron und erkundige dich nach Nefer. Ich möchte wissen, wie es ihm geht.«

»Sofort!« Peran salutierte und rannte los.

Den General durfte man nicht warten lassen, er sah ohnehin nicht so aus, als würde er eine gute Nachricht erwarten.

Sein Gesicht wirkte müde und eingefallen, die Augen gerötet. *Er muss sich dringend einen Moment ausruhen,* dachte Peran und bog in den Heilertrakt ein.

Dort traf er auf Mascha und fragte sofort nach Nefer.

»Du findest ihn in Bolas Kammer. Aber im Moment ist er sehr geschwächt«, antwortete der Heiler und lief eilig weiter.

Geschwächt, dachte Peran. *Das bedeutet, dass der Sohn des Heerführers noch am Leben ist!*

Der Wachsoldat beschleunigte seine Schritte. Er wollte dem General zumindest ein bisschen Hoffnung machen können, der Tod seines Freundes war bereits schlimm genug.

Vor Bolas Kammer blieb Peran einen Moment stehen. Dann hob er den Vorhang aus Muscheln zur Seite und trat ein.

Nefer Olis lag schwer atmend auf dem Bett. Die große Wunde auf seiner Brust war durch einen dicken Verband geschützt. Peran fragte sich erschrocken, ob eine solche Verletzung jemals heilen würde. Der große Offizier war bleich, zitterte am ganzen Körper und erbrach sich.

Ein Heiler eilte herbei und hob seinen Oberkörper an. Sofor war bereits seit Stunden hier, um die Ausschwemmung zu überwachen. Peran kniete sich zu Nefer und wischte ihm mit einem Tuch das Gesicht sauber.

»Es ist das Heilmittel, dass ihm verabreicht wurde. Es sorgt dafür, dass das Gift aus seinem Körper ausgeschwemmt wird. Gleichzeitig wirkt es beruhigend, deswegen bemerkt er seine Umgebung nicht«, erklärte ihm der Heiler.

»Wird er wieder gesund?« fragte Peran besorgt. »General Schoni braucht dringend eine gute Nachricht.«

»Ich weiß«, Sofor nickte. »Du kannst dem General ausrichten, dass wir sehr zuversichtlich sind. Nefer ist ein starker, junger Mann, es wird es überstehen. Es wird allerdings einige Wochen dauern, bis seine Wunde verheilt ist«, antwortete der Heiler erleichtert, denn Nefer hatte großes Glück gehabt!

Erfreut stand Peran auf.

»Das werde ich gleich melden«, er wandte sich zum Ausgang zu. Der General nahm die Nachricht recht gefasst auf und befahl Peran, bei Nefer zu bleiben.

»Du kannst dich dort nützlich machen, jedenfalls mehr als hier. Und bei den vielen Verwundeten wird jedes Paar Hände gebraucht. Ich lasse dem König ausrichten, dass ich dich abkommandiert habe.«

»Zu Befehl!« Peran salutierte und ging zu Bolas Kammer zurück. Er war insgeheim froh, bei Nefer bleiben zu können, und nicht in der Kriegerhalle noch weitere Tote und verwundete Soldaten sehen zu müssen. Mit einem Seufzer setzte sich

Peran auf einen kleinen Schemel am Kopfende des Bettes. Er nahm ein Tuch und wischte dem Offizier den Schweiß von der Stirn. »Ich wünschte, ich könnte mehr für dich tun«, sagte er leise zu Nefer. »Aber ich bin Wächter, kein Heiler.«

Es war kurz vor Mitternacht, als alle Seesterne am Putzerhügel getötet waren. Beschwingt und glücklich über ihren Sieg machten sich die Krieger auf den Rückweg zum Medusenhügel. Dort wurden sie dringend gebraucht.

Rafan, Noser und Bogel ritten mit ihren Männern zum Feld, um weiteren Pollen zu sammeln. Die Muränen und Krebse in der Hexenschlucht steckten neugierig die Köpfe aus ihren Höhlen. Die Muränen waren zwar beinahe blind, aber hören konnten sie dennoch ganz gut. Dem Gesang einiger Krieger war zu entnehmen, dass sie erfolgreich gewesen waren.

Aran Voltas salutierte vor General Schoni und berichtete von dem erfolgreichen Angriff auf die Würfelquallen und der Schlacht am Sonnenfels.

»Sie sind alle erledigt, ich hoffe, dass keine mehr nachkommen«, schloss er seinen Bericht.

Der General nickte. Zumindest diese Sorgen waren sie los!

»Der Tod unseres Heerführers ...«begann Aran.

»Schon gut«, winkte Schoni ab und setzte sich. »Die Zeit zum Trauern kommt noch. Jetzt berichte mir von diesem Pollen, den Rafan erwähnt hat.«

Aran gehorchte. Ausführlich erzählte er alles, was er von Suli erfahren, selber gesehen und erlebt hatte.

»Wieso ist dieses Feld nicht bereits früher entdeckt worden?« fragte Schoni und es klang beinahe wie ein Vorwurf.

»Weil niemand so neugierig war wie Suli. Und keine Angst hatte, einem Nautiliden in unbekannte Tunnel zu folgen. Der Junge hat Mut.«

»Eine Dummheit war das, nichts anderes! Und einer ausgewachsenen Seeschlange einen Beutel mit unbekanntem Pollen ins Maul zu werfen, ohne zu wissen, was passiert – wenn die Schlange ihn getötet hätte ...«

»Hat sie aber nicht.«

»Aran, ich hätte mir das niemals verziehen!« rief Schoni aufgebracht. »Es ist eine Sache, ausgebildete Soldaten in den Kampf zu schicken, aber eine ganz andere, einen kleinen Jungen einer solchen Gefahr auszusetzen!«

»Beruhige dich, General, es ist ja alles gut gegangen! Und so klein ist der Junge auch nicht.«

Aran stand auf und sah aufs Schlachtfeld hinaus.

»Wir hatten großes Glück, das Suli diesen Pollen entdeckt und mitgenommen hat. Wenn Rafan, Noser und Bogel zurück sind, können sich alle zurückziehen. Wir übernehmen dann den Rest.«

General Schoni lehnte sich in seinem Sitz zurück und dankte dem Schicksal für diese glückliche Wendung.

Zwei Stunden später traf Suli mit den restlichen Männern an der Seeanemone ein.

Er bemerkte mit Schrecken, dass sich das Schlachtfeld auf den Hügeln ringsum seit seinem Aufbruch sehr verändert hatte. Unzählige Leichen lagen überall herum, die Schwimmer kamen mit dem Abtransport nicht nach.

Arans Männer kämpften bei den anderen mit, den Anführer selbst konnte der Junge nicht entdecken. Auch Rafan betrachtete das Schlachtfeld mit sorgenvoller Miene. Es war weit schlimmer, als er befürchtet hatte! *Zum Glück wird die Schlacht jetzt schnell vorbei sein,* dachte er und ließ die Männer absitzen. Die Nahrungsrationen wurden verteilt, damit sich alle stärken konnten. Jeder Krieger überprüfte seine Rüstung und seine Waffen, die Seepferdchen bekamen eine Sonderportion Seegras und waren abgesattelt. Sie brauchten nach dieser Anstrengung ebenso eine Pause wie ihre Reiter.

Rafan schnappte sich Suli und brachte ihn zur Wache am Eingang der Anemone.

»Du musst dich zurückmelden, Junge.«

Suli nickte und bat den Wachsoldaten um Einlass, der mit einem Nicken zur Seite trat.

Der kleine Bote rückte eilig seine Uniform und seinen Helm zurecht. Wie würde der General reagieren?

»General Schoni, ich bringe dir deinen Boten zurück«, rief Rafan beim Eintreten.

Sulis Herz pochte bis zum Hals. Er traute sich nicht, dem Kriegsherrn in die Augen zu schauen. Und er hatte das Gefühl, der General könne seine Gedanken lesen!

»Also, was hast du zu berichten?« fragte ihn der alte Mann.

Suli räusperte sich mehrmals, salutierte und sagte dann kleinlaut: »Ich ...ich habe eine Seeschlange getötet.«

»Sie war riesig«, fügte Rafan hinzu.

»Ich habe davon gehört. Aran und Rafan haben mir von dem Vorfall berichtet«, Schoni blickte auf den Jungen hinunter.

Suli fühlte sich wie bei einem Verhör, so, als habe er was

ganz Schlimmes getan. »Ich ...ich habe sie tatsächlich getötet!« verteidigte er sich. »Aus Versehen«, fügte er kleinlaut hinzu.

»Aus Versehen«, widerholte der General. »Du hast dieser Schlange einen Beutel mit unbekanntem Pollen ins Maul geworfen, und gehofft, dass sie verschwinden würde, oder?«

Der General war immer noch wütend, weil Suli so unüberlegt gehandelt hatte. Und diese Wut konnte er nicht verbergen. Er war ja schließlich für den Jungen verantwortlich!

Sulis Knie zitterten und ein flaues Gefühl machte sich in seinem Magen breit. *Jetzt* fühlte er sich wie ein Verbrecher!

»Ich weiß nicht, was ich gehofft habe«, sagte er mit leiser Stimme. Rafan, der sich gut vorstellen konnte, was in dem Jungen vorging, beschloss ihm zu helfen.

»General Schoni, der junge Soldat hier saß ganz alleine auf dem Beobachterposten. Und er konnte keine Hilfe rufen, weil ein Teil der Truppe gegen die Quallen, ein anderer gegen die Seesterne gekämpft hat. Ihm blieb praktisch nichts anderes übrig, als sich selbst zu helfen.«

»Ja, ja, weiß«, winkte Schoni ärgerlich ab. »Zu deinem Glück hat das Zeug gewirkt und die Schlange ist verendet«, knurrte er Suli an. Der Junge zuckte zusammen.

»Mit geschwollener Zunge und aufgeblähtem Körper. Sah furchtbar aus«, fügte Rafan hinzu. »Allerdings hat er es versäumt, seinem Vorgesetzten von seiner Entdeckung des Pollens Meldung zu machen, ihm blieb keine Zeit dazu. Daher mussten wir leider vorerst auf diese Möglichkeit verzichten.«

Schoni holte tief Luft. Er durfte sich nicht so aufregen!

Langsam beugte er sich zu dem jungen Boten hinunter, der

wie ein Häufchen Elend vor ihm stand und kaum zu atmen wagte. »Was hast du dazu zu sagen, Soldat?« fragte er leise und seine Stimme klang dabei sehr bedrohlich.

Suli schluckte. In diesem Moment wurde ihm klar, dass er dem Heer eine wichtige Waffe vorenthalten hatte, womöglich wären ihre Feinde jetzt alle besiegt und niemand hätte sterben müssen! Seine Augen füllten sich mit Tränen. *Was habe ich mir bloß dabei gedacht,* schoss es ihm durch den Kopf.

Garantiert würde der General ihn jetzt bestrafen! Sieben Jahre Putzdienst in den Schlafräumen der Wachsoldaten oder Feuerschüren beim Waffenschmied! Und natürlich würden ihm die anderen Krieger ständig Vorwürfe machen, weil seinetwegen so viele hatten sterben müssen! Suli konnte nicht antworten. Ein Schluchzen kam aus seiner Kehle, am liebsten wäre er davongelaufen! Er schlug die Hände vors Gesicht und fiel auf die Knie. »Ich bin schuld, dass jetzt alle tot sind!« rief er außer sich. »Ich ganz allein!«

Der alte General schaute erstaunt auf den Jungen und fragte sich ernsthaft, ob er ihn nicht ein wenig zu hart angefasst hatte. *Ich bin bereits zu lange beim Heer, mein Befehlston hat ihn garantiert erschreckt. Immerhin ist er noch sehr jung!*

Schoni legte dem Jungen die Hand auf die Schulter.

»Schau mich an«, sagte er leise.

Suli hob langsam den Kopf.

Sein ängstlicher Blick erschreckte Schoni. *Bin ich so furchteinflößend,* fragte er sich.

»Hast du die Seesterne auf uns gehetzt und ihnen befohlen, uns anzugreifen? Und hast du auch den Würfelquallen den Befehl dazu gegeben?« fragte er Suli eindringlich.

Der junge Bote sah erstaunt zu dem General auf.

»Natürlich nicht!« verteidigte er sich. Was sollte diese Frage?

»Dann bist du auch nicht für den Tod deiner Kameraden verantwortlich«, sagte Schoni langsam.

»Aber wenn wir den Pollen gehabt hätten«, wollte Suli protestieren, doch Schoni schnitt ihm das Wort ab.

»Er hat bei der Seeschlange gewirkt, weil du ihn direkt in ihr Maul geworfen hast. Du konntest nicht wissen, ob das bei den Seesternen auch funktioniert. Und die Würfelquallen muss man ohnehin auf andere Weise bekämpfen, wie du gesehen hast«, erklärte der General. Das leuchtete Suli ein und er atmete erleichtert auf. *Vielleicht wird meine Strafe doch nicht so schlimm,* dachte er.

»Habt ihr genug Pollen gesammelt?« fragte der General Rafan.

»Ja, es ist mehr als genug. Jetzt müssen alle das Schlachtfeld räumen.«

»Ich lasse das Signal zum Rückzug geben. Macht euch bereit!«

»Und du gehst nach draußen und ruhst dich aus. Und iss was!« wandte er sich an Suli. »Du hast dem Heer und dem Volk gute Dienste geleistet«, fügte er mit einem Lächeln hinzu.

Suli ging überrascht nach draußen und setzte sich zu den anderen Kriegern. Der General hatte ihn gelobt, damit hatte er gar nicht gerechnet!

Als das Horn ertönte, waren die verbliebenen Krieger sehr überrascht. »Rückzug? Wieso? Geben wir auf? Was wird dann aus dem Reich?«

»Zurück, beeilt euch!« brüllte ihnen Aran ohne weitere Erklärung zu.

Rafan, Noser und Bogel standen mit ihren Männern bereit. Sie warteten noch, bis alle Krieger zurückgekehrt waren, dann gab Rafan den Befehl.

»Verteilt euch!« rief er seinen Männern zu. »Und seid großzügig mit dem Zeug! Aber passt auf, dass eure Seepferde nichts einatmen!« Die Haie waren glücklicherweise gleich ins offene Meer geflüchtet, sie hatten nichts zu befürchten.

Die Soldaten reihten sich auf und ließen die Beutel mit dem Pollen hinter sich her schleifen. Binnen kurzer Zeit war das ganze Korallenreich in eine lila Wolke gehüllt. Und der Pollen zeigte sofort seine Wirkung. Die Seesterne kamen nicht weg, sie wälzten sich in wilder Panik auf den Korallen, und erstickten buchstäblich in dem feinen Staub. Es dauerte wenige Minuten, dann war die Wirkung des Pollens verflogen.

Suli kam es wie eine Ewigkeit vor. Ungeduldig beobachtete er die Angreifer von einer kleinen Anhöhe auf dem Medusenhügel aus, auf dem alle Krieger aus Aran Voltas Regiment nach ihrem Einsatz Aufstellung genommen hatten. Auch Thora und ihre Harpuniere warteten auf dem Hügel und versorgten die Verwundeten bis zum Eintreffen der Hilfstruppen.

Alle blickten überrascht auf das Geschehen vor ihnen. Sie wussten nicht, was hier passierte, Suli hatten ihnen lediglich zugerufen, dass sie sich sofort in Sicherheit bringen sollten.

Thora und Gata staunten nicht schlecht, als sie sahen, wie leicht die Seesterne durch den Pollen besiegt werden konnten.

»Woher kommt das Zeug? Und wessen Idee war das?« fragte Gata.

»Ich habe keine Ahnung, Gata, aber ich bin froh, dass es so schnell geht. Ich bin müde, ich könnte jetzt nicht mehr kämpfen. Mir tut alles weh«, stöhnte Thora.

Für einen Moment schloss die Königstochter die Augen.

Es war wie ein Wunder, sie würden diese Schlacht tatsächlich gewinnen! Thora konnte es nicht glauben. Sie fiel, angelehnt an Gatas Schulter, in einen leichten Schlaf.

Im Osten ging langsam die Sonne auf.

»General Modama?« hörte sie plötzlich eine aufgeregte Stimme neben sich.

Erschrocken blickte sie sich um. Da stand ein Junge in Uniform und salutierte.

»Suli Neron, erste Patrouille, Sonderbote von General Schoni. Er bittet um eure sofortige Anwesenheit.«

Thora hätte beinahe laut gelacht.

Der kleine Soldat hatte ganz rote Backen, seine Uniform war ein bisschen zu groß für ihn und der Helm saß schief auf seinem Kopf. Aber er tat ungeheuer wichtig, stand mit stolz geschwellter Brust wie ein ausgewachsener Offizier vor ihr und wartete geduldig auf ihre Antwort.

»Wie alt bist du?« fragte Gata erstaunt. Der Junge war bereits bei der Patrouille?

»Ich bin fünfzehn Jahre alt!« antwortete Suli sofort.

Thora seufzte. Sie hatte heute so viel Merkwürdiges erlebt, warum nicht auch das!

»Na gut, du bist also Soldat. Gata, wir gehen zu General Schoni!«

Thora rückte ihre Uniform und die Maske zurecht und folgte Suli zur Anemone, in der General Schoni mit seinen Offizieren sprach.

Die gedrückte Stimmung war gewichen, alle waren froh, dass diese Schlacht vorüber war.

Der General bedankte sich bei allen für ihre großartige Leistung und vergaß auch nicht, an die verwundeten und toten Soldaten zu erinnern, die für den Sieg ihr Leben gelassen hatten.

»Es gibt einen furchtbaren Verlust zu beklagen, ihr habt alle davon gehört. Suram Olis ist heute gestorben und ich weiß nicht, wie es ohne ihn weitergehen soll. Aber dies hat der König zu entscheiden. Unsere Aufgabe ist es, sein Andenken zu wahren. Viele von euch wurden von ihm ausgebildet, vergesst bitte nicht, was ihr bei ihm gelernt habt. Seinem Sohn Nefer geht es bereits besser, die Entgiftung läuft gut, seine Wunde wird in ein paar Wochen verheilt sein. Also konnte zumindest einer gerettet werden! Und jetzt habe ich noch eine andere Aufgabe zu erledigen. Bring den Boten Suli Neron herein!« rief er dem Wachsoldaten zu, der sofort loslief.

Kurz darauf stand der kleine Bote mit zitternden Knien vor den Anwesenden. *Jetzt bekomme ich garantiert meine Strafe,* dachte er ängstlich.

Sämtliche Offiziere und Generäle hatten Aufstellung genommen, Sulis Herz begann heftig zu klopfen.

General Schoni trat vor.

»Dies ist Suli Neron, jüngstes Mitglied unseres Kriegerheeres, seit einigen Monaten bei der Patrouille. Er kennt sämtliche Schluchten, Gänge, Tunnel und Höhlen rund um unser Korallenreich und ist ein guter Reiter«, stellte er den kleinen Soldaten vor. Suli fühlte sich bei den neugierigen Blicken sofort unwohl. Er war es nicht gewohnt, im Mittelpunkt zu stehen.

»Bei einem seiner Erkundungsritte hat der Soldat zufällig eine Pflanze entdeckt, deren Pollen eine absolut tödliche Wirkung besitzt. Mit diesem Pollen hat er eine riesige Seeschlange getötet, die im Begriff war, ihn anzugreifen.«

Ein Raunen ging durch den Raum. Die Offiziere, die ihn noch nicht kannten, blickten ihn bewundernd an.

Suli wurde ganz rot. Das hatte er nicht erwartet!

»Erfreulicherweise zeigt der Pollen bei den Seesternen dieselbe Wirkung. Ihr konntet euch soeben davon überzeugen. Ich schlage daher vor, diesen jungen Soldaten mit einer Auszeichnung zu ehren, die seiner Verdienste würdig ist. Ich verleihe dir hiermit den silbernen Orden, Suli Neron.«

Suli blickte sprachlos auf den General.

Schoni hielt ein kleines, mit silbernen Fäden durchwirktes Muschelstück vor seine Brust und befestigte es an seiner Uniform. Der Junge blickte auf seinen Orden, berührte ihn vorsichtig mit der linken Hand und konnte es nicht glauben.

Der silberne Orden!

Üblicherweise erhielten hochverdiente Offiziere eine solche Auszeichnung, nach vielen Jahren und ebenso vielen Schlachten. Und er, Suli Neron, hatte sie bereits nach seiner ersten Schlacht bekommen!

Dabei hatte er doch gar nichts Besonderes gemacht!

Er hatte seinem Vorgesetzten nichts von seiner Entdeckung

berichtet und dadurch waren viele Soldaten verwundet oder getötet worden, und jetzt bekam er einen Orden!

Suli hörte noch den Applaus aller Anwesenden, dann wurde ihm schwarz vor Augen.

Ende und Anfang

Ofiel saß im Büro seines Onkels und starrte auf den Schreibtisch. Es war mittlerweile Nachmittag, er hatte nicht viel geschlafen. Nachdem er sich nochmals bei einigen Spitzeln nach Kapis erkundigt hatte, stand fest, dass er nicht ins Königreich zurückgekehrt war.

Und mit großer Wahrscheinlichkeit auch nicht mehr lebte. Einige Mitglieder des königlichen Rates hatten bereits nach ihm gefragt.

Er erzählte ihnen das gleiche wie seiner Familie, die Tatsache, dass lediglich seine leere Transportmuschel zurückgekehrt war, war für sie ein Schock. Man sprach ihm sein Beileid aus und wie sehr der Baumeister allen fehlen würde. Ofiel ertrug dieses »Geschwätz« wie er es nannte, mit Geduld.

Er musste sich beherrschen, um nicht laut loszulachen. *Ihr wisst ja gar nicht, wer Kapis tatsächlich war – er hat euch alle nur benutzt,* dachte er.

Jetzt musste er sich um die Familie und das Geschäft kümmern. Kapis Anordnung war klar gewesen *»ich bin in sieben Tagen zurück, halte bis dahin die Stellung«,* doch mittlerweile war die Zeit verstrichen.

Ofiel missfiel allerdings, dass er von Kapis oder dessen Freund, dem Heiler, keine Nachricht erhalten hatte.

Dennoch durfte er davon ausgehen, dass sein Onkel tot war.

Und leider hatte er auch erfahren müssen, dass man alle

Angreifer besiegt hatte. Irgendeine neue Waffe war entdeckt worden, eine neue Pollenart mit tödlicher Wirkung.

Darüber muss ich mehr erfahren! Das passt mir überhaupt nicht, dachte er.

Ofiel hatte bereits einen seiner Spitzel beauftragt, ihm die gewünschten Informationen zu beschaffen.

Der junge Mann lächelte verschlagen und dachte an die nächsten Schritte.

Zuerst lese ich Kapis letzten Willen, dann werde ich die Familie und den königlichen Rat informieren ...

Ofiel öffnete eine kleine Kiste, in der Kapis wichtige Dokumente aufbewahrte. Die Schriftrolle mit dem Testament lag ganz unten, er zog sie vorsichtig raus und wollte sie aufrollen, als er plötzlich ein Räuspern hörte.

Überrascht drehte er sich im Raum um. Es war niemand da!

»Ofiel, kannst du mich hören?« Das war die Stimme seines Onkels!

Der junge Mann schnappte nach Luft.

»Kapis, bist du das? Wo steckst du?« fragte er erstaunt.

»In deinem Kopf, mein Junge. Wundere dich nicht darüber, ich werde nicht mehr nach Faranon zurückkehren. Mein Leben ist beendet. Aber das hast du bereits vermutet, stimmts?«

Der lauernde Ton in Kapis Stimme war nicht zu überhören.

Ofiel schluckte. Er konnte seinem Onkel nichts vormachen.

»Also, du bist seit sieben Tagen weg, wir haben nichts von dir gehört, da dachte ich ...« antwortete Ofiel nervös. *Wieso höre ich plötzlich Kapis Stimme? Was ist hier los?*

Zum Glück war er alleine, der Schweiß stand ihm auf der Stirn und seine Hände zitterten.

»Keine Sorge, mein Junge. Es ist in Ordnung. Ich habe nichts anderes von dir erwartet. Und jetzt hör gut zu!«

»Vater?« Nefer Olis hatte die Augen geöffnet und blickte sich verwirrt um. Peran beugte sich vor und drückte ihm die Hand. Zum ersten Mal war der Offizier richtig wach, Peran half ihm, sich aufzurichten und gab ihm zu Trinken.

»Er ist leider nicht hier. Und du musst dich ausruhen, Nefer«, sagte er eindringlich.

»Welcher Tag ist heute?« fragte Nefer ängstlich.

»Es ist Nachmittag, die Schlacht ist vorbei und – gewonnen.« Peran lächelte den Offizier aufmunternd an.

Nefer blickte sich um.

»Wo ist mein Vater? Ist er noch draußen?«

Peran zögerte.

Er war sich nicht sicher, ob er antworten sollte. *Darf ich diesem kranken Mann die Wahrheit sagen,* fragte sich der Wächter unsicher.

»Dein Vater, Nefer, ist bei seinen Ahnen. Und er ist so gestorben, wie er es sich immer wünschte. Im Kampf«, hörte Peran die Stimme von Bola Chron hinter sich. Erschrocken drehte er sich zu ihr um. Sie war unbemerkt in den Raum getreten und beugte sich über den Offizier.

»Du bist nicht durch mein Messer gestorben, und du wirst auch diesen Kampf gewinnen, glaube mir«, sagte sie laut und eindringlich.

Bola nickte und ließ die beiden Männer alleine.

Nefer war noch blasser geworden. Sein Gesicht zeigte eine

Mischung aus Wut und Ohnmacht. Peran wusste nicht, was er tun sollte. Und so drückte er vorsichtig Nefers Hand.

Der Verwundete öffnete den Mund. Zuerst kam ein wütendes Zischen heraus, und dann ein Schrei, den Peran sein Leben lang nicht mehr vergessen sollte. Er war im ganzen Heilertrakt zu hören.

Ofiel klappte die Schriftrolle mit dem letzten Willen seines Onkels auf, der Inhalt war speziell an ihn gerichtet. Die große, verschnörkelte Schrift füllte die ganze Seite aus.

Mein lieber Neffe!

Wenn Du diese Zeilen liest, bin ich bei meinem Ausflug aufgehalten worden, und werde nicht mehr zurückkehren. Jetzt musst Du meine Geschäfte weiterführen, als meine rechte Hand kennst du Dich ja bereits bestens aus.

Ich habe Dir ausführlich die Geschichte unserer Familie erzählt, Du bist als ältester männlicher Nachkomme das Oberhaupt der Bromans. Kein Familienmitglied wird Dir deswegen Schwierigkeiten machen, dafür habe ich gesorgt!

Du wirst hoffentlich meinen Platz im königlichen Rat einnehmen, sei aber stets vorsichtig! Sie beobachten Dich! Meine Spitzel stehen auch Dir zur Verfügung, setze sie nach Deinem Gutdünken ein.

Bezüglich der Machtübernahme wirst Du Dich gedulden müssen, einen jungen König würde das Volk nicht akzeptieren!

Aber ich habe für Dich die besten Voraussetzungen geschaffen, nutze sie geschickt, dann wirst Du ans Ziel kommen! Sorge dafür, dass mein Freund Orames und sein Diener in ihrem Exil bleiben.

Sobald du das Heilmittel und die Rezeptur besitzt, sie sind für Dich nicht mehr nützlich.

Ich wünsche Dir ein erfolgreiches Leben
Kapis

Ofiel lehnte sich im Sessel zurück und dachte nach.

Er wusste jetzt, wie Kapis gestorben war. Sein Onkel hatte ihm ausführlich von seinem letzten Besuch bei Orames berichtet. *Dieser schwachsinnige Diener Wigan hat ihn hereingelegt! Wie konnte das passieren,* wunderte sich Ofiel. *Wahrscheinlich war Kapis zu sehr davon überzeugt gewesen, dass er alles im Griff hatte und ihm niemand in die Quere kommen konnte, erst recht nicht der Heiler und sein Diener ...Aber das spielt keine Rolle mehr! Er ist nicht mehr da, jetzt bin ich an der Reihe!*

Ofiel dachte an die Pläne, die Kapis geschmiedet hatte.

Regelmäßig war er, Ofiel, zu der Kolonie der Seesterne hinausgeritten und hatte mit einem speziellen Mittel, dass er von einem Heiler bekommen hatte, dafür gesorgt, dass sich die Todfeinde des Reiches stärker vermehrten, als es auf natürliche Weise geschehen wäre. Und dass sie immer aggressiver wurden. Ihre Angriffe wurden zahlreicher, so dass dem Baumeister genügend Aufträge zukamen, und er sein Vermögen und seinen Einfluss vergrößern konnte.

Und dann hatte ihm Kapis vor zwei Monaten mitgeteilt, dass die nächste Schlacht entscheidend sei. Mithilfe der Würfelquallen würde das Heer zerstört werden und er, Kapis, könnte König werden. Vorsichtig berührte er die Schnittwunde an seinem linken Arm. Er hatte viel Blut geopfert, um diese große Anzahl Quallen ins Königreich zu locken!

Hat sich dieses Opfer tatsächlich gelohnt?

Er war zwar jetzt das Oberhaupt der Familie, aber es würden noch viele Jahre vergehen, bis er König werden konnte. Auch der Sitz im Rat war ihm verwehrt, weil er noch so jung war.

Das hatte ihn bereits bei der Planung maßlos geärgert, Ofiel war nicht sehr geduldig. Aber dieser Diener Wigan hatte ihm Kapis vom Hals geschafft. Für alles andere musste er selbst sorgen! Er hatte keine Lust, zu warten, bis er alt und grau war.

Ich werde das Oberhaupt der Familie spielen, Trauer heucheln, vor dem König und seinen Ratgebern buckeln, und dafür sorgen, dass sie mich in ihren erlauchten Kreis aufnehmen.

Und wenn ich erst drin bin, kann ich sie nach einander ausschalten. Und dann – wie früher Kapis – mit Intrigen ans Ziel gelangen.

Familienoberhaupt! Das war ein Kinderspiel!

Er war umgeben von alten Frauen und Kindern, die er alle gut kannte. Und die jungen Männer sahen alle zu ihm auf, sie waren leicht zu beeinflussen.

Auch die Leitung der Geschäfte machte ihm keine Sorgen, seit Jahren arbeitete er als Baumeister im Trupp seines Onkels mit. Er hatte viel von ihm gelernt, jetzt konnte er sich beweisen!

Für die Bauarbeiten sollte ich den Preis erhöhen, immerhin ist es ein Riesenauftrag, der auf mich wartet. Und er muss schnellstens erledigt werden! Aber ich darf nicht übertreiben, es sollte so aussehen, als käme der Vorschlag vom königlichen Rat selbst, überlegte er. Kapis war auch immer sehr vorsichtig gewesen, und hatte damit viel Erfolg gehabt!

Ofiel interessierte im Moment besonders, wie sich König

Maris verhielt. *Womöglich hat er ja mittlerweile den Tod des Heerführers bekannt gegeben!*

Die Schriftrolle mit dem Testament legte Ofiel in die Kiste zurück. *Der letzte Wille von Kapis bleibt mein Geheimnis! Keiner aus der Familie darf das lesen,* beschloss er.

Mittlerweile war die Tatsache, dass Kapis Broman vor ein paar Tagen spurlos verschwunden war, auch zum König vorgedrungen. Er wunderte sich darüber, immerhin war Kapis ein wichtiger Mann im Königreich.

Wer würde sich jetzt um seine Geschäfte kümmern?

Dem König war bekannt, dass es einen Neffen gab, der als rechte Hand die Bauarbeiten seines Onkels leitete, wenn dieser abwesend war.

»Kennst du diesen Neffen, Profat?« fragte der König am Abend seinen obersten Ratgeber.

»Ja, ich bin ihm ein paar Mal begegnet, er war öfter bei den Besprechungen dabei«, antwortete Profat. »Allerdings hat er sich immer still verhalten. Ein bisschen blass, der Junge, scheint aber was von den Geschäften seines Onkels zu verstehen. Ich nehme an, dass er sie übernehmen wird, wenn sein Onkel nicht zurückkehrt«, antwortete Profat.

»Ich möchte mit ihm sprechen. Garantiert weiß er über den Verbleib seines Onkels Bescheid und kann uns Auskunft darüber geben. Schick ihm eine Nachricht.«

Und so saß Ofiel eine Stunde später im Thronsaal dem König gegenüber. Auf dem Weg dorthin hatte sich Kapis bei ihm gemeldet.

»Sei unterwürfig, besorgt, bescheiden – das wird den König

beeindrucken! Und denk daran, du musst so tun, als hättest du von meinen Plänen keine Ahnung gehabt. Das ist wichtig. Ansonsten machst du dich verdächtig, das könnte schlimme Folgen für dich haben!«

Kapis Stimme war sehr eindringlich, und der junge Mann beschloss, sich an diesen Rat zu halten.

»Ofiel, ich habe gehört, dass dein Onkel vor ein paar Tagen abgereist und bisher noch nicht zurückgekehrt ist, kannst du mir das erklären?«

König Maris beobachtete den jungen Mann. Ihm fiel auf, dass Ofiels linkes Augenlid nervös zuckte.

Er verheimlicht etwas, stellte der König fest.

»Äh, ja, er wollte einen alten Freund besuchen und innerhalb ein paar Tagen zurück sein. Ich mache mir große Sorgen um ihn!«

Und jetzt hoffst du darauf, dass er nicht mehr zurückkommt, und du dann seinen Platz einnehmen kannst, dachte Maris.

»Mhm.«

König Maris nickte und tat so, als müsse er überlegen.

»Du weißt nicht zufällig, wen er besucht hat, oder?«

Ofiel schüttelte heftig den Kopf und kratzte sich an den Nasenlöchern.

»Nein. Er sagte, es sei eine wichtige Angelegenheit.«

Das war eine glatte Lüge, da war sich Maris sicher.

»Tatsächlich?« der König tat so, als sei er überrascht.

»Und er hat dir nicht mitgeteilt, worum es sich bei dieser Angelegenheit handelt oder wohin er reisen will?«

Was sollte diese Frage? Ofiel fuhr sich nervös mit der Zunge über die Lippen.

»Nein, ich weiß es nicht, mein Onkel hat mir auch nicht alles erzählt!«

Der aufbrausende Ton in seiner Stimme gefiel dem König gar nicht. *Ich habe garantiert ins Schwarze getroffen!*

»Und Kapis hat keine Nachricht geschickt, um dir mitzuteilen, dass sich seine Rückkehr verzögert?« bohrte Maris weiter.

Ofiel blickte nervös um sich.

Wie ein Tier, das in die Enge getrieben wird, bemerkte der König.

»Nein. Ich habe natürlich nach ihm gesucht, ich dachte, dass er zurückgekehrt ist und sich nicht gemeldet hat. Wegen der Schlacht und so«, beeilte sich Ofiel zu sagen.

Eine heimliche Rückkehr? Das würde Kapis im Traum nicht einfallen! Der Baumeister legt immer großen Wert darauf, gesehen und gehört zu werden, dachte Maris spöttisch.

»Hat dein Onkel Anweisungen hinterlassen, für den Fall, dass er nicht zurückkommt?«

Ofiel nickte.

»Das hat er, mein König. Er möchte, dass ich in diesem Fall die Geschäfte übernehme. Ich bin bereits seit einigen Jahren seine rechte Hand«, erwiderte der junge Mann mit stolzer Stimme.

Maris nickte.

Er wusste, dass Ofiel die Männer alle fest im Griff hatte. *Höchstwahrscheinlich wendet er dabei die gleichen Methoden wie sein Onkel an!* Darüber war dem König einiges zu Ohren gekommen.

»Wie lange ist dein Onkel bereits verreist?«

»Seit sieben Tagen«, antwortete Ofiel wahrheitsgemäß.

Maris lehnte sich in seinem Sessel zurück. Selbst wichtige geschäftliche Angelegenheiten sollten in dieser Zeit abgewickelt sein. Aber was konnte der Baumeister außerhalb des Königreiches zu tun haben?

Dahinter steckt garantiert irgendwas anderes, vermutete Maris.

»Du solltest dich mit dem Gedanken vertraut machen, dass Kapis nicht mehr zurückkommt«, sagte er langsam, so als wäre diese Tatsache für Ofiel schwer zu verkraften. Dabei glaubte Maris, dass der junge Mann vor ihm längst damit rechnete.

Ofiel machte ein trauriges Gesicht und verschränkte seine Hände ineinander.

»Ich hoffe, dass er noch kommt. Womöglich wurde er ja auch aufgehalten. Wenn nicht ...«

Mit einem hilflosen Blick sah er dem König ins Gesicht.

Maris hätte beinahe laut gelacht. *Der Junge glaubt ernsthaft, dass er mir was vormachen kann!*

»Bis wir Gewissheit haben, musst du dich um die Reparaturarbeiten kümmern, Ofiel. Ich sorge dafür, dass Profat gleich morgen früh bei dir erscheint, um alles zu besprechen. Je früher deine Leute beginnen, umso besser für uns alle«, beendete der König das Gespräch.

Er hatte genug gehört und wusste, dass man Kapis Broman im Königreich nicht mehr sehen würde.

Ofiel stand erleichtert auf, die Audienz war vorbei. Er verbeugte sich vor dem König und verließ den Thronsaal.

Auf dem Rückweg zu seinem Höhlentrakt hörte Ofiel seinen Onkel lachen.

»Das war ausgezeichnet, mein Junge, ich hätte es nicht besser machen können! Der König glaubt jetzt, dass du dich von mir alleine gelassen fühlst. Und dass du verärgert bist, weil ich dir nichts über meine Reise erzählt habe! Und natürlich denken auch jetzt alle, dass du mit deinen neuen Aufgaben ein wenig überfordert bist, und keine Zeit für irgendwelche Intrigen hast! Niemand wird auf die Idee kommen, dass die ganze Sache so geplant war! Und das ist dein Verdienst, Ofiel!«

Ofiel war unendlich erleichtert. Als der Bote mit der Nachricht vom König gekommen war, glaubte er, man wolle ihn verhaften.

Die Unterhaltung war nicht leicht gewesen, Maris war kein Narr, den man reinlegen konnte. Aber es war ihm gelungen, den König zu überzeugen und den obersten Ratgeber Profat kannte er längst, mit ihm würde er auch keine Probleme haben. Jetzt waren noch Sinowa und die Familie übrig, um die er sich kümmern musste.

Ich warte noch ein paar Tage, dann kann ich den Tod von Kapis bekannt geben. Bis dahin werde ich so tun, als würde ich seine Rückkehr erwarten. Dann wird niemand Verdacht schöpfen!

Perimat rieb sich genüsslich die Hände. Es war prima gelaufen! Dieser Ofiel war ein Glücksfall für ihn! Er hatte sich nicht gefragt, wie es möglich war, dass sein toter Onkel mit ihm redete! Das sprach nicht für die Intelligenz des jungen Mannes, aber er war garantiert zu verwirrt, um darüber nachzudenken. *Wie auch immer, er wird künftig nach meiner Pfeife tanzen und alles tun, was ich will,* dachte der Herrscher der Salpeken vergnügt und begab sich in seine Ankleidekammer.

Heute Abend war ein großes Fest geplant, ein Berater seines Hofes feierte Geburtstag. Dieser Berater hatte – so wie alle anderen – keinen Einfluss auf Perimats Entscheidungen. Aber der Herrscher ließ sie alle in dem Glauben, dass er ihren Rat schätzte und auch befolgte. Deswegen hatte er auch diese Geburtstagsfeier angeordnet.

Ich muss die Speichellecker bei Laune halten!

Darion erschien mit einem grünen Gewand, das im Kerzenlicht so schön glitzerte wie der Sternenhimmel.

»Tja Darion, was meinst Du? Hofrat Borstan ist sicher aufgeregt, was?«

Perimat grinste seinen Diener an. Der zuckte innerlich zusammen. Er kannte seinen Herrn gut genug, um zu wissen, dass dieses Grinsen nichts Gutes bedeutete. *Sei auf der Hut, Darion,* sagte er zu sich selbst und verbeugte sich leicht.

»Hofrat Borstan wird eure Großzügigkeit zu schätzen wissen«, antwortete er sofort mit leiser Stimme. Darion beherrschte die Kunst der Diplomatie perfekt, das machte den Umgang mit Perimat leichter. Er hielt es für klüger, wenn alle – auch der Herrscher – ihn für einen unterwürfigen, einfältigen Diener hielten, der stets gehorchte und keine eigene Meinung besaß. Und es funktionierte auch gut. Niemand im Palast – Perimat eingeschlossen – würde je auf die Idee kommen, dass sich hinter der Maskerade des einfachen Dieners der ärgste Feind des Herrschers verbarg. *Meine Zeit wird kommen,* dachte Darion geduldig und half Perimat beim Ankleiden.

Drei Tage waren seit der Schlacht vergangen.

Die verbliebenen Krieger waren zu Hause bei ihren Familien und ruhten sich aus.

Die Generäle sprachen mit dem König und seinen Ratgebern über den Verlauf der Schlacht. Die Trauer über die getöteten Krieger des Reiches war sehr groß. Und die Sorge um die Verwundeten ebenfalls. Die Schäden an den Korallenstöcken waren von den Baumeistern sowie dem König und den Soldaten eingehend untersucht worden. Es stellte sich heraus, dass die Reparaturen einige Wochen dauern würden. Solange konnten die betroffenen Familien bei Freunden und Verwandten wohnen.

Auch Athea und Krofon waren erleichtert, dass die Schlacht vorüber war, sie würden allerdings umziehen müssen. Ihr Höhlenkomplex lag im Mondhügel und war größtenteils zerstört. Der Lehrer und seine Frau versuchten aus den Trümmern zu retten, was noch ganz geblieben war, wie so viele andere auch. Leider blieb nicht mehr viel übrig, dass sie noch gebrauchen konnten. Athea hoffte inständig, dass die neue Höhle groß genug für alle war und sie so schnell wie möglich einziehen konnten. Vorläufig waren sie bei einem Freund untergebracht.

Es war ein bisschen eng, aber besser, als in der Halle der Ahnen auf die fertige Unterkunft zu warten, wie einige andere Familien aus ihrer vorherigen Nachbarschaft dies tun mussten.

Ihre Kinder Malon und Zegis ließen sich von den Soldaten andauernd den Hergang der Schlacht schildern und lauschten mit großer Begeisterung den Geschichten. Sie konnten gar nicht genug davon kriegen und sprachen ständig über die großen Gefahren, denen das Heer ausgesetzt gewesen war. Und sie erzählten ihren Eltern, dass sie später auch zum Heer wollten – schließlich gab es da einen Jungen namens Suli Neron, der bereits mit vierzehn Jahren zum Heer gekommen und eine richtige Berühmtheit geworden war.

»Suli ist beim Heer, weil er seine Familie verloren hat«, sagte Krofon wiederholt zu seinen Jungen, aber das ignorierten sie stets. Für Malon und Zegis stand fest, dass sie später berühmte Krieger werden und große Taten vollbringen würden.

Für Suli hatte sich in der kurzen Zeit vieles geändert.

Er wurde von General Schoni von der Patrouille abkommandiert und zu seinem persönlichen Boten ernannt. Der General fühlte sich für den Jungen verantwortlich, und wollte ihm ein guter Ziehvater sein. Jetzt hatte Suli eine Kammer in Schonis Höhlentrakt und wich nicht mehr von der Seite des Generals.

Er erlebte die Trauer des alten Mannes um seinen besten Freund, beim Essen erzählte Schoni oft Geschichten von Suram Olis. Und von vergangenen Schlachten, in denen sie Seite an Seite gekämpft hatten.

»Er war der beste Kamerad, den man sich wünschen kann«, sagte Schoni oft. Mehrfach stand er nachts allein am Totenbett des Freundes, um mit ihm zu sprechen. Er konnte nicht fassen, dass der Heerführer von ihnen gegangen war.

Suli wurde am Nachmittag Zeuge, wie der König mit seiner Gattin in den Höhlenkomplex von Suram Olis trat, um Abschied von ihm zu nehmen. Sämtliche Offiziere und Generäle waren dabei, um ihren ehemaligen Heerführer nochmal zu sehen. Man hatte seine Wunden versorgt und ihm die Ehrenuniform angelegt. Die Totenstarre war vorüber, sein Gesicht wirkte entspannt und selbstbewusst, so wie zu seinen Lebzeiten.

Suram Olis sah ganz so aus, als würde er schlafen, und jeder wartete darauf, dass der einst so starke Mann aufwachen und seine Befehle in die Runde bellen würde, wie früher. Aber nichts geschah. Stattdessen knieten der König und die Königin vor dem Totenbett und sprachen ein stilles Gebet. Ihre Tochter Thora stand mit versteinerter Miene hinter ihnen.

Dann kam plötzlich Unruhe in den Raum.

Zwei Heiler erschienen, sie stützen einen jungen, sehr blass wirkenden Mann, der sich nicht alleine auf den Beinen halten konnte. Beim Anblick seines toten Vaters brach er zusammen. Vorsichtig setzte man ihn auf einen Schemel neben das Bett.

Zitternd fasste Nefer nach der Hand seines Vaters. Er sagte kein Wort, aber die Tränen liefen über seine Wangen. Das Königspaar sprach leise sein Beileid aus und entfernte sich dann.

In ein paar Stunden würde man Suram Olis zu Grabe tragen, und für immer Abschied von ihm nehmen.

Aber dieser Moment gehörte dem Toten und seinem Sohn, daher verließen alle den Raum.

Suli wischte sich die Tränen von den Wangen, für den kleinen Boten war dieser Anblick zu viel gewesen. General Schoni legte ihm den Arm um die Schultern.

»Komm, mein Junge, wir haben noch viel zu tun. Und Arbeit ist die beste Ablenkung.« Zusammen gingen sie in Schonis Höhlenkomplex zurück.

In den nächsten Tagen fand ein Kriegsrat statt, der König musste einen Nachfolger für Suram Olis ernennen und es gab noch viel anderes zu tun. Es war die schlimmste Schlacht mit den größten Verlusten, die General Schoni je erlebt hatte. Und es würde lange dauern, bis diese Verluste ausgeglichen waren!

Wie sollen wir bloß zwanzigtausend Krieger ersetzen, fragte er sich kopfschüttelnd.

Und die noch verbliebenen Soldaten waren zum großen Teil verletzt, es würde noch Wochen dauern, bis sie wieder einsatzfähig waren! Auch wenn das Heer sich mit Hilfe des lila Pollens verteidigen konnte – wer wusste denn, ob die Seesterne nicht dagegen widerstandsfähig wurden?

Und ob die Würfelquallen nicht nochmal angreifen würden? Warum waren sie überhaupt aufgetaucht? Es war zu vieles unklar.

Bevor wir im Kriegsrat irgendwas beschließen können, müssen erst diese Fragen geklärt sein, dachte Schoni und blickte missmutig auf die vielen Papiere auf seinem Schreibtisch. Es waren Aufzeichnungen über die Verwundeten und Toten aller Truppen, die er mit Hilfe von Suli in den letzten drei Tagen erstellt hatte.

Der Junge musste mit Schrecken feststellen, dass auch etliche seiner Kameraden von der Patrouille verstorben waren. Schoni tröstete ihn, so gut er konnte.

»Tod und Schmerzen«, so sagte er seinem Boten, »sind die ständigen Begleiter des Soldaten. Ruhm und Ehre lassen sich dagegen selten blicken.«

Ein paar Stunden später versammelte sich eine große Trauergemeinde in der Halle der Ahnen.

Bereits seit zwei Tagen wurden die vielen Gefallenen von ihren Familien zu Grabe getragen, es herrschte ein ständiges Kommen und Gehen.

Die Offiziere der jeweiligen Truppen, denen die Verstorbenen angehört hatten, hielten die Trauerreden und waren am Abend vollkommen niedergeschlagen.

»Es sind so entsetzlich viele«, seufzte Telam Sokur. »Junge Soldaten, die ihr ganzes Leben noch vor sich hatten!«

Seine beiden Freunde Ceti und Aran nickten, während sie sich dem Trauerzug anschlossen.

Die Königsfamilie, alle Generäle und Offiziere sowie viele Freunde und Bekannte des Heerführers standen auf einer Terrasse an der rechten Seite der Halle, wo die großen Feldherren begraben waren. Nefer konnte an der Trauerfeier nicht teilnehmen, er war noch zu schwach.

Die Ehrengarde des Königs brachte die Muschel mit dem Heerführer herein. Sie war blitzblank poliert und mit golddurchwirktem Seegrastuch ausgeschlagen.

Die Träger hielten vor einem Standbild, das die Baumeister in Windeseile angefertigt hatten. Es zeigte den Heerführer als stolzen, selbstbewussten Kriegsherrn, den Speer hoch erhoben. Die Ähnlichkeit war auffallend, und der König lobte die gute Arbeit.

General Schoni hielt die Trauerrede für den alten Freund und Weggefährten. Er sprach langsam und bemühte sich um Fassung, was ihm allerdings sehr schwerfiel. Mehrmals musste er innehalten und sich die Tränen von den Wangen abwischen. Unten auf dem großen Platz, auf der Treppe und auch draußen vor der Halle standen viele Korallenkrieger mit ihren Familien und lauschten ergriffen den Worten des Generals.

»Und so übergeben wir deine sterbliche Hülle dem Korallenreich, aus dem du geboren wurdest und dass du mit deinem Leben verteidigt hast. Ruhe in Frieden bei deinen Ahnen.«

Den letzten Satz sprach General Schoni stockend, seine Stimme wurde immer leiser. Er legte vorsichtig den Speer auf die Brust des Heerführers und wandte sich ab.

Als die Muschel mit dem Toten in das Grab gelegt wurde, hielten alle die Luft an. Dann senkte sich das Dach der Muschel.

Peran Tuth schlug auf Geheiß des Königs mit aller Kraft dreimal auf einen großen Gong neben dem Grab von König Faran.

Der dumpfe Ton ließ die Halle erzittern, er besiegelte das Ende einer Ära.

»Ich danke dir für dein Leben und deinen Schutz«, sagte der König leise und wischte sich verstohlen die Tränen von den Wangen.

An diesem Abend herrschte im ganzen Königreich Stille.

Peran Tuth saß am nächsten Morgen abermals am Bett von Nefer.

Auch wenn der Patient bloß zehn Jahre älter war als er selbst, kam er ihm wie ein gebrochener, alter Mann vor. Nefers Gesicht war eingefallen und er war abgemagert. Die Verletzungen und die Entgiftung hatten ihn alle Kraft gekostet, die er besaß.

»Erzähl mir von der Trauerfeier«, flüsterte Nefer leise.

Peran hatte in den letzten drei Tagen oft erlebt, wie der Krieger im Fieberwahn von seinem Vater sprach.

Auch wenn Nefer ursprünglich lieber ein Künstler geworden wäre, hatte er doch im Dienst des Heeres das gefunden, was er brauchte – eine Familie, ein Zuhause und den Vater, der ihm bis dahin fremd gewesen war.

Peran berichtete von dem Standbild, der Trauerrede von General Schoni und den vielen tausenden Kriegern, die teilgenommen hatten. Nefer nickte. Seine Trauer zeigte er nicht.

»Was ist mit dem Heer?« fragte er. »Wer wird sein Nachfolger?«

»Das weiß ich nicht«, antwortete Peran kopfschüttelnd. »In den nächsten Tagen findet ein großer Kriegsrat statt. Der König wird dann den Nachfolger bestimmen. Hat man dich bereits gefragt?«

»Mich?« antwortete Nefer überrascht. »Wieso? Ich bin viel zu jung für diese Aufgabe!«

»Unsinn, dein Vater war auch nicht viel älter, als er Heerführer wurde«, widersprach der Wächter. »Außerdem bist du ein erfahrenerer Soldat und das ist doch eine wichtige Voraussetzung für diesen Posten, oder?«

»Mag sein, Peran, aber trotzdem, ich möchte diese Aufgabe nicht übernehmen. Ich bleibe lieber bei meiner Truppe, da fühle ich mich gut aufgehoben. Und ich kann meinen Teil zum Schutz des Königreiches beitragen, ohne gleich die ganze Verantwortung übernehmen zu müssen.«

Peran war ein wenig enttäuscht, dass Nefer so dachte. Aber er konnte ihn auch verstehen.

»Wer könnte denn noch in Frage kommen?« fragte er nach.

»Ich weiß nicht«, antwortete Nefer und lehnte sich zurück. »Ich würde Thora Modama wählen. Sie wäre eine gute Heerführerin.«

Peran horchte auf.

»Eine Frau?« fragte er überrascht. An diese Kriegerin hatte er gar nicht gedacht!

»Ich glaube nicht, dass der König seiner eigenen Tochter dieses Amt übergeben wird«, wandte er ein. »General Schoni sollte diese Aufgabe übernehmen.«

Nefer lachte kurz auf.

»Schoni würde ein solches Amt ablehnen. Er würde seinen Freund nicht ersetzen wollen. Bei Thora ist das anders. Sie stand meinem Vater nicht so nahe, sie ist mit Leib und Seele Kriegerin. Sie ist tapfer, sie schleudert ihre Harpune weiter als alle anderen und ist eine geschickte Reiterin. Außerdem ist sie ehrgeizig und handelt immer besonnen. Sie kennt kein Erbarmen mit dem Feind, hat gute Einfälle und sich bei ihrer Truppe über viele Jahre Respekt und Achtung erkämpft. Ich wüsste niemand besseren.«

Peran sah den Krieger erstaunt an. Nefer machte aus seiner Bewunderung für Thora Modama keinen Hehl!

Der Wächter räusperte sich, dann nahm er ein Tuch, um den Schweiß von Nefers Gesicht zu entfernen.

»Du scheinst viel von ihr zu halten, Nefer. Kennst du sie gut?« fragte er nebenbei.

»Hm. Ich hatte oft mit ihr zu tun. Aber ihre Eltern sind die einzigen, die Thora tatsächlich kennen. Sie ist seit dem Tod ihres Gefährten sehr verschlossen und lässt niemanden hinter ihre Maske blicken.«

»Die Maske ...sie wirkt Furcht einflößend.« Peran erschauerte.

Nefer lachte kurz auf.

»Du hast die Narben dahinter nicht gesehen, Peran«, antwortete er bedeutungsvoll. »Sie sind furchtbar. Dabei war sie früher so hübsch!«

Nefer schloss die Augen und atmete tief durch.

»Ich bin müde«, sagte er leise.

Peran erhob sich.

»Dann ruhe dich aus, ich komme morgen nochmal«, sagte er leise und ging hinaus.

Auf dem Weg zu seinem Quartier überlegte Peran, ob Nefer Olis für die stolze Kriegerin mehr empfand als Bewunderung.

Es hat sich jedenfalls so angehört!

Der Wächter musste grinsen.

Thora saß mit ihrem Vater in seinem Büro. Sie hatte während der Schlacht einige wichtige Beobachtungen gemacht, die sie ihm mitteilen wollte.

»Du wirkst bedrückt, meine Tochter. Was ist los?«

»Zwanzig tausend tote Krieger, Vater, vergiftet von Seesternen und Quallen, das ist los!« antwortete sie mit unterdrückter Wut in ihrer Stimme.

Maris seufzte.

»Das weiß ich doch, Thora«, er stand auf und blickte zum

Fenster hinaus auf sein zerstörtes Königreich. »Ich müsste eigentlich abdanken«, sagte er dann leise.

»Wie bitte?« Thora war aufgesprungen. »Bist du verrückt geworden? Das Volk braucht dich jetzt mehr denn je!«

»Thora, bei meinem Amtsantritt habe ich geschworen, mein Volk zu schützen. Ich habe versagt.« Der schmerzhafte Gesichtsausdruck ihres Vaters erstaunte Thora.

»Sag das nicht«, bat sie ihn leise. »Du hast getan, was du konntest. So wie alle anderen.«

»Die Krieger sind auf meinen Befehl in die Schlacht gezogen. Sie haben für mich und mein Volk ihr Leben gelassen. Das kann ich mir nicht verzeihen.«

»Du solltest dir über ganz andere Dinge Sorgen machen«, entgegnete Thora und ihr Tonfall ließ den König aufhorchen.

»Was meinst du?« fragte er neugierig.

»Erstens wurden wir von weit mehr Seesternen angegriffen als vorher, zweitens waren sie extrem aggressiv. Und drittens ist auch ein Schwarm Würfelquallen aufgetaucht, die als Einzelgänger unterwegs sind und sich selten hier am Riff blicken lassen. Kommt dir das nicht seltsam vor?«

Thora marschierte bei ihrer Aufzählung mit großen Schritten durch den Raum. Schließlich blieb sie vor ihrem Vater stehen und sah ihn herausfordernd an.

Der König nickte. Irgendwas ging in seinem Reich vor, das spürte er. Aber er hatte nicht die Absicht, Thora damit zu belasten. Sie hatte bei der Schlacht viele ihrer Soldaten verloren und genug eigene Sorgen.

»Ich weiß, was du sagen willst. Ich werde mit meinen Beratern darüber sprechen.«

»Ist das alles? Willst du denn nichts anderes unternehmen?«

»Erst möchte ich die Meinung der anderen hören, Thora.«

»Die Meinung von Beratern, die nie in ihrem Leben gegen unsere Feinde gekämpft haben, die gar nicht wissen, wie es ist, Kameraden zu verlieren, die keine Todesschreie mitanhören mussten. Was wissen die schon?« rief sie verächtlich.

»Beruhige dich, Thora«, der König legte seine Hand auf ihre Schulter.

»Ich kann mich nicht beruhigen!« rief sie aufgebracht und lief zur Tür.

»Und ich werde auch nicht hier rumsitzen und warten, was irgendwelche Berater dazu meinen. Ich werde die Wahrheit herausfinden!«

»Was hast du vor? Thora!«

Sie stand bereits in der geöffneten Tür, drehte sich um und sah ihren Vater eindringlich an.

»Ich besuche einen alten Freund, Vater, er ist mir noch was schuldig. Und er wird *garantiert* herausfinden, was hier vorgeht!«

Maris Modama blickte seiner Tochter erstaunt hinterher. Wer war dieser alte Freund? *Sie wird es mir erzählen, wenn sie zurückkommt,* dachte er und sah wieder aus dem Fenster.

Thora brauchte einige Stunden, bis sie das Revier ihres alten Freundes erreicht hatte. Lomo war – wie alle Mantas – ein Einzelgänger.

Thora trieb ihren Rochen zu einer kleinen Höhle nördlich des Korallenreiches, wo sie Lomo zum ersten Mal getroffen hatte.

Glücklicherweise war er anwesend. Die beiden hatten sich lange nicht gesehen, und Thora wusste nicht, ob er sich noch an sie erinnerte. Sie war damals während einer Patrouille heimlich ausgebüxt, um sich nördlich der Grenzen von Faranon umzusehen. Die junge Kriegerin fand den Manta, eingeklemmt in einen Felsspalt, in den er sich nach einer Hetzjagd zurückgezogen hatte. Am rechten Flügel zeigte sich eine tiefe Wunde und Thora versorgte ihn, so gut sie konnte.

Der Manta war überrascht gewesen, dass eine Königstochter im Heer von Faranon diente, er kannte das Königreich gut.

Thora hatte ihm erklärt, wie es dazu gekommen war und Lomo hatte gelächelt. *Ein starker Wille und Durchsetzungskraft, sie wäre eine tolle Königin geworden,* dachte der Manta damals. Leider musste Thora sich bald darauf von ihm verabschieden – und danach hatte sich ihr Leben grundlegend verändert.

Der Manta war überrascht, seine Lebensretterin zu sehen. »Thora, was treibt dich hierher? Wie geht es dir?«

»Danke gut, alter Freund. Es freut mich, dich wohlauf vorzufinden.« Thora setzte sich und seufzte. Lomo betrachtete sie eingehend und kam zu dem Schluss, dass sich die Königstochter nicht nur äußerlich verändert hatte.

»Wie ist es dir ergangen?« Er wusste also noch von ihrer Begegnung! Es dauerte eine ganze Weile, bis sie mit der Wahrheit herausrückte. Unter Tränen berichtete sie vom Tod ihres Gefährten, von den vielen Änderungen im Königreich, und der letzten Schlacht. Auch dass sie jetzt aus besonderem Grund seine Hilfe benötige. Lomo schwieg eine Weile.

»Ich habe sie vorbeiziehen sehen«, sagte er dann leise. »Die Würfelquallen.«

Thora blickte überrascht auf.

»Hast du dich nicht darüber gewundert?«

»Oh doch, aber zu viel Neugier ist ungesund. Vor allem bei Würfelquallen.«

»Du hättest uns warnen können!« Diesen Vorwurf konnte ihm Thora nicht ersparen!

»Ja, ihr hättet ungefähr eine Stunde Zeit gehabt, um euch auf diesen Angriff vorzubereiten. Wie viele eurer Krieger wären dadurch gerettet worden? Jedenfalls nicht genug.«

Thora musste ihm Recht geben, die Warnung wäre zu spät gekommen und hätte nicht viel gebracht.

»Ich verstehe nicht, wieso sie aufgetaucht sind. Irgendwas oder irgendwer muss sie angelockt haben.«

Auch der Manta fand dieses Verhalten seltsam.

»Ich gebe zu, dass ihr plötzliches Auftauchen als Schwarm in eurem Königreich auffallend ist. Es entspricht überhaupt nicht ihrem natürlichen Verhalten. Und was die Seesterne angeht, ich habe noch nie gehört, dass eine so große Anzahl auf Beutezug geht. Allerdings – es gibt da einiges ...«

»Was?« Thora setzte sich auf.

»Ich habe in der letzten Zeit einige Beobachtungen gemacht.«

»Was hast du gesehen, Lomo?«

»Die Kolonie der Seesterne liegt auf meiner Route, und immer, wenn ich darüber hinweg geschwommen bin, sah ich in der Ferne einen einzelnen Reiter auf einem Seepferd. In einen dunklen Mantel gehüllt. Das Wasser ist dort trüber, daher konnte ich diesen Reiter leider nicht erkennen.«

»Und du bist nicht auf die Idee gekommen, ihm nachzuschwimmen und zu fragen, was er da macht?«

»Ehrlich gesagt, dachte ich, er würde die Kolonie beobachten«, antwortete Lomo verlegen.

Thora dachte eine Weile nach.

»Niemand hat einen Beobachter dort hinausgeschickt, das weiß ich. Ich frage mich, wer das war. Die Seesterne waren jedenfalls viel angriffslustiger als üblich. Und was die Würfelquallen angeht – mein Vater hat sämtliche Aufzeichnungen überprüfen lassen, sie wurden nirgends erwähnt!«

»Oh, es gibt garantiert jemanden in eurem Reich, der dir über diese Vorfälle Auskunft geben könnte.«

»Du meinst, der seltsame Reiter, der wiederholt die Kolonie der Seesterne besucht hat, weiß auch über die Würfelquallen Bescheid?«

»Gut möglich. Ihr solltet in nächster Zeit darauf achten, wer bei euch kommt und geht. Und was diese Kolonie angeht, die werde ich im Auge behalten. Womöglich sehe ich den Reiter nochmal, und dann *werde* ich ihm folgen.«

»Was können wir noch tun? Hast du eine Idee?«

Lomo dachte kurz nach.

»Es gibt da jemanden, den ich fragen könnte, ob er mir was zu den Quallen sagen kann. Es wird eine Weile dauern, ich melde mich dann bei dir. Außerdem kann ich über Batha ein paar Gerüchte ausstreuen, das wird garantiert interessant werden.«

»Wer ist Batha?« fragte Thora neugierig. Sie hatte noch nie von ihr gehört.

»Eine portugiesische Galeere, die mit ihren vier Schwestern im Pazifik unterwegs ist. Sie tratscht sehr gerne und wird dafür sorgen, dass alle von der neuen Wunderwaffe erfahren, die man in Faranon entdeckt hat. Und wer weiß, womöglich schnappt sie was Interessantes auf, dass sie mir erzählen kann. Vor den Seesternen werdet ihr die nächste Zeit jedenfalls Ruhe haben.«

»Ich hoffe, dass du recht hast«, seufzte Thora.

»Oh ja, da bin ich mir sicher.«

»Ich danke dir, Lomo«, erwiderte Thora leise und erhob sich.

Der Manta blickte ihr nach, als sie mit dem Rochen in der Strömung Richtung Süden verschwand.

Würfelquallen, ausgerechnet die schlimmste Sorte von allen, dachte Lomo, während er sich in seine Höhle zurückzog.

Ofiel hatte alle älteren Mitglieder seiner Familie für den Vormittag zu einem Treffen gebeten und angedeutet, dass es dabei um die Zukunft der Familie ginge. Sie trafen sich in Kapis Büro, Tante Sinowa war bereits da.

»Er ist spurlos verschwunden, stimmt's?« fragte sie ihren Neffen direkt und blickte ihn herausfordernd an.

»So könnte man sagen«, antwortete Ofiel und blickte seiner Tante fest in die Augen.

»Den Rest erfährst du gleich.«

Als alle Mitglieder saßen, kam Ofiel direkt zur Sache.

»Vor über einer Woche ist Kapis verreist. Er wollte einen alten Freund besuchen, den er lange nicht gesehen hatte. Kapis hat mich angewiesen, sein Testament zu öffnen, falls sich seine Rückkehr verzögert. Dieser Fall ist eingetreten. Er hatte mit Sicherheit genügend Möglichkeiten, eine Nachricht zu senden, leider habe ich keine erhalten.«

Die Mitglieder der Familie Kapis sahen sich an und tuschelten.

Kapis galt als absolut zuverlässig, es musste ihm also irgendwas zugestoßen sein!

»Aus irgendeinem Grund war es Kapis nicht möglich, zurückzukehren, und wir müssen davon ausgehen, dass er tot ist.« Ofiel blickte in bestürzte Gesichter.

Einige Minuten war es still im Raum.

»Ruhe in Frieden bei deinen Ahnen, Kapis Broman«, sagte jemand leise.

Ofiel setzte sich.

»Kapis hat mich zu seinem offiziellen Nachfolger ernannt. Sowohl im geschäftlichen als auch im familiären Bereich. Ich hoffe, ihr seid damit einverstanden.«

Tante Sinowa blickte sich kurz um und stand dann auf.

Es fiel ihr nicht leicht, angesichts ihrer Vermutungen über den jungen Mann, aber die Tradition und Kapis' letzter Wille erforderte von der Familie, dass sie den Neffen akzeptierten.

»Ofiel Broman, wir erkennen dich als Oberhaupt unserer Familie an.«

Er nickte.

»Gut, dann wäre das geklärt. Ich danke euch für das Vertrauen.«

Ofiel stand auf, gab jedem die Hand und verließ den Raum. Die Mitglieder seiner Familie blieben leicht verwirrt zurück.

»Sinowa, was hat das zu bedeuten? Weißt du Genaueres darüber?«

Viele Fragen prasselten auf die alte Frau nieder, immerhin war sie die Schwester von Kapis. Aber Sinowa musste sich eingestehen, dass sie keine Antworten hatte.

Irgendwas ging hier vor, war an den Gerüchten über Kapis doch mehr dran, als sie immer glauben wollte?

Habe ich mich so sehr in ihm geirrt, fragte sie sich und seufzte.

Sinowa erhob sich und versprach den anderen, der Sache auf den Grund zu gehen.

»Ich denke, Ofiel ist uns einige Erklärungen schuldig. Und ich möchte dieses Testament sehen, dass Kapis hinterlassen hat. Ich denke, der Junge verschweigt uns einiges.«

Die Worte der alten Frau lösten Unbehagen bei den anderen Familienmitgliedern aus, und so gingen sie alle nachdenklich zurück in ihre Räume.

Ofiel seufzte, jetzt konnte er sich um die Geschäfte kümmern, der oberste königliche Ratgeber hatte sich bereits angemeldet, um mit ihm über die Reparaturarbeiten zu sprechen.

Die Männer von Kapis waren sehr erfahren und hatten bereits heute mit ihrer Arbeit begonnen, nachdem Ofiel in den letzten beiden Tagen die Pläne angefertigt hatte.

Die Reparaturen zu überwachen, gehörte seit längerem zu seinen Aufgaben. Und da ihn die Männer alle kannten, war es für sie kein Problem, ihn als neuen Baumeister zu akzeptieren.

Ofiel nahm an, dass es bei dem Gespräch mit Profat nicht nur um die Reparaturarbeiten ging.

»Er will dich testen«, hörte er die Stimme seines Onkels,

während er in sein eigenes Büro zurückeilte, um den Besucher nicht warten zu lassen.

»Über deine Rolle als Oberhaupt der Familie ist er informiert. Sei höflich und bescheiden. Zeig ihm dein Bedauern über die schweren Verluste des Reiches, das wird ihn beeindrucken. Hier geht es darum, deinen Charakter zu prüfen. Zu sehen, ob du eines Tages als mein Nachfolger im königlichen Rat in Frage kommst. Also sei vorsichtig!«

Den obersten königlichen Ratgeber Profat kannte Ofiel von Kindesbeinen an. Und so erkundigte sich der alte Mann zuerst nach der Familie und bedauerte den Tod des Onkels. »Er wird uns fehlen!«

»Ich vermisse ihn auch, ich weiß gar nicht, wie ich alles ohne ihn schaffen soll!« jammerte Ofiel.

»Deine Jugend und Unerfahrenheit sind ein Nachteil, aber auch du wirst älter und weiser werden, also mach dir keine Sorgen.« Profat gab dem jungen Mann einige Ratschläge, und ermahnte ihn, die Frauen seiner Familie um Rat zu fragen.

»Sie betrachten die Dinge anders als wir, also lass dir von ihnen helfen. Ich tue dies auch!«

Interessant, dachte Ofiel. *Der alte Trottel hört auf weibisches Geschwätz! Eine Information, die mir noch nützlich sein wird!*

Die Unterredung dauerte noch eine ganze Weile, Ofiel ließ Speisen und Getränke bringen.

Er verstand es, den alten Mann um den kleinen Finger zu wickeln. Nach einigen Stunden verließ ein sichtlich beeindruckter Profat die Gemächer des jungen Baumeisters. Ofiel war mit sich sehr zufrieden, er lehnte sich zurück und genoss seinen Triumph.

»Es hat geklappt, Onkel!« sagte er laut und schaute zur Decke hinauf, als würde Kapis dort sitzen. In seinem Büro konnte Ofiel die Stimme seines Onkels im ganzen Raum hören, außerhalb jedoch bloß in seinem Kopf. Er hatte sich schnell daran gewöhnt, ohne darüber nachzudenken, wie das überhaupt möglich war.

»Profat habe ich überzeugt, er wird den anderen von diesem erfreulichen Gespräch berichten. In spätestens zehn Jahren werde ich königlicher Ratgeber sein, Onkel!«

»Natürlich wirst du das, mein Junge!« hörte er Kapis sagen.

»Wegen Orames und Wigan musst du dir keine Sorgen machen«, fuhr Ofiel fort. »Sie werden den Witjasgraben nicht verlassen, solange ich lebe.«

»Soweit, so gut. Es gibt aber noch eine Kleinigkeit, die du wissen solltest, mein lieber Neffe.« Kapis Stimme klang geheimnisvoll.

»Was für eine Kleinigkeit meinst du denn?« fragte Ofiel beiläufig und wischte ein paar Krümel vom Tisch.

»Mein Besuch bei Orames war sehr aufschlussreich. Ich bin zwar tot, aber ein letzter Triumpf ist mir noch geblieben.«

»Und das wäre?« fragte Ofiel mit gelangweilter Stimme.

Er konnte die Antwort nicht abwarten, aber das durfte er sich nicht anmerken lassen!

»Orames hat in all den Jahren an einem Heilmittel geforscht, es ist beinahe fertig. Es fehlte noch eine letzte Zutat, ich bin sicher, dass er sie mittlerweile gefunden hat. Meine Geduld hat sich also ausgezahlt!« lautete die zufriedene Antwort.

Ofiel horchte auf.

Warum hatte Kapis ihm das nicht schon vorher erzählt?

»Hast du ihn deshalb in all den Jahren besucht? Wegen dieses Heilmittels?« fragte er ungläubig. *Was sollte das? Und wofür war dieses Heilmittel?*

»Mein lieber Neffe, es handelt sich nicht um *irgendein* Heilmittel, sondern um ein ganz spezielles, von dem du gewaltig profitieren kannst. Wenn du es richtig anstellst, natürlich.«

»Und was soll das sein? Für welche Krankheit?« Ofiel konnte seine Neugier kaum verbergen.

»Seit sehr langer Zeit leiden viele Faraner an der Wasserkrankheit, wie du weißt. Damit ist jetzt Schluss. Zumindest für einige«, erwiderte Kapis.

Ofiel lehnte sich in seinem Sessel zurück. Das war eine Überraschung! *Deshalb also hast du diesen Heiler jahrelang besucht und unterstützt! Ein Heilmittel gegen die Volkskrankheit, dass sich mit viel Profit an die Untertanen verkaufen lässt,* dachte Ofiel erfreut. Das war tatsächlich eine erfreuliche Nachricht! Er atmete tief durch, jetzt musste er besonnen handeln.

»Ach, das ist ja ganz interessant«, erwiderte er langsam.

»Orames wird mir dieses Heilmittel nicht aushändigen, oder, Onkel?«

»Nein, das wird er nicht«, Kapis Stimme klang besorgt. »Du musst einen anderen Weg finden, um es zu bekommen.«

»Das dürfte nicht so schwer sein«, Ofiel kannte diesen »Weg« gut. »Ich werde einen Spitzel beauftragen, mir das Rezept für das Heilmittel zu besorgen. Und wenn es in meinem Besitz ist, habe ich einen wichtigen Trumpf in der Hand! Ich werde ihn aber nicht gleich ausspielen, ich will abwarten, wie sich alles entwickelt. Lassen wir den König doch glauben, dass sich alles zum Guten wendet!«

»Das ist genial, mein lieber Neffe! Ich hätte es selbst nicht besser machen können! Du musst das Heilmittel zwar noch herstellen lassen, aber das wird der Heiler, der in unseren Diensten steht, gerne erledigen, wenn die Bezahlung stimmt. Ofiel, ich bin sehr stolz auf dich!«

Kapis triumphierendes Lachen erfüllte den ganzen Raum.

Der Lauscher in der kleinen Kammer unter dem Büro zuckte zusammen.

Lauscher und Schwätzer

Am nächsten Morgen trafen sich die Generäle und Offiziere auf der Galerie der Kriegerhalle. Auch der König war anwesend. Er schritt mit gesenktem Kopf ungeduldig auf und ab, die Hände hinter dem Rücken verschränkt. Alle warteten gespannt auf seine Entscheidung, keiner konnte sich vorstellen, wer als Nachfolger von Suram Olis überhaupt in Frage kam.

Schließlich blieb der König stehen und schaute die wartenden Krieger an.

»Ich habe eine Entscheidung getroffen. Wir werden wählen.«

Diese Ankündigung überraschte alle. Der König wollte, dass sie selbst ihren Anführer wählten! Das hatte es bisher nicht gegeben!

»Vater, das kannst du nicht tun!« rief Thora aufgebracht. »Es ist deine Pflicht, den Anführer zu *bestimmen*!«

»Thora – bitte beruhige dich«, sagte ihr Vater und kam auf sie zu. »Ich habe meine Gründe dafür, die ich nach der Wahl auch nennen werde.«

Der König warf einen Blick in die Runde. »Du wirst sie dann auch verstehen.«

Thora setzte sich hin. Das konnte nicht gutgehen!

»Dann lass uns wählen«, sagte General Schoni nach einer kleinen Weile. »Ich bin für Thora Modama.«

Der Satz klang für Thora wie ein Donnerschlag.

»Wie bitte?« fragte sie entsetzt. »Armias Schoni, bist du von Sinnen?«

»Überhaupt nicht, meine Liebe. Ich weiß, was ich tue«, erwiderte Schoni kühl und selbstsicher.

Thora schüttelte den Kopf.

Der König beobachtete die anderen gespannt. Würden sie sich auch für seine Tochter entscheiden?

General Vorim, der jetzt die Patrouille befehligte, nickte zustimmend. »Diese Wahl ist gut«, sagte er. »Ich stimme auch für Thora.«

»Ich ebenso«, sagte General Cani. Er war für die Ausbildung der Wächter zuständig. Auch die anderen Generäle und Offiziere schlossen sich dem Vorschlag an.

»Dann ist es entschieden.«

Thora konnte nicht glauben, was sie hörte.

»Nimmst du die Wahl an, meine Tochter?« fragte der König leise. Er konnte sich gut vorstellen, welcher Kampf in ihrem Inneren tobte! Thora war sehr verantwortungsvoll, sie würde diese Aufgabe mit Bravour erledigen, das wusste der König.

Seine Tochter zögerte. Es war das erste Mal seit vielen Jahren, dass sie unsicher war.

»Ich habe vollstes Vertrauen zu dir«, sagte der König. »Und das gilt auch für die anderen.«

Thora blickte sich um. In jedem Gesicht entdeckte sie Zuversicht und Hoffnung und noch etwas, das sie nicht erwartet hatte. Stolz!

»Thora, wir wissen, dass du noch sehr jung bist. Und dass deine Aufgabe keine leichte sein wird. Aber wir werden dich dabei unterstützen, so gut wir können«, General Vorim sah seine Kameraden an, alle nickten.

»Du bist für uns wie eine Tochter«, sagte General Cani mit einem Seitenblick auf den König. »Verzeiht.«

Der König lächelte und nickte.

»Ich wusste, dass sich alle für dich entscheiden würden.« Maris Modama blickte seine Tochter an.

»Auch für mich warst du die geeignete Nachfolgerin. Aber da du meine Tochter bist, konnte ich dich nicht vorschlagen. Deshalb die Wahl.«

Thora schwieg und presste die Lippen aufeinander. Konnte sie diese schwierige Aufgabe wirklich erfüllen?

»Was sagt Mutter dazu?« wollte sie nach einer Weile wissen.

»Du weißt, dass deine Mutter alle meine Entscheidungen respektiert. Und das wird sie auch in diesem Fall tun. Sie schätzt deine Fähigkeiten ebenso wie ich.«

Sie wird dann noch mehr Angst haben als bisher, aber mir bleibt keine Wahl, dachte der König.

»Wer übernimmt meine Truppe?« fragte Thora weiter. »Als Heerführer werde ich das nicht mehr können.«

»Es sollte jemand sein, dem du vertraust. Wie wäre es mit deinem Stellvertreter?«

»Gata? Ja, Gata wäre gut. Er kennt alle, und sie respektieren ihn.«

»Dann übernimmst du dieses Amt?« fragte der König gespannt.

Thora holte tief Luft. Konnte sie überhaupt nein sagen?

Langsam erhob sie sich und ging auf den König zu.

»Ja Vater, ich nehme an.«

König Maris lächelte, er war stolz auf seine Tochter, die jetzt vor ihm kniete. Er steckte ihr das silberne Abzeichen an ihre Uniform. Alle waren erleichtert und gratulierten der jungen Heerführerin. Der König setzte sich.

»Und jetzt reden wir über unser Heer, es muss neu aufgebaut werden. Vorschläge?«

»Wir sollten zuerst über diesen Pollen sprechen«, begann General Schoni. »Könnte es ein, dass er bloß vorüber gehend wirkt?«

Als er auf die Fragen der anderen seine Bedenken äußerste, schickte der König einen Boten zum Krankentrakt.

»Hole mir die Oberste Heilerin her. Es ist wichtig.«

Gespannt warteten alle auf die Ankunft von Bola Chron.

»Ich kann mir nicht vorstellen, dass die Seesterne dagegen unempfindlich werden können«, wandte General Cani ein. »Wie sollten sie das machen? Sie sind doch alle tot!«

»Die Frage kann uns Bola beantworten, sie kennt unsere Angreifer sehr genau!« rief einer der Offiziere.

Thora blickte sich um.

Einige waren verunsichert, andere hielten Schonis Bedenken für übertrieben. Sie selbst wollte erst abwarten, was die Oberste Heilerin dazu zu sagen hatte.

Wenig später erschien Bola und war von der Frage des Königs überrascht. Sie dachte einen Moment nach und sagte dann vorsichtig: »Ich denke, dass ein paar Seesterne überlebt haben und zur Kolonie zurückgekehrt sind. Es könnte durchaus sein, dass ihre Körper eine Abwehr gegen dem Pollen entwickeln. Diese Abwehrfähigkeit könnten sie an ihre Nachkommen weitergeben. Man kann sich also nicht darauf verlassen, dass er beim nächsten Angriff ebenso wirkt. Und noch eines muss bedacht werden: dieser Pollen steht bloß während der Blüte zur Verfügung – und die dürfte höchstens ein paar Wochen pro Jahr andauern! Und er verliert mit der Zeit vermutlich auch so seine Wirkung.«

Überrascht blickten alle um sich. Das hatten sie nicht erwartet! Aran räusperte sich und erzählte, dass dieses Blütenfeld riesig groß sei.

»Und wer weiß, womöglich gibt es ja noch mehr solcher Felder und wir haben sie bisher noch nicht entdeckt!«

Thora stand auf.

»Dann sollten einige Soldaten der Patrouille in den nächsten Tagen Ausschau nach dieser Pflanzenart und ihrem Vorkommen halten!«

General Vorim nickte. Das fiel in seinen Bereich.

»Ich habe noch eine Frage«, General Schoni erhob sich. Alle Blicke waren auf ihn gerichtet. Was mochte der alte Haudegen jetzt noch vorbringen?

»Warum wurden wir von Würfelquallen angegriffen? Und was ist, wenn sie demnächst wiederkommen?«

Keiner wusste darauf eine Antwort. König Maris erhob sich.

»Im königlichen Rat wurde darüber gesprochen. Unsere Schreiber haben sämtliche Aufzeichnungen durchgesehen, die von den Schlachten berichten, aber keine Angaben dazu gefunden. Selbst die Berichte aus den Anfängen des Königreiches geben keinerlei Hinweise auf die Würfelquallen«, der König schüttelte bedauernd den Kopf. »Wir stehen vor einem Rätsel.«

Aufgebracht diskutierten alle über dieses seltsame Verhalten der Quallen.

»Sie sind doch Einzelgänger!« rief der eine.

»Wieso kamen sie zu hunderten? Und auch dann auch noch nachts?« fragte ein anderer.

Viele Vermutungen wurden ausgesprochen, aber das brachte sie nicht weiter.

»Ich muss es ihnen sagen«, murmelte Thora und stand auf. Schlagartig wurde es still auf der Galerie.

»Ich glaube nicht, dass sie zufällig aufgetaucht sind. Und es ist gut möglich, dass sie nochmal angreifen. Irgendwas hat sie hierhergelockt. Und ich will wissen, was das war – oder wer!«

»Und wie willst du das herausfinden?« Vorim sah sie gespannt an, er teilte ihre Meinung.

»Ich habe vor kurzem einen alten Freund aufgesucht«, antwortete Thora langsam und berichtete von ihrem Besuch bei Lomo und dessen Beobachtungen.

»Wer ist dieser seltsame Reiter?« wollte General Vorim wissen.

»Lomo wird die Seestern-Kolonie im Auge behalten, für den Fall, dass er nochmal auftaucht«, antwortete Thora mit einem grimmigen Lächeln. »Und dann wird er uns Rede und Antwort stehen.«

König Maris wunderte sich über seine Tochter. Von diesem Manta hatte er noch nie gehört.

»Er kennt auch ein paar ausgesprochen klatschsüchtige Galeeren, die darauf warten, den neuesten Tratsch zu verbreiten. Und das brauchen wir jetzt!«

Unter den Offizieren machte sich Ratlosigkeit breit. Was wollte Thora damit sagen?

»Thora, kannst du uns das bitte erklären?« fragte Cani mit

flehendem Blick. Die Gedanken seines neuen Heerführers waren ihm schleierhaft!

»Wir brauchen ein zweites Heer!«

Diese Ankündigung verblüffte alle.

»Wie bitte?« fragte der König erstaunt.

»Thora, wir müssen zuerst unser erstes Heer wiederaufbauen!« wandte General Vorim ein.

»Ich weiß«, erwiderte Thora. »Aber bis dahin vergeht eine gewisse Zeit, in der wir verwundbar sind. Mit dem jetzigen Heer können wir uns nicht ausreichend verteidigen. Daher müssen wir dafür sorgen, dass solche Angriffe möglichst ausbleiben! Und gleichzeitig herausfinden, was die Quallen angelockt hat!«

»Und wo willst du die Männer dafür hernehmen?« wollte Vorim wissen. »Und was haben diese Galeeren und der Manta damit zu tun?«

Thora holte tief Luft. Auf dem Rückweg war ihr die Lösung eingefallen. Und es war so einfach!

»Dieser Manta weiß viel und kennt eine Menge Lebewesen hier in der Korallensee, unter anderem auch diese Galeeren. Er wird ihnen ein paar Gerüchte erzählen, die sie dann in Windeseile überall verbreiten werden, keine Sorge!«

»Welche Gerüchte?« fragte General Schoni gespannt.

Thora beugte sich vor, grinste ihn an und sagte dann leise: »Von einer Waffe, die jeden Feind tötet!«

»Das gefällt mir«, grinste er zurück. Auch die anderen Offiziere murmelten zustimmend.

»Die portugiesischen Galeeren sind die geschwätzigsten Wesen in unseren Meeren«, führte Thora ihre Gedanken fort. »Sie reden ununterbrochen, oft auch mit sich selbst, um sich die neuesten Geschichten zu erzählen. Sie werden das Gerücht von der Waffe verbreiten – und garantiert noch eine ganze Menge Unsinn dazu. Und gleichzeitig wird der Manta Augen und Ohren offenhalten und herausfinden, wieso die Würfelquallen bei uns aufgetaucht sind.«

»Und was ist mit dem zweiten Heer?« wollte König Maris wissen. Er hatte immer noch nicht verstanden, woher Thora die Krieger nehmen wollte.

»Das *ist* unser zweites Heer, Vater! Es besteht aus besonderen Kriegern. Sie führen andere Waffen als wir. Solche, die man nicht brechen oder biegen kann. Für die man keine Munition braucht. Unser zweites Heer besteht aus Lauschern und Schwätzern!«

Thora blickte triumphierend um sich.

Der König und die Offiziere waren von dieser Idee so überrascht, dass es ihnen die Sprache verschlug. Aber sie war genial! Dieses »zweite Heer« würde ihnen genug Zeit verschaffen, um das Heer zu verstärken. Und wenn sie Glück hatten, die Angreifer vom Leibe halten!

Sinowa hatte keine Ruhe. Sie musste wissen, was hier vorging!

Trotz ausführlicher Nachforschungen im Heilertrakt hatte sie nicht erfahren, welcher Heiler in Kapis Diensten stand. Und das ärgerte sie sehr!

Auf dem Weg zu Ofiels Büro überlegte sie, wie sie das Gespräch beginnen konnte. Sie musste vorsichtig sein, Ofiel durfte keinen Verdacht schöpfen!

Ich sollte mit ihm über die Reparaturarbeiten reden, das ist ein harmloses Thema, beschloss sie.

Auf ihr Klopfen bekam sie zunächst keine Antwort, erst als sie heftiger an die Tür schlug, hörte sie ein ärgerliches »Ja, herein!«

Ofiel saß, über Pläne gebeugt, am Schreibtisch und blickte überrascht auf, als Sinowa eintrat.

»Wie geht es voran? Viel zu tun?« fragte sie scheinbar interessiert und deutete auf die Pläne.

Ofiel wunderte sich über die Frage, Tante Sinowa hatte sich bisher noch nie fürs Geschäft interessiert.

Sei vorsichtig! Sie interessiert sich womöglich für was ganz anderes, warnte Kapis Stimme in seinem Kopf.

»Ja, es gibt viel zu tun«, antwortete er mit einem Seufzer und rollte die Pläne zusammen.

»Wir werden einige Wochen rund um die Uhr arbeiten müssen, um die Schäden zu reparieren und neue Höhlen zu bauen.«

»Kommst du gut zurecht? Akzeptieren dich die Arbeiter?«

Ofiel zuckte mit den Schultern.

»Sie kennen mich lange genug, wissen was ich kann. Und sie haben keine Probleme damit, mich als Nachfolger zu akzeptieren. Möchtest du etwas trinken?«

Was willst du tatsächlich, Sinowa?

Die alte Frau lehnte dankend ab.

»Weißt du, der unerwartete Tod von Kapis ist ein schrecklicher Verlust für mich«, sagte sie leise und verschränkte die Hände ineinander. »Nach dem Tod unserer Eltern war Kapis immer für mich da, hat sich um mich gekümmert. Es ist schlimm, einen Bruder zu verlieren. Noch dazu unter solchen Umständen.« Sinowa hielt die Luft an.

Der junge Baumeister war von der Aussage überrascht.

Er hatte bisher nicht den Eindruck gehabt, dass sich Kapis und Sinowa nahestanden. Und dass seine Tante um den toten Bruder trauerte, wunderte ihn noch mehr. Er hatte oft erlebt, wie die beiden miteinander stritten – ein Herz und eine Seele waren die beiden nicht gewesen!

»Was meinst du mit unter diesen Umständen?« hakte er nach.

Sinowa richtete sich auf. Sie beschloss, aufs Ganze zu gehen.

»Du hast erzählt, er sei auf einer Reise zu einem Freund. Wer ist das? Kapis hat diesen Freund nicht erwähnt. Und dass er nicht zurückkehrt und der Freund keine Nachricht schickt, ist doch verwunderlich. Ich bin übrigens nicht die einzige in der Familie, die so denkt.«

Ofiel hob beschwichtigend die Hände.

»Glaub mir, Tante Sinowa, ich weiß auch nicht, wer dieser Freund ist«, antwortete er mit aufrichtigem Blick. »Kapis hat lediglich erzählt, dass er in einer Lagune lebt. Und über die Umstände seines Todes weiß ich ebenso wenig wie du. Ich wüsste auch gerne, wie es dazu gekommen ist«, er lehnte sich im Sessel zurück und fuhr sich mit einem Seufzer über die Haare.

»Hast du versucht, herauszufinden, was passiert ist? Vermutlich hat man ihn gesehen!«

Sinowa ließ nicht locker. Sie musste den jungen Mann in die Enge treiben, dann würde er reden!

»Hast du die Schlacht vergessen, Tante Sinowa? Glaubst du im Ernst, dass irgendjemand während der Kämpfe auf eine Transportmuschel achten konnte? Wer weiß, womöglich wurde er von Seesternen attackiert, oder die Würfelquallen haben ihn angegriffen. Sie kamen immerhin aus Norden, eben aus der gleichen Richtung wie Kapis!«

»Aus Norden sagst du?« Nachdenklich lehnte sich Sinowa zurück. »Da gibt es meines Wissens nach nicht viele Lagunen. Garantiert lässt sich überprüfen, in welcher von ihnen dieser Freund wohnt und wann Kapis abgereist ist. Wer weiß, ob er sich nicht verstecken musste und auf Hilfe hofft!«

»Tante Sinowa!« ärgerlich warf Ofiel die Arme nach oben. Dabei rutschen die Ärmel seiner Tunika nach oben, und Sinowa sah eine lange rötliche Narbe an seinem linken Arm. Sie war noch nicht alt!

»Wo hast du die her? Die Narbe, meine ich!«

Sinowa beugte sich vor und blickte Ofiel fest in die Augen. Die Frage war dem jungen Mann sichtlich unangenehm, er rutschte auf dem Sessel hin und her und verbarg die Narbe unter dem Ärmel. Verlegen sortierte er die Pläne und antwortete abweisend: »Eine kleine Verletzung, mehr nicht.«

»Das soll ich dir glauben? Ofiel, hältst du mich für so dumm? Die Narbe läuft über deinen ganzen Unterarm, das war keine kleine Verletzung!«

Wütend sprang Sinowa auf und beugte sich über den Schreibtisch. »Was ist los, Ofiel? Antworte!«

Der junge Mann seufzte.

»Also gut, Tante Sinowa, wenn du es unbedingt wissen willst – es war eine größere Verletzung. Ist bei der Arbeit passiert, hab mir den Arm an einer Federkoralle aufgeschlitzt. Ist aber ein paar Wochen her und bereits verheilt. Also hör auf, dir Sorgen zu machen!«

Ofiel machte ein unbekümmertes Gesicht, für Sinowa klang seine Erklärung allerdings fadenscheinig. Im selben Moment fiel ihr der Heiler ein. Und diese Narbe war gut genäht!

Fürs Erste habe ich genug gehört, dachte Sinowa. Sie erhob sich und nickte.

»Na gut, ich glaube dir. Aber du solltest in Zukunft besser auf dich achtgeben. Immerhin bist du das Oberhaupt unserer Familie. Und wir haben erst eines verloren.«

Sinowa verließ das Büro und hinterließ einen verunsicherten Ofiel.

»Das war knapp!« hörte er Kapis laut sagen. Die Stimme kam von oben, als würde sein Onkel unter der Decke sitzen.

»Zum Glück ist dir diese Verletzung eingefallen, aber du solltest dafür sorgen, dass Sinowa keine weiteren Nachforschungen über meinen Verbleib macht. Womöglich findet sie noch heraus, wer dieser Freund ist. Das könnte für dich gefährlich werden!«

»Ich weiß«, Ofiel seufzte und goss sich ein Glas Quellwasser ein.

»Vergiss nicht, sie kennt alle möglichen Leute, viele noch aus ihrer Jugend. Wer weiß, wem sie noch Fragen stellt«, mahnte Kapis.

Ofiel stand auf und lief im Büro hin und her.

»Bring sie zum Schweigen.«

»Onkel Kapis, glaubst du im Ernst, dass sich Sinowa von

mir den Mund verbieten lässt?« rief er aufgebracht zur Decke. Er bekam keine Antwort.

»Sie würde mich auslachen, mich demütigen und mich daran erinnern, wie viel länger sie bereits lebt, und was ich noch alles zu lernen habe. Und sie würde mich daran erinnern, dass ich kein geborener Broman bin!«

»Das kann sie nicht wissen!«

»Ha, ich wette, dass sie das längst weiß! Hast du vergessen, dass sie mit Bola Chron befreundet ist?«

»Na und? Bola war bei deiner Geburt nicht dabei. Sie weiß nichts über deine Eltern. Und ich habe dafür gesorgt, dass sie es auch nicht erfährt.«

»Wie auch immer! Sinowa ist eine Gefahr, sie hat genug Fragen gestellt, und sie hat« – Ofiel holte tief Luft »lange genug gelebt.«

Einen Moment war es still. Ofiels Herz raste. Er war von seiner eigenen Aussage überrascht. *Habe ich das tatsächlich gesagt,* fragte er sich verblüfft.

»Eine weise Entscheidung, mein lieber Neffe. Das wird dir unangenehme Überraschungen ersparen. Beauftrage dafür am besten Tobak oder Roban. Der Spitzel wird diesen Auftrag ohne große Mühe erledigen. Dann hast du Ruhe und kannst Dich ums Geschäft und deine Zukunft kümmern.«

»Ja, das werde ich tun. Ich brauche keinen Schnüffler in der Familie!« antwortete Ofiel, jetzt war er doch erleichtert.

Der Lauscher in der kleinen Kammer unter dem Büro hielt in diesem Moment erschrocken die Luft an, als ihm klar wurde, was Ofiel plante. Ein Gedanke schoss ihm durch den Kopf. *Ich muss das verhindern!*

Den Rest des Tages verbrachte Thora mit der Planung für den Wiederaufbau des Heeres.

Jeder Offizier hatte eine Liste mit Namen und Aufgaben der gefallenen Krieger angefertigt, weitere Aufzeichnungen beschrieben die noch verbliebenen Soldaten. Der ganze Tisch war mit Papieren belegt. Die junge Heerführerin starrte müde und entsetzt auf die vielen Stapel vor ihr und fragte sich, wie sie das alles bewältigen sollte.

»Keine Angst«, beruhigte sie General Vorim. »Es ist eine Menge Arbeit, ja. Aber wir helfen Dir gerne dabei.«

»Überlass deinen Offizieren die Sichtung und Beurteilung der jungen Soldaten«, schlug Cani vor. »Danach kannst du entscheiden, wer frühzeitig vom Wach-, Stall-, oder Patrouillendienst in die unterschiedlichen Kampftruppen aufgenommen und ausgebildet wird.«

»Und die Ausbildung ist wiederrum unsere Aufgabe«, fügte Aran hinzu. »Aber selbstverständlich musst du die Soldaten beobachten.«

»Und die Einsätze bei den Schlachten planen«, der König erhob sich und legte seiner Tochter die Hand auf die Schulter. »Du solltest dir einen Adjutanten wählen, damit du ab und zu ein bisschen Schlaf bekommst!«

Lächelnd verabschiedete er sich vom Kriegsrat, hier gab es für ihn nichts mehr zu tun.

Auf dem Rückweg zu seinen Gemächern dachte der König an Thoras einstigen Gefährten Sabon. *Er würde jetzt bei ihr sitzen und sie bei allem unterstützen!* Dabei war er kein Offizier gewesen, sondern ein einfacher Soldat wie jeder andere. Eine Verbindung, die Maris damals missbilligt hatte, aber gegenüber Thoras Willen war er machtlos gewesen.

»Ich will einen Gefährten, der mich versteht, der weiß, wie es ist, um sein Volk und sein Reich zu kämpfen. Deine Schönlinge und Schwätzer kannst du anderen Frauen anbieten!«

Maris erinnerte sich gut an ihren wütenden Blick. Also hatte er nachgegeben. Dem Dickkopf seiner Tochter war er nicht gewachsen! Und Sabon hatte seine Tochter aufrichtig geliebt, wie Maris später feststellte.

Schönlinge und Schwätzer! Sie waren im Reich immer noch zahlreich vertreten, und hatten nach Sabons Tod um die Hand der Königstochter angehalten. Thora hatte über sie gelacht.

»Wenn mich einer im Kampf besiegen kann, gerne! Aber der muss erst noch geboren werden!«

Maris musste schmunzeln, als er an die damalige Audienz im Thronsaal dachte. Mit dieser Entscheidung hatte seine Tochter den Bewerbern einen gewaltigen Hieb verpasst, den keiner von ihnen so leicht verkraftete.

Sie waren alle aus dem Thronsaal gestürmt, als ginge es um ihr Leben!

Nefer erholte sich langsam von seiner Verletzung.

Es brannte wie Feuer, wenn Bola die Heilsalbe auf seine Wunde auftrug, aber er ertrug alles mit Geduld. Allerdings musste er sich von der Heilerin einen Vortrag nach dem anderen anhören.

Er solle sich künftig mehr schonen, öfter ausruhen, besser essen und außerdem sei es Zeit für eine Frau.

»Du kannst nicht ewig alleine leben, und jetzt, wo dein Vater tot ist, sowieso nicht«, fügte sie noch hinzu, während sie sein Betttuch aufschüttelte.

»Sprich nicht von meinem Vater«, knurrte Nefer.

»Ja, ist gut«, erwiderte Bola und reichte ihm eine Schale mit Suppe.

»Peran Tuth hat sich für heute Nachmittag angemeldet, er wollte dir das Neueste berichten. Hat ja Karriere gemacht, der junge Wächter, stimmts?« fragte Bola lauernd

Sie mochte den jungen Krieger, der nicht von Nefers Seite gewichen und – wie ihr einige Heiler berichtet hatten – eine große Hilfe gewesen war.

»Man hat ihn zum persönlichen Boten des Königs ernannt, jetzt rennt er den ganzen Tag rum und bringt Depeschen von einem Ort zum anderen«, brummte Nefer.

Er freute sich über Perans Beförderung, der Wächter war in der kurzen Zeit ein guter Freund geworden, der ihm stets die Neuigkeiten brachte und so dafür sorgte, dass Nefer über alles informiert war. Aber es störte ihn doch, dass Peran jetzt so wenig Zeit für ihn hatte.

Die Gespräche mit ihm hatten Nefer gutgetan, ihn von seiner Verletzung abgelenkt – und vor allem vom Tod seines Vaters. Nefer wollte gar nicht darüber nachdenken, wie er ohne Suram leben sollte.

Die täglichen Besprechungen beim Frühstück über Taktiken, Waffen, Truppenstärken und ähnliches würde er vermissen.

Sie waren nicht immer einer Meinung gewesen, hatten sich aber ergänzt. Nefer seufzte. Jetzt würde er jeden Morgen alleine dasitzen, es gab niemanden, mit dem er seine Gedanken teilen konnte.

Und eine Frau! Nefer lachte kurz auf, Bola hatte gut reden! Die einzige Frau, die er wollte, war für ihn so unerreichbar wie Eburons Palast! *Selbst wenn sie nicht die Tochter des Königs wäre,* dachte Nefer, *würde sie mich mit keinem Blick würdigen.* Es war allgemein bekannt, dass Thora seit dem Tod ihres Gefährten keinem anderen Mann ihre Aufmerksamkeit geschenkt hatte, und das würde auch so bleiben. Ihm blieben lediglich seine Träume, aber zumindest die hatte er nicht verloren!

Langsam bewegte Nefer seine Arme und Beine. Sie fühlten sich vollkommen kraftlos an, dass musste er ändern! *Es wird noch eine Weile dauern, bis ich mit den Kampfübungen beginnen kann,* dachte er. *Aber wenn Peran heute kommt, werde ich aufstehen,* beschloss er grimmig. *Ich muss mich bewegen!*

Maris Modama saß mit seiner Gemahlin auf der Terrasse ihrer Privaträume und blickte hinunter auf sein Reich.

Er verfolgte interessiert die Arbeiten der Baumeister, die mit großer Geschwindigkeit die Reparaturen an den Korallenstöcken durchführten. Und wie geschickt sie dabei waren!

Als junger Mann hatte Maris eine Zeitlang bei ihnen mitgearbeitet, dass gehörte zur Ausbildung, die ein künftiger König absolvieren musste. Und wie oft hatte er die Baumeister dabei von Sachel reden hören, dem Mann, der dieses Königreich erschaffen hatte. *Er wäre entsetzt, wenn er sehen könnte, wie es immer wieder zerstört wird,* dachte Maris.

Die Königin beobachtete still ihren Gemahl. Irgendwas ging in ihm vor. Es waren nicht die Schlacht und die vielen Verluste, die ihn beschäftigten, das wusste Suna. Diesen Teil des Krieges hatte er bereits abgehakt. Thora war zur neuen Heerführerin ernannt worden, auch darüber hatten sie gesprochen. Ein anderes Problem beschäftigte ihn und schließlich fragte sie ihn danach. Der König blickte seine Gemahlin an, ein seltsamer Ausdruck lag auf seinem Gesicht.

»Seit ich denken kann, werden wir immer wieder von diesen Seesternen angegriffen. Sie tauchen blitzartig aus dem Nichts auf, zu hunderten! Wir wissen nicht, wann sie kommen und wie viele es sind! Tausende Untertanen müssen ihre Höhlen verlassen, wissen nicht, ob sie zurückkehren können. Bei jeder Schlacht verlieren wir wertvolle Krieger – und es nimmt kein Ende!«

Er schlug mit der Faust auf die Brüstung, die aus weißem Seegras geflochten war und nach seinem Schlag vibrierte.

Suna erschrak. So hatte sie ihren Gemahl noch nie erlebt! Er war so wütend, verzweifelt und gleichzeitig hilflos!

»Maris, du tust alles, was in deiner Macht steht, um dein Volk zu schützen – mehr kann man von dir nicht verlangen!« versuchte sie ihn zu trösten und legte ihre Hand auf seinen Arm. »Und außerdem – wir können stolz sein, dass wir so tapfere Krieger haben, die immer wieder unser Reich mit ihrem Leben verteidigen und niemals aufgeben. Und wir haben doch auch so viel Schönes, über das wir uns freuen können. Schau dich doch mal um!«

»Ja, das weiß ich. Ich bin ja nicht blind, und ich möchte

auch, dass es so bleibt. Und trotzdem wird es immer wieder zerstört! Warum lässt Eburon das zu? Wie kann er so grausam sein?« rief König Maris aufgebracht.

Suna dachte nach.

»Womöglich weiß er ja gar nichts von unseren Kämpfen? Wie soll er auch? Sein Palast ist unendlich weit weg, dort dringen keine Nachrichten über die Korallensee ein«, versuchte sie ihren Mann zu beruhigen.

König Maris blickte schweigend in die Ferne.

Auf einmal kam ihm eine Idee, er sah seine Gemahlin erstaunt an.

»Wenn ich dich nicht hätte!« rief er aus und drückte sie an sich. »Du hast mich auf einen wundervollen Gedanken gebracht!« sagte er und wandte sich zum Gehen. »Ich muss sofort mit Thora sprechen«, rief er im Hinausgehen und ließ eine erstaunte Suna Orea zurück.

»Auf welchen Gedanken habe ich dich gebracht?« rief sie ihm nach, aber er war bereits weg. »Na so was«, murmelte sie überrascht und ging in das Zimmer zurück.

»Ich werde es ja früh genug erfahren«, sagte sie laut zu sich selbst.

Peran rannte wieder durch die Gänge.

Langsam wird das zur Gewohnheit, dachte er und bog in die Kriegerhalle ein, um Thora Modama eine Botschaft zu überbringen. Die Heerführerin kam gerade von einem Ausritt zurück, sie hatte die Reparaturarbeiten inspiziert.

Peran beeilte sich, die Depesche zu übergeben, die Königstochter flößte ihm immer noch großen Respekt ein.

Thora las die Botschaft und schüttelte den Kopf. Sie rief Gata zu sich, der jetzt der Anführer der Harpuniere war.

»Du weißt, was du zu tun hast, ich muss zu meinem Vater«, sie kehrte um und schritt aus der Halle.

Peran ging zu Nefer in den Heilertrakt. Es gab eine Menge zu berichten, und er wollte seinen Freund nicht warten lassen. Kurze Zeit später saß er an dessen Bett und erzählte ihm von Thoras Wahl zur Heerführerin.

Nefer nickte. »Das war absolut richtig, ich glaube, dass ihr das Heer widerstandslos folgen wird. Sie hat diesen Posten mehr als verdient.«

»Du magst sie sehr, stimmts?« fragte Peran leise.

Nefer blickte ihn irritiert an. »Wie kommst du darauf?«

»Es ist die Art, wie du über sie redest, mein Freund«, grinste Peran. »Ihre Narben stören dich ebenso wenig wie die Tatsache, dass sie die Tochter des Königs und jetzt auch deine Heerführerin ist.«

Nefer fühlte sich unbehaglich, er hatte nicht gewusst, dass seine Gefühle so offensichtlich waren! Er spürte, wie er rot wurde. *Du bist ein Dummkopf, Nefer,* schalt er sich selbst.

»Keine Sorge, ich werde es niemandem verraten«, versicherte ihm der Wächter schnell. »Aber Thora sollte wissen, was du für sie empfindest!«

»Pah! Sie interessiert sich doch überhaupt nicht für mich!« Nefer schüttelte den Kopf. Peran mochte ja sein Freund sein, aber von solchen Dingen hatte er keine Ahnung! Naja, er war ja auch wesentlich jünger als Nefer.

»Ist das so?« fragte Peran ganz unschuldig. »Ich hörte eben, wie sie zu ihrem Nachfolger Gata sagte, sie wäre sehr froh, dass du deine Verletzungen gut überstanden hast. Und das du bald gesund bist und deine Aufgaben wieder übernehmen kannst. Es wäre für sie unmöglich gewesen, dich zu ersetzen.«

Es war eine glatte Lüge, und Peran war erstaunt, wie mühelos sie ihm über die Lippen kam!

Aber Nefer hatte seinen Vater verloren, er sollte nicht auch noch seine Liebe verlieren. Eine Weile war es still im Raum.

Mit gesenktem Kopf wartete Peran auf die Reaktion seines Freundes, konnte ihm dabei aber nicht in die Augen sehen.

»Peran Tuth, du bist ein guter Freund – aber ein schlechter Lügner«, erwiderte Nefer leise.

Peran hob den Kopf und blickte in das grinsende Gesicht seines Freundes.

»Aber danke, dass du es versucht hast.«

»Ich wollte bloß ...« entgegnete Peran.

»Lass gut sein«, unterbrach ihn Nefer. »Komm hilf mir. Es wird Zeit für mich, wieder aufzustehen!«

Kurze Zeit später verließ Thora die Gemächer des Königs.

Nachdenklich schritt sie zur Kriegerhalle. Der Plan ihres Vaters war zwar verständlich, aber doch sehr tollkühn! Er wollte nämlich zum Palast des Meeresgottes reisen und ihn um Hilfe bitten. *Garantiert liegt es daran, dass er bei den Schlachten nicht mitkämpfen darf, jetzt möchte er nicht mehr zuschauen,* dachte sie. Die Reise des Königs machte Thora ein wenig Sorgen, sie fand vor allem den Zeitpunkt falsch. *Er sollte sein Volk erst dann verlassen, wenn das Heer vollständig aufgebaut ist! Ich muss dringend mit ihm darüber reden! Aber jetzt habe ich anderes zu tun.* Abgesehen davon wusste niemand, wo sich der Palast des Meeresgottes überhaupt befand. Außer dem Heiler Orames Nedil hatte in den letzten hundert Jahren kein Korallenwesen den Eispalast betreten, und er war damals abgeholt und zurückgebracht worden, dass wusste Thora aus Erzählungen.

Als sie in der Kriegerhalle ankam, bestieg sie einen der kleinen Rochen. Der Soldat, der das Tier gefüttert hatte, fragte sie nach ihrem Ziel.

»Ich inspiziere die Bauarbeiten und muss auch dafür sorgen, dass die getöteten Seesterne abtransportiert werden. Es wird ein paar Stunden dauern, bis ich zurück bin«, gab sie zur Antwort. »Mein Vater weiß Bescheid.«

Dann tauchte sie mit dem Rochen ab.

Maris beschloss, die Generäle und seine Berater von seiner bevorstehenden Reise zu informieren.

Als sich alle im Thronsaal versammelt hatten, schritt er vor ihnen auf und ab, auf manchen Teilnehmer der Besprechung machte er einen nervösen Eindruck.

»Meine Herren, ich danke ihnen, dass sie alle gekommen sind.

Meine Frau hat mich glücklicherweise auf eine wundervolle Idee gebracht. Wie sie wissen, hat meine Tochter einen alten Freund besucht, um ihn um Hilfe zu bitten. Er wird uns hoffentlich die nötigen Informationen geben können, aber ich denke, dass wir noch von anderer Seite Hilfe brauchen. Und die holen wir uns von Eburon.«

»Von Eburon?« Alle blickten sich überrascht an.

»Wie stellst du dir das vor?« wollte der oberste Berater wissen. »Niemand weiß, wo sich sein Palast befindet, geschweige denn, wie man hineinkommt!«

»Oh, ich glaube, der Palast wird sich finden. Und die Wächter am Eingang werden den König des Korallenreiches nicht abweisen!« Mit hoffnungsvollem Blick schaute der König seine Generäle und Berater an. »Natürlich werde ich diese Reise nicht alleine antreten. Ich finde einen passenden Begleiter! Ihr müsst euch keine Sorgen machen, mein Plan wird funktionieren!« rief er voller Vorfreude.

»Mein König, das wird *nicht* funktionieren«, entgegnete General Vorim vorsichtig. »Du wirst keinen Freiwilligen finden, der sich auf eine solche gefahrvolle Reise begibt. Und wenn du jemanden dazu zwingst, wird das deinem Ansehen sehr schaden, glaube mir.«

»Ja, du weißt doch, wie das Volk über den Meeresgott denkt«, wandte General Schoni ein. »Den meisten Faranern flößt bereits der Gedanke an ihn große Angst ein, ihm gegenüber zu stehen ist für sie unvorstellbar!«

»Wir müssen!« rief der König und stand auf. »Wir brauchen seine Hilfe!«

»Es gibt garantiert noch andere Möglichkeiten, wir müssen halt gründlich nachdenken«, gab Profat zu bedenken.

»Nein!« Für den König gab es keine Wahl. Er wusste, was er tun musste.

»Wir werden ein Fest feiern, an das sich alle noch lange erinnern werden! Und dabei werde ich einen Freiwilligen finden, oder auch zwei! So wahr ich der König bin!«

Alle Anwesenden wussten, dass eine weitere Diskussion unnötig war und zogen sich zurück, jeder in seinen Gedanken mit diesem verrückten Plan des Königs beschäftigt.

Suli verbrachte eine Menge Zeit damit, General Schoni bei allen Arbeiten zur Hand zu gehen. Er hätte es nicht für möglich gehalten, dass ein Mann wie Schoni sich mit so vielen Dingen beschäftigen musste – Soldaten in einen höheren Rang befördern, die Anfertigung neuer Waffen befehlen, neue Truppen zu bilden, deren Anführer zu bestimmen und vieles mehr. General Schoni hatte Thora vorgeschlagen, diese Aufgaben für sie zu übernehmen, damit sie sich auf den Wiederaufbau des Heeres konzentrieren konnte. Und Thora war dankbar für das Angebot, sie zögerte nicht, es anzunehmen. Armias Schoni wiederrum war froh, eine Aufgabe zu haben, die ihn von der Trauer um seinen besten Freund ablenkte.

Suli stöhnte innerlich, so viele Befehle hatte er noch nie gesehen. Und außerdem musste er auch ständig die Schriftstücke zu den anderen Generälen bringen, so dass er dauernd unterwegs war.

»Es muss alles sorgfältig geplant sein, mein Junge«, sagte General Schoni immer, wenn er ihn mit einer neuen Depesche losschickte. »Das zeichnet einen General aus, nicht allein seine Kampfkunst, sein taktisches Verständnis und die Verantwortung für seine Soldaten. Du wirst an meiner Seite viel lernen. Glaube mir, nach zwei oder drei Jahren weißt du mehr als mancher langjährige Soldat. Und wer weiß, vielleicht wirst du in einigen Jahren vom König auch zum General ernannt!«

Über diese Vorstellung musste Suli so sehr lachen, dass er

einen hochroten Kopf bekam und ihm die Tränen über die Wangen liefen. In diesem Zustand traf ihn der König zufällig nach einem Besuch im Heilertrakt auf dem großen Vorplatz, der zur Kriegerhalle führte. König Maris sah den Jungen erstaunt an und fragte ihn, was los sei.

Suli Neron war dem König bisher noch nicht persönlich begegnet, er hätte er vor Aufregung kein Wort herausbekommen.

Aber in diesem Moment war alles anders. Suli sah den König an und prustete los: »Stellt euch vor, Majestät, ich werde General – hahaha!«

Und dann lief er davon, so schnell er konnte und ließ einen überraschten König zurück.

Lomo segelte gemütlich durch das Meer.

Der alte Manta war auf dem Weg zu der kleinen Gruppe von Portugiesischen Galeeren, denen auch Batha angehörte.

Lomo kannte die Qualle und ihre Schwestern bereits seit langer Zeit, sie lebten unweit von seiner Höhle am Rande eines Seegrasfeldes.

Beim Näherkommen konnte er ihr lautes Geschnatter hören, es klang nach einem Streit.

Höchstwahrscheinlich geht es um alte Geschichten, dachte Lomo, *jede dieser verrückten Schwestern behauptet, die einzig richtige zu erzählen!*

Seine Vermutung wurde bestätigt.

»Und ich sage euch, dass er mir die Geschichte tatsächlich so erzählt hat, ich hab's also aus erster Hand!« ereiferte sich Urill, die älteste der fünf Schwestern.

»Unsinn«, wehrte Edea ab, »er hat mir gegenüber was ganz anderes behauptet. Nämlich, dass er mit dir gar nicht gesprochen hat!« Der triumphierende Ton in der Stimme ihrer Schwester beleidigte Urill, sie wandte sich ab.

»Mir glaubt keiner was«, brummelte sie vor sich hin.

»Und selbst wenn es so gewesen ist, woher wollen wir wissen, dass er die Wahrheit gesagt hat?« fragte Batha.

»Ach, was spielt das für eine Rolle? Hauptsache, es war eine tolle Geschichte!« Resa, die jüngste von allen, schwenkte belustigt ihr Tentakel.

»Wir sollten die Sache für uns behalten«, warnte Lura. Sie war noch die vernünftigste von allen, sofern man das überhaupt von einer solch irren Quasselstrippe behaupten konnte.

Lomo seufzte. Das konnte ja lustig werden!

Batha erblickte ihn als erste und schwamm freudig auf den Manta zu.

»Hallo Lomo, lange nicht gesehen! Geht es dir gut?«

Wenn ich ihr jetzt sage, dass ich putzmunter bin, erzählt sie in den nächsten Tagen jedem, ich sei todsterbenskrank und hätte nur noch zwei Wochen zu leben, dachte Lomo.

»Danke der Nachfrage, Batha, aber es ging mir früher besser. Meine Muskeln schmerzen, und ich habe bereits seit längerer Zeit Probleme mit meinen Augen!« log er.

»Nein, wie schrecklich!« rief Urill bekümmert und schwamm auf ihn zu.

Sie wird jedem berichten, ich sei stockblind und gelähmt, dachte Lomo amüsiert.

»Gibt es außerdem noch was Neues?« Lura hörte sich leicht gelangweilt an.

»Ach nein«, sagte er ganz unbekümmert und tat so, als würde er die vielen Seegrashalme betrachten, die sich sanft in der Strömung wiegten.

»Bloß das übliche. Hatte vor kurzem Besuch aus Faranon, ihr wisst ja, das berühmte Königreich draußen am Korallenriff.«

»So, Besuch? Soso! Was für ein Besuch, wenn ich fragen darf?« Batha hatte den Köder geschluckt!

»Na, von ihrem neuen Heerführer.«

»Neu? Wieso, was ist mit dem Alten? Wollte er nicht mehr? Schwer verletzt? Tot? Gestorben? Zu seinen Ahnen gereist? Begraben?« Urill platzte beinahe vor Neugier.

Warte, bis du alles gehört hast, dachte Lomo und musste sich das Grinsen verbeißen.

»Ja, ja, gestorben, begraben, zu seinen Ahnen gereist«, sagte er ganz beiläufig.

»Wieso, weshalb, warum?« Batha machte große Augen.

»Und wann? Heute, gestern, letzte Woche?« Edea schwenkte ihre Tentakel wild umher. »Wieso haben wir nichts davon gehört?«

»Ja, ist das geheim?« Lura kam näher und schaute Lomo durchdringend an. »Womöglich ein Staatsgeheimnis?«

»War es ein Anschlag, ein Attentat, ein Meuchelmörder, ein Nebenbuhler, ein gehörnter Gemahl?« Lomo konnte Resas Neugier förmlich spüren.

»War eine Schlacht«, antwortete Lomo.

»Eine Schlacht? Wer hat angegriffen?«

»Die Haie? Die Seesterne, die Seezungen, die Seegurken, die Tintenfische, die Kegelschnecken, die Papageienfische?« Resa war ganz aufgeregt.

»Ja, wer war es?« Alle fünf Schwestern gierten nach Information. »Sag schon!«

»Die Seesterne und ...« weiter kam er nicht.

»Die Seesterne, ich wusste es!« rief Urill triumphierend.

»Gefräßige Biester!« rief Lura. »Und gefährlich!«

»Ja, richtig gemein gefährlich!« fügte Resa hinzu. »Kriegen nie genug!«

»Und kommen immer wieder!« Batha wusste immer alles besser.

»Und die Würfelquallen!« fügte Lomo mit lauter Stimme hinzu.

Schlagartig wurde es still.

»Die Würfelquallen?« fragte Urill nach. Die Angst in ihrer Stimme war nicht zu überhören.

»Hm. Kamen ganz unerwartet. Zu tausenden.«

»Zu tausenden?« Lura wollte es nicht glauben!

»Das tun sie doch immer!« rief Resa dazwischen.

»Ja, sie reisen niemals allein und sind gefährlich!« flüsterte Edea angstvoll.

»Auch für uns, wir müssen uns in Sicherheit bringen und zwar sofort!« Urill wollte davonschwimmen.

»Halt!« rief Lomo dazwischen. »Ihr wisst ja noch gar nicht alles!«

»So, was denn noch? Raus damit!«

»Spann uns nicht so auf die Folter!«

Fünf neugierige Quallen starrten ihn an und schüttelten dabei aufgeregt ihre Tentakel.

Lomo war gespannt auf ihre Reaktion.

»Die Krieger von Faranon besitzen eine absolut tödliche

Waffe, damit haben sie alle Angreifer besiegt!« sagte er mit geheimnisvoller Stimme.

»Eine absolut tödliche Waffe!« flüsterte Lura aufgeregt. »Das es so was tatsächlich gibt!«

»Unglaublich!«

»Ja, das ist ungeheuerlich!«

»Unfassbar!«

»Sie haben diese Waffe natürlich die ganze Zeit geheim gehalten«, fügte Lomo hinzu.

»Natürlich, natürlich! So was muss man ja geheim halten!«

»Kann man ja nicht überall rum erzählen!«

»Das geht überhaupt nicht! Total unvorstellbar!« erwiderte Lura besserwisserisch.

Lomo bemühte sich, ernst zu bleiben.

Es war zu schön, wie die Schwestern reagierten. Schade, dass Thora nicht dabei war, ihr hätte das gefallen!

»Äh ...was für eine Waffe?« hakte Lura nach.

»Ja, wie sieht sie aus? Ist sie groß? Kann man sie riechen? Macht sie viel Krach?« Batha war ganz kribbelig.

Jetzt wurde es brenzlig! Die Schwestern würden keine Ruhe geben, bis sie alles wussten!

»Sie ist groß«, antwortete Lomo bedeutungsvoll. »Aber ganz leise. Und praktisch unsichtbar. Man bemerkt sie erst, wenn es zu spät ist!«

Das beeindruckte die Schwestern ungemein.

»Eine unsichtbare Waffe!« flüsterte Batha erstaunt. »Ich wusste nicht, dass man solche Waffen bauen kann!«

»Ja, unglaublich! Unfassbar!« ereiferte sich Edea und riss dabei die Augen auf.

»Und riesengroß! Und fast nicht zu hören!«

Lura war begeistert. Endlich wieder eine Sensation, in letzter Zeit war es ihr ein bisschen langweilig geworden.

»Ja, ja, ich war auch ganz erstaunt, als ich das erfahren habe!« Lomo genoss die Vorstellung in vollen Zügen. Es war herrlich!

»Natürlich sind auch viele Krieger von Faranon gestorben. Es war eine furchtbare Schlacht. Die schlimmste in der ganzen Geschichte des Königreiches.«

So, damit waren die Schwestern bestens versorgt!

Lomo war gespannt, was sie aus den wenigen Informationen, die er ihnen gegeben hatte, machen würden. Er verabschiedete sich.

»Ich muss jetzt leider los, meine Lieben. Hat mich gefreut, euch zu sehen!«

Die Schwestern winkten ihm mit ihren langen Tentakeln nach, während er über ihren Köpfen nochmal eine Runde drehte. Das Geschnatter ging wieder los, als er außer Sichtweite war.

»Habt ihr das gehört? Das ist ja unglaublich!«

»Die Würfelquallen! Und auch noch die Seesterne!«

»Und dann diese Waffe! Ja, absolut tödlich! Und unsichtbar!«

»Und sie kamen zu Tausenden! Die armen Krieger!«

»Sind alle gestorben! Und der Heerführer?«

»Wer ist der neue Heerführer? Ist es der König?«

»Ja, der König muss es sein!«

»Quatsch, es ist irgendein hochdekorierter Soldat, ein General, ein alter Kempe!«

»Und er hat die Waffe erfunden! So was kann nur ein General erfinden!«

»Ja, dafür braucht man Wissen!«

»Und alle haben es gewusst!«

»Ja, sie haben die Quallen in eine Falle gelockt! Und die Seesterne!«

»Haben so getan, als seien sie verwundbar!«

»Leichte Beute!«

»Ganz leichte Beute! Locker zu besiegen!«

»Garantiert kam der Angriff mitten in der Nacht! Als alle schliefen!«

»Ganz überraschend! Eine pure Gemeinheit!«

»Sieht den Quallen ähnlich, die greifen doch immer so an!«

»Die können gar nicht anders, sind feige!«

»Und dann kommen sie auch noch zu tausenden!«

»Eben, feige!«

»Dafür haben sie bezahlt, mit ihrem Leben!«

»Geschieht ihnen recht!«

»Haben es gar nicht anders verdient!«

»Hätte bereits längst passieren müssen.«

Lomo schmunzelte. Das war besser gelaufen, als er gedacht hatte!

Jetzt stand ihm noch ein anderer Besuch bevor.

Aber vorher wollte er sich noch eine große Portion Plankton gönnen. Die Reise zu einem alten Freund würde sehr anstrengend werden. Und Lomo fürchtete sich ein bisschen vor dem seltsamen Wesen, das er besuchen wollte.

Aber sein Versprechen gegenüber Thora musste er einhalten!

Bote und König

Nefer stöhnte, der Schweiß lief ihm über die Stirn.
Die Beine zitterten und knickten dauernd ein und
außerdem wurde ihm mehrmals schwindlig. Hätte
Peran ihn nicht gestützt, wäre er auf den Boden geknallt.
Aber der junge Wächter besaß eine erstaunliche Kraft, und
munterte ihn ständig auf, weiter zu machen.

»Nicht aufgeben, Nefer, du schaffst das, komm, noch ein
kleines Stückchen!«

Bola hatte die beiden in den letzten Tagen heimlich beobachtet. Nefers Willenskraft erstaunte sie nicht, er war der
Sohn seines Vaters. Aber die Geduld des jungen Wächters
beeindruckte sie. Er schien Nefer sehr zu mögen, und wenn
Aran, Ceti oder Telam vorbeigekommen waren, um sich nach
ihrem Anführer zu erkundigen, hatte Peran ausführlich über
seine Gesundheit und seine Fortschritte berichtet. Und jetzt
mühte sich der junge Mann damit ab, Nefer bei seinen Lauf-
übungen zu helfen – Bola wusste aus eigener Erfahrung, wie
anstrengend das war.

*Peran besitzt denselben starken Willen wie sein Patient! Zwei
Sturköpfe, die sich gefunden haben – wer weiß, ob daraus nicht
eine lange Freundschaft entsteht,* dachte Bola schmunzelnd.

»Ich – ich kann nicht mehr!« hörte sie Nefer sagen.

»Gut, setz dich«, entgegnete Peran verständnisvoll. »Du
musst dich jetzt ausruhen. Morgen ist das große Fest, und
du solltest mitfeiern!«

»Mir ist nicht nach Feiern zumute!« entgegnete Nefer barsch und stöhnte.

»Denk an Thora, sie ist auch da! Und sie freut sich garantiert, dich zu sehen!« neckte der Wächter seinen Freund.

»Du gibst wohl so schnell nicht auf, was Peran?« fragte Nefer und legte sich erschöpft zurück.

»Ich bin ein Wächter. Ich wache über dein Leben«, erwiderte Peran ernsthaft.

Bola schluckte. Die Worte des jungen Soldaten klangen beinahe wie eine Prophezeiung!

Das Fest, zu dem der König geladen hatte, fand zwei Tage später statt. Es war bereits in vollem Gange, als General Schoni eintraf.

Die Halle der Musik war festlich erleuchtet, tausende Korallenwesen tummelten sich auf den unzähligen Terrassen, alle waren ausgelassen und fröhlich. Die Trauer um die Toten war vorerst vergessen.

Schoni, Vorim, Cani und die anderen Generäle und Offiziere trugen ihre Gala-Uniformen, auch der kleine Suli war in ein neues Gewand aus grüner Seide gekleidet, stolz trug er seinen Orden an der Brust.

Nefer Olis war bei ihnen, noch ein wenig geschwächt, aber er hielt sich tapfer. Ein junger Wächter namens Peran Tuth saß bei ihm. Suli kannte ihn zwar nicht, aber die beiden schienen befreundet zu sein.

Viele Korallenwesen beobachteten den kleinen Boten, über den man sich sagenhafte Geschichten erzählte. Er solle eine Wunderwaffe erfunden haben, hieß es, und angeblich habe er ganz alleine ein riesiges Heer Seeschlangen getötet.

Suli bemerkte die vielen Blicke und wunderte sich darüber. Mussten ihn alle so anstarren? Er wurde nervös.

Der junge Bote hatte keine Ahnung von den Gerüchten, die über ihn kursierten. General Schoni sorgte dafür, dass nichts davon an seine Ohren drang.

Suli seufzte und wandte seine Aufmerksamkeit einem Gespräch zwischen General Vorim und einem seiner Offiziere zu.

Es ging dabei um die Patrouille, der Suli angehört hatte. Es war es für ihn seltsam, mit den Offizieren zusammenzustehen und ihren Gesprächen zu zuhören, immerhin war er ja noch sehr jung und noch nicht lange im Heer.

Dann ertönte ein Gong, und die Königsfamilie traf ein.

Wie Nefer sofort bemerkte, war auch Thora bei ihnen. Sie trug ein langes, silbernes Gewand, passend zu ihrer Maske. Ihren Speer trug sie in einer Scheide über dem Rücken.

Allzeit bereit, dachte Nefer, und bemerkte, wie sein Herz aufgeregt klopfte.

Thora nickte in Richtung der Generäle und Offiziere, aber Nefer war sich sicher, dass sie *ihn* nicht gesehen hatte. Peran bemerkte den sehnsüchtigen Blick seines Freundes und seufzte. Auch wenn er die Tochter des Königs nicht kannte, hatte er das Gefühl, dass die beiden für einander bestimmt waren.

Womöglich ergibt sich ja heute Abend eine Gelegenheit für ein Gespräch? Und wenn nicht, dann in den nächsten Wochen, wenn Nefer wieder seinen Dienst aufnimmt, dachte Peran.

Der König begrüßte seine Untertanen ebenfalls mit einem Nicken, schüttelte viele Hände und sprach mit diesem oder jenem.

Er wirkt sehr aufgeregt, stellte Suli fest. *Höchstwahrscheinlich ist es die Freude über die gewonnene Schlacht, oder die Tatsache, dass seine Tochter jetzt die Heerführerin ist!*

Die Königin, die Suli wie eine Göttin vorkam, stand neben ihrem Gemahl, ihre Miene verriet Besorgnis.

Was hat sie denn, fragte sich Suli. *Es ist doch alles in bester Ordnung! Oder nicht?*

Ein Diener kam vorbei und reichte Speisen und Getränke, dadurch war Suli einen Moment abgelenkt.

Und auf einmal bemerkte er die leise Musik, die von etlichen seltsamen Instrumenten stammte, die an den Wänden der Terrasse standen.

Es gab keine Musiker, lediglich eine leichte Brise strich sanft durch die Saiten und erzeugte wunderbare Töne. Suli wollte sich bei General Schoni danach erkundigen, als er angesprochen wurde. Es war der fremde Soldat, der neben Nefer Olis saß.

»Du bist also Suli Neron, der Held unserer Schlacht«, sagte Peran mit einem Grinsen und stellte sich vor.

»Wieso Held?« fragte Suli verwirrt.

»Weißt du denn nicht, was über dich erzählt wird?« fragte Peran erstaunt.

»Äh, nein«, gestand Suli.

Peran lachte und Nefer grinste.

»Dann sollten wir den Helden über seine Heldentaten aufklären, stimmt's, Peran?« Nefer beugte sich zu dem Boten vor und flüsterte ihm die Gerüchte zu, die im Umlauf waren.

Suli stand vor Staunen der Mund offen. Solche Dinge sagte man über ihn? »Aber das stimmt doch gar nicht!« rief er dann entrüstet. »Mindestens die Hälfte davon ist erfunden!«

»So, was ist dann die Wahrheit?« fragte Nefer mit gespanntem Gesichtsausdruck. »Na komm, setz dich zu uns und erzähl uns alles«, schlug Peran vor.

Wenig später lauschten die beiden Freunde den Erlebnissen des jungen Boten, und staunten nicht schlecht.

Thora Modama war ein paar Stunden vorher von ihrem Ausflug bei Lomo zurückgekehrt und hatte ihrem Vater Bericht erstattet.

Der Reiter war nicht mehr bei der Kolonie aufgetaucht, und über die Quallen wusste der Manta auch nichts Neues.

»Ich möchte bei der Feier über meine Pläne sprechen, auch über das zweite Heer. Und über meinen Verdacht, dass jemand aus dem Reich dafür verantwortlich ist.«

»Sei vorsichtig, meine Tochter«, warnte Suna Orea. »Es könnte durchaus sein, dass sich einige Mitglieder unseres Volkes dadurch angegriffen oder beleidigt fühlen. Und Tiere, die man in die Enge treibt, sind besonders gefährlich. Und sie tragen ihre Waffen nicht immer offen zur Schau!«

»Ich weiß Mutter«, antwortete Thora und drückte ihre Hand. »Ich bin nicht wehrlos. Der Dolch und die Harpune sind nicht meine einzigen Waffen!«

Nachdem die Königsfamilie Platz genommen hatte, stieg Thora auf ein kleines Podest, das man für die Ansprache aufgestellt hatte. Es wurde still, alle starrten gespannt auf die Königstochter. Sie räusperte sich kurz und blickte dann auf.

»Wie ihr alle wisst, wurde ich zur neuen Heerführerin ernannt. Da der ständige Kampf gegen unsere Feinde von jedem von uns Opfer abverlangt, finde ich es richtig, dass auch alle über die Pläne und Ziele des Heeres informiert werden.«

Viele Korallenwesen nickten und warteten gespannt auf Thoras Ausführungen.

»Als erstes werden wir unser Heer wiederaufbauen. Das wird einige Zeit kosten, in der wir verwundbar sind. Deshalb ist höchste Alarmbereitschaft nötig, dies gilt vor allem für unsere Patrouille, die wir verstärkt haben. Künftig werden doppelt so viele Augen über unser Reich wachen, und ich hoffe sehr, dass wir in dieser Zeit vor Angriffen verschont bleiben.«

Einige Offiziere hoben ihre Trinkbecher und riefen: »Auf die Patrouille!«

Viele Stimmen fielen ein, Thora wartete den Trinkspruch ab. Es war wichtig, dass alle hinter dieser Entscheidung standen. Dies galt vor allem für die Familien der jungen Krieger, die künftig in dieser Patrouille dienen würden.

Als es ruhiger wurde, fuhr Thora fort.

»Viele der jungen Krieger, die erst vor einigen Monaten zum Heer gekommen sind, werden früher in die Kampftruppen aufgenommen und künftig mit ihren Kameraden für den Einsatz trainieren. Ich weiß, dass dies nicht üblich ist, aber die Umstände zwingen uns dazu. Ich hoffe sehr, dass die jungen Soldaten ihre Aufgaben gut erledigen, so dass sie zuverlässige Mitglieder der Kampftruppen werden.«

»Auf die jungen Krieger!« rief General Schoni und hob sein Glas.

»Auf die jungen Krieger!« rief die Menge in der Halle und prostete sich zu.

»Leider hat dieser Krieg sehr viele Opfer gefordert, allen voran unseren geschätzten, langjährigen Heerführer Suram Olis, dem wir viele erfolgreiche Schlachten verdanken. Seine Seele ruht jetzt in der ewigen See, wir werden ihn nicht vergessen«, Thora senkte den Kopf.

In der Halle der Musik wurde es für einen Moment still, dann ging ein Seufzen durch die Menge.

»Glücklicherweise hat sein Sohn Nefer die schlimme Verletzung durch einen Giftstachel überlebt und wird bald wieder seine Arbeit aufnehmen können. Ich rechne fest mit seiner Truppe und mit Nefers taktischem Wissen. Wir können darauf nicht verzichten.«

Thora blickte direkt zu Nefer hinüber und erschrak, als sie sah, wie abgemagert und krank er noch aussah.

Es wird garantiert noch lange dauern, bis er voll einsatzfähig ist, dachte sie.

Nefer zuckte zusammen, als er Thoras Blick begegnete. Ihre rechte Gesichtshälfte zeigte keinerlei Regung, sie wirkte so kalt und abweisend wie ihre Maske. Aber ihr Blick war seltsam, war es Mitleid? Oder Sorge? Er wusste es nicht.

»Kommen wir zum dritten Punkt«, fuhr Thora fort.

»Ihr habt alle gehört, dass wir von weit mehr Seesternen als sonst angegriffen wurden. Und auch von einem Schwarm Würfelquallen, die üblicherweise als Einzelgänger unterwegs sind. Ich glaube nicht, dass die Quallen zufällig in dieser Anzahl in unser Reich gekommen sind, deshalb will ich herausfinden, wer oder was dahintersteckt. Womöglich haben wir Feinde, von denen wir noch gar nichts wissen. Darauf müssen wir vorbereitet sein. Zu diesem Zweck habe ich ein zweites Heer gegründet, das sich in den Meeren umhören wird. Der Anführer des Heeres ist ein alter Freund von mir. Er wird herausfinden, was wir wissen wollen, außerdem wird er eine Gruppe portugiesischer Galeeren anheuern, damit sie Gerüchte über das Königreich verbreiten.«

Diese Neuigkeit schlug ein wie eine Bombe!

Aufgeregt und überrascht redeten die Korallenwesen miteinander. Ein zweites Heer? Und noch mehr Quallen?

Würde das überhaupt funktionieren?

Ofiel Broman spürte einen eiskalten Schauer seinen Rücken hinab laufen.

Wer ist dieser Freund? Ich darf auf keinen Fall zulassen, dass er die Wahrheit herausfindet, dachte er zornig.

Der junge Baumeister hatte Mühe, gelassen zu bleiben. Er war richtig wütend, diese Ankündigung hatte seine gute Laune jedenfalls gründlich verdorben!

Gleich nach der Ansprache gehe ich in mein Büro zurück, dachte er. *Ich muss mich noch heute Abend um diese Angelegenheit kümmern!*

»Ich weiß, ihr habt viele Fragen, die ich auch beantworte«, hörte Ofiel Thoras Stimme. »Zunächst – der alte Freund verdankt mir sein Leben. Daher war er mir noch einen Gefallen schuldig, und es ist für ihn eine Ehre, uns beizustehen. Zweitens, die portugiesischen Galeeren sind sehr geschwätzig, wie ihr wisst. Sie werden das Gerücht verbreiten, wir würden eine unbesiegbare Waffe besitzen – was ja auch stimmt. General Schoni kann es bestätigen!«

Thora blickte zu ihm herüber und er nickte.

»Es handelt sich um den Pollen, den ein Soldat der Patrouille zufällig entdeckt hat. Er hat eine tödliche Wirkung auf die Seesterne, wir sind also nicht mehr so verwundbar.«

Die Menge atmete auf – wenn das stimmte, dann war ihre Situation doch nicht ganz so schlimm, wie viele befürchtet hatten.

»Und viertens – mein Vater hatte eine Idee, die er besser selber vortragen sollte«, Thora wandte sich zu dem König um.

»Jedenfalls glaube ich, dass wir auch in Zukunft solche Feste wie heute Abend feiern werden – und wenn es nötig sein sollte, werden wir kämpfen!«

Thora zog ihre Harpune aus der Scheide und hob sie über ihren Kopf. Viele Krieger zückten ihre Dolche, Speere und Harpunen, hoben sie ebenfalls über die Köpfe und riefen lauthals: »Für Volk, König und Thora Modama!«

Die Menge jubelte und klatschte begeistert.

Nefer konnte in Thoras Gesicht so etwas wie Rührung erkennen, ganz sicher war er sich allerdings nicht.

Die Frau hinter der silbernen Maske – würde er sie jemals richtig kennen?

Maris Modama war sehr stolz auf seine Tochter.

Ihre Rede hatte ihm gut gefallen, das Volk wusste jetzt, was sie plante und akzeptierte sie auch als Heerführerin.

Der König stieg auf das Podest und sofort wurde es still. Alle warteten gespannt auf das, was Maris Modama zu sagen hatte. Er räusperte sich, dann war seine kräftige Stimme zu hören.

»Wir haben Künstler, die unser Reich auf wundervolle Weise mit ihrem Können verschönern. Wir haben Heiler, die sich um die Kranken und Verwundeten kümmern und dabei wahre Wunder vollbringen. Wir haben Lehrer, die unseren Kindern alles beibringen, was es zu wissen gibt und sie so auf bestmögliche Weise auf ihr Leben vorbereiten. Wir haben ein Heer, dessen tapfere Krieger ihr Leben für das Korallenreich riskieren. Wir haben Baumeister, die nach jeder Schlacht alles neu aufbauen, und dass seit tausenden von Jahren!

Und wir haben einen König, der bei jedem Angriff dabei ist, wenn sein Volk verängstigt in der Halle der Ahnen auf das Ende der Schlacht wartet. Dieser König darf keinen Dolch und keinen Speer führen, aber er darf dabei zusehen, wie sein Volk jedes Mal um die gefallenen Krieger trauert!«

Den letzten Satz schleuderte der König voller Wut hinaus, die Korallenwesen waren entsetzt über diesen Gefühlsausbruch.

So kannten sie ihren König gar nicht! Er war immer gelassen, egal, wie schlimm es auch stand.

Maris Modama stand auf dem Podest, man konnte ihm ansehen, wie er versuchte, sich zu fassen. Seine Gemahlin sprach leise mit ihm, er schüttelte kurz den Kopf und wandte sich erneut an sein Volk.

Deswegen war sie so besorgt, dachte Suli und ließ den König nicht aus den Augen. *Was kommt als Nächstes?*

»Ich habe daher beschlossen«, fuhr der König mit lauter Stimme fort, »mich zum Palast von Eburon zu begeben und ihn um Hilfe zu bitten. Und ich hoffe sehr, dass einer meiner Untertanen bereit ist, mich zu begleiten.«

Es wurde schlagartig still, alle hielten gespannt die Luft an. Auch die Musik war verstummt.

Perimat war verärgert.

Was fällt diesem König ein? Eburon um Hilfe bitten? Das ist ja lächerlich!

Das würde all seine Pläne durchkreuzen und durfte auf gar keinen Fall passieren! Er musste es verhindern!

Aufgebracht lief er in dem kleinen Raum hin und her.

Er musste Ofiel dazu bringen, diese Reise zu verhindern. Aber wie? Er wusste im Moment keinen Rat.

Ich bin gespannt, ob sich einer findet, der den König begleitet ...

Perimat legte sich hin und konzentrierte sich auf Ofiel.

Wer ist dumm genug, sich darauf einzulassen? fragte sich der junge Baumeister höhnisch. *Das ist eine Reise ohne Wiederkehr!*

»Oder eine große Chance für dich!« hörte er die Stimme seines Onkels.

Es dauerte eine Weile, bis Suli die Worte des Königs begriff.

Er wollte zum Palast? Zu Eburon, dem Meeresgott? Das ging doch gar nicht! Wenn er sich im großen Meer verirrte und den Palast nicht fand? Oder wenn er starb? Dann hatten sie keinen König mehr!

»Das geht nicht!« rief er aufgebracht.

Wie auf Kommando drehten sich alle nach dem kleinen Boten um und starrten ihn an. Suli erschrak.

Was sollten sie jetzt von ihm denken? Beschämt blickte er zu Boden.

Der König schaute interessiert zu dem jungen Boten hinüber.

Er erinnerte sich daran, dass der Junge ihm prophezeit hatte, er würde später General werden. Und jetzt widersprach er der Bitte seines Königs! Maris Modama stieg vom Podest herunter und ging auf Suli zu. Die umstehenden Offiziere machten Platz und bildeten eine Gasse.

»Soldat, wir sind uns bereits begegnet. Wie ist dein Name?«

Die Stimme des Königs klang sehr freundlich und interessiert und Suli hob langsam den Kopf. Allerdings war er so ängstlich und aufgeregt, dass er keinen Ton herausbekam.

Stattdessen erhob sich Peran Tuth, verbeugte sich vor dem König und sagte feierlich: »Dies, mein König, ist der Sonderbote von General Schoni. Das jüngste Mitglied des Heeres, Suli Neron.«

Der König nickte und ließ Suli dabei nicht aus den Augen.

»Tja, Suli Neron, ich denke, wir beide sollten uns unterhalten. Ich wette, dass du deinen König auf keinen Fall alleine zum Palast von Eburon reisen lassen würdest, aus lauter Angst, es könnte ihm unterwegs etwas zustoßen. Was hältst du davon, mich zu begleiten?«

Suli blickte überrascht zum König auf. *Eine Reise quer durch das riesige Meer? Mit dem König?* Suli blickte sich um.

General Schoni grinste amüsiert, ebenso die anderen Generäle und Offiziere.

Auch Nefer Olis und Peran Tuth hielten das ganze vermutlich für einen Witz. Oder sie glaubten nicht, dass Suli den Mut dazu hatte. Denn die Reise war nicht ungefährlich, das war klar!

Er konnte hören, wie die umstehenden Korallenwesen miteinander tuschelten oder leise lachten.

Sie halten mich für ein kleines Kind, das beim geringsten Anlass weinend nach seiner Mutter ruft! Aber ich bin Soldat, auch wenn ich noch jung bin! Ich werde euch zeigen, dass ich mehr Mut besitze als ihr alle zusammen, dachte er erbost. *Schließlich hat sich von euch keiner gemeldet, als der König nach einem Freiwilligen gefragt hat!*

Suli räusperte sich, straffte die Schultern und blickte dem König furchtlos in die Augen.

»Ich werde dich begleiten und wenn es sein muss, bis ans Ende aller Meere!« sagte er laut und beherzt.

Der König sagte kein Wort. Aber sein Blick – überrascht und fasziniert zugleich – sprach Bände. Das dieser junge Soldat den Mut hatte, ihn zu begleiten, erfüllte ihn mit Stolz.

Ofiel schnappte nach Luft. Ihm kam es so vor, als hätte jemand einen Dolch in seinen Bauch gerammt!

Auch Perimat war von dem Versprechen des Jungen fasziniert.

Und dann hatte er eine Idee. Sie war so genial, dass er laut lachen musste.

Es war kein angenehmes Lachen und so widerlich und laut, dass Darion innerlich zuckte. Er hielt es für ein böses Zeichen.

In diesem Moment setzte die Musik erneut ein, erst war lediglich ein Instrument zu hören, ganz leise.

Eine wunderschöne Melodie ertönte und berührte die Herzen sämtlicher Korallenwesen. Sie war traurig und fröhlich zugleich, unbekümmert und sorgenschwer.

Dann setzten nach und nach die anderen Instrumente ein, die Musik wurde lauter und eindringlicher, bis sie die ganze Luft auszufüllen schien. Jedem Korallenwesen ging sie durch Mark und Bein. Die Botschaft war unmissverständlich.

Dieser Junge musste den König begleiten!

Niemand sagte ein Wort.

Und im Klang dieser Musik begegneten sich die Blicke von Thora und Nefer und die Welt um sie herum schien zu verschwinden.

Nefer schloss die Augen, sein Herz raste.

Für Volk, König und Thora Modama!

Stunden später, Thora wusste nicht mehr wann, saß sie auf der Terrasse ihrer Höhle und blickte hinunter auf die Korallenstöcke.

Sie war sehr aufgewühlt, ihr Herz klopfte heftig, und sie war zu keinem klaren Gedanken fähig.

Was war bei dieser Feier passiert? Diese Musik!

Und dann der kleine Bote von General Schoni, der sich bereit erklärt hatte, ihren Vater zu begleiten!

Und Nefers Blick – er hatte direkt in ihr Herz geschaut, jedenfalls kam es ihr so vor. Warum hatte er das getan? War es die Musik gewesen? Irgendein Zauber?

Thora schüttelte den Kopf.

Ihr gefiel dieser Gedanke gar nicht, sie wollte nicht die Aufmerksamkeit eines Mannes erregen. Seufzend stand sie auf und lief hin und her.

Sie hatte eine schwere Aufgabe übernommen, das Treffen mit dem Manta Lomo hatte eine alte Wunde aufgerissen, ihr

Vater würde demnächst eine beschwerliche Reise antreten, und die Reparaturarbeiten am Königreich waren auch noch nicht abgeschlossen.

Und dann auch noch der mögliche Verrat eines Korallenwesens am ganzen Volk!

Was sollte sie da mit einem Mann?

Noch dazu Nefer Olis, der um seinen Vater trauerte, schwer verwundet war und als verschlossener Einzelgänger galt, der am liebsten mit seinen Kameraden zusammensaß.

Nein, sie hatte sich um anderes zu kümmern, da blieb keine Zeit für private Dinge.

Thora ignorierte ihr klopfendes Herz und ging zu Bett.

Ofiel saß in seinem Büro und dachte ebenfalls nach.

Dieser Abend war für mich eine Katastrophe! Wer ist dieser Freund von Thora und wie kann ich ihn aufhalten? Soll ich mit dem König reden? Ihm von Kapis Testament erzählen? Nein, das würde alles noch viel schlimmer machen!

»Reg dich nicht auf, Ofiel!« hörte er die Stimme seines Onkels.

»Und wenn dieser Freund – wer immer das auch sein mag – alles herausfindet?« erwiderte der junge Mann aufgebracht.

Du bist ja tot, also wird man mich zur Rechenschaft ziehen, dachte er verängstigt.

»Was soll dieser Freund denn herausfinden? Niemand weiß von deinen Ausflügen zur Kolonie, glaube mir! Oder von meinen Besuchen bei Orames. Auch nicht, dass er das Heilmittel hergestellt hat. Erst recht nicht, dass ein Heiler für uns arbeitet und das Lockmittel für die Würfelquallen hergestellt hat.

Und dabei wird es auch bleiben, dafür habe ich gesorgt. Es gibt keinerlei Verbindungen zu unserer Familie, geschweige denn zu dir!«

»Weißt du das genau, Onkel?« Noch nie hatte Ofiel sich derart unsicher gefühlt.

»Ja, das weiß ich. Und jetzt hör auf, dir Sorgen zu machen und zu jammern! Sorge dafür, dass Sinowa schweigt. Hast du bereits jemanden beauftragt? Wenn nicht, dann tu es gleich«, antwortete Kapis. »Du hast nichts zu befürchten. Und die Spitzel sind sehr geschickt, wenn es um solche Dinge geht. Glaub mir, sie hinterlassen keine Spuren, die zu dir führen. Kümmere dich um deine Geschäfte, lass diesen Freund Antworten suchen und die Galeeren Unsinn erzählen, nichts davon kann uns schaden! Und noch was: Sorge dafür, dass dieser Junge seine Reisepläne nicht umsetzen kann. Er darf den König auf keinen Fall begleiten, hörst Du? Lass Maris alleine losziehen, so kommst Du deinem Ziel ein gewaltiges Stück näher! Und jetzt geh zu Bett, der Morgen graut bald!«

Ofiel atmete tief durch. Kapis hatte ja recht!

Er schrieb eine Botschaft und läutete nach einem Diener.

»Überbring diese Nachricht, und zwar schnell«, wies er den jungen Mann an, der nickte und verschwand.

»Ich bin sehr zufrieden mit Dir, mein lieber Neffe. Du bist ein Mann der Tat!« hörte er Kapis Stimme.

Ofiel grinste.

»Habe ich bei Dir gelernt, Onkel«, erwiderte er und erhob sich.

Perimat öffnete die Augen und lächelte.

Nebun, der älteste Sohn von König Maris, saß am nächsten Nachmittag in der kleinen Höhle, in der er jeden Tag unterrichtete und starrte auf seine Unterlagen.

Die Schüler hatten die Aufgabe, ihre Erlebnisse während der letzten Schlacht aufzuschreiben, auf unterschiedliche Weise erfüllt.

Die Mädchen erzählten hauptsächlich von ihren Ängsten, während die Jungen begeistert über den Sieg des Heeres berichteten. Und Nebun hätte wetten können, dass viele von ihnen gerne dabei gewesen wären. *Kinder,* dachte er mit Wehmut.

Sie hörten von den großen Taten, wussten nicht, welche Opfer dafür nötig waren oder wie es schlimm es war, Kameraden sterben zu sehen.

Nebun hatte dies selbst erlebt, aber er war alles andere als ein Krieger! Und auch wenn es unausweichlich war – er wollte auch gar nicht der König dieses Reiches werden. Seine Aufgabe war es, ein Lehrer zu sein, die Kinder zu unterrichten, so gut es ihm möglich war, und nichts anderes.

Aber eines Tages, so dachte Nebun mit einem Seufzen, *muss ich dieses Amt übernehmen! Und wer weiß, ob dieser Tag nicht bald naht!*

»Sorgen?« hörte er die Stimme von Krofon, seinem Kollegen.

Er blickte zu dem Mann hinüber, dessen Söhne er unterrichtete und nickte. Krofon setzte sich zu ihm.

»Geht es um die Erzählungen der Kinder? Ich weiß, dass meine beiden Söhne ganz wild auf die Berichte der Soldaten waren, sie haben jeden befragt, der ihnen über den Weg gelaufen ist. Meine Frau macht sich deshalb Sorgen, sie will nicht, dass ihre Jungen Krieger werden, aber wir können sie nicht davon abhalten, stimmts?«

Krofon lächelte den Sohn des Königs an, er mochte den Mann, der auf so wundervolle Weise die Geschichte der Korallenwesen an die Kinder weitergab.

»Es geht nicht um diese Aufgabe«, Nebun schüttelte den Kopf und wies auf den Stapel Papiere vor ihm.

»Die Erzählungen sind unterschiedlich und so, wie ich es erwartete habe. Und wegen deiner Söhne solltest du dir keine Sorgen machen, wenn sie erst älter sind, werden sie wissen, dass es in einer Schlacht höchst selten Ruhm zu erlangen gibt.«

»Ich hoffe, du hast Recht«, erwiderte Krofon lachend. »Malon und Zegis haben mit ihrem Träumen von einer glorreichen Zukunft im Kriegerheer meiner Athea bereits große Angst eingejagt.«

»Du kannst deiner Frau sagen, dass sie die Kinder träumen lassen soll – sie werden die richtige Aufgabe für sich finden.«

»Aber was ist es dann, was dir Sorgen macht?« fragte Krofon teilnahmsvoll.

»*Meine* Zukunft«, antwortete Nebun mit unheilvoller Stimme. »Du hast vom Plan meines Vaters gehört. Eines Tages werde ich seine Aufgabe übernehmen müssen.«

»Und du willst kein König sein«, stellte Krofon fest. »Du würdest das Amt übernehmen, weil man es von dir erwartet.«

»Richtig«, Nebun nickte. »Ich bin Lehrer, kein Regent. Aber mir bleibt keine andere Wahl.«

Nebun stand auf und ging auf die kleine Luke zu, die einen Blick auf den Innenhof gestattete, wo die Schüler sich während der Ruhezeiten aufhielten.

»Es wäre Unsinn, dich zu zwingen«, sagte Krofon und erhob sich. »Wenn dein Vater das nicht weiß, solltest du ihm das sagen. Er wird dir diese Bürde nicht zumuten. Du hast doch noch andere Brüder, könnte nicht einer von ihnen König werden?«

»In den nächsten Jahren nicht«, antwortete Nebun. »Kestis feiert in diesem Jahr seinen neunten Geburtstag. Und er kann nicht König werden, da er an der Wasserkrankheit leidet und die Ausbildung beim Heer nicht absolvieren kann. Und Zolar wird erst fünfzehn. Es wird also noch viel Zeit vergehen, bis er überhaupt für eine solche Verantwortung bereit ist.«

Krofon blickte seinen Kollegen erstaunt an. Dass der jüngste Sohn des Königs an dieser Krankheit litt, hatte er gar nicht gewusst. *Also hat es auch diese Familie getroffen*, dachte er bekümmert. Und Nebun hatte Recht, bis Zolar den Thron besteigen konnte, würde es noch lange dauern!

Erst im Alter von fünfzehn begann die Ausbildung eines Thronfolgers. Neben der Schule mussten er einige Monate bei den Baumeistern, Heilern, Handwerkern und Lehrern verbringen, um die wichtigsten Aufgaben der Untertanen zu kennen. Auch eine Ausbildung beim Heer war notwendig. Und dann kamen noch die Regierungsgeschäfte hinzu, keine leichte Aufgabe.

Auch Nebun hatte dies alles gelernt und unterstützte seinen Vater auch, so gut es ihm möglich war. Aber dies war nicht täglich der Fall und Nebun wollte nicht andauernd untätig herumsitzen. Und so hatte er sich für den Beruf des Lehrers entschieden. Denn die Korallenwesen wurden im Allgemeinen sehr alt, Maris Vater und Großvater hatten immerhin über Hundertzwanzig Jahre gelebt.

»Die Königin könnte doch die Regierungsgeschäfte übernehmen, bis Zolar alt genug ist«, schlug Krofon vor. »Dann könntest du Lehrer bleiben.«

Nebun schüttelte den Kopf.

»Ich glaube nicht, dass sich unser Volk von einer Frau regieren lassen würde. Zumindest einige einflussreiche Familien wären strikt dagegen.«

»Unser neuer Heerführer ist auch eine Frau«, warf Krofon ein.

»Ja, und die Tochter eines Königs«, entgegnete Krofon. »Man hätte sie ansonsten nicht akzeptiert.«

Krofon war von dieser Äußerung überrascht.

»Das wusstest du nicht, oder?« fragte ihn Nebun leicht amüsiert. »Du hast keine Ahnung von den alten Familien im Reich, Krofon – wie solltest du auch! Es sind nicht viele, drei oder vier, die seit vielen Jahren versuchen, die Macht an sich zu reißen. Sie waren auch nicht damit einverstanden, dass meine Mutter den König geheiratet hat – es gab sogar einen Mordanschlag!«

Krofon war entsetzt, dass hatte er nicht erwartet! Dass es im Reich Korallenwesen gab, die der Königin nach dem Leben trachteten, konnte er nicht glauben.

»Um welche Familien handelt es sich denn?« fragte er betroffen.

Nebun legte ihm die Hand auf die Schulter.

»Glaube mir, Krofon, zuweilen ist es besser, nichts zu wissen. Ich kann dir bloß sagen, dass diese Familien bereits meinem Urgroßvater Ärger bereitet haben. Sie konnten es nicht überwinden, dass ein Modama König wurde. Und dass wird sich auch nicht ändern.«

»Aber ist das nicht gefährlich? Es könnte doch zu einem öffentlichen Bruch kommen – oder noch schlimmeres. Ein König braucht doch die Unterstützung aller Untertanen!«

»Da hast du Recht, Krofon«, gestand Nebun ein. »Aber diese Familien würden sich nicht offiziell gegen den König stellen. Das wäre viel zu unklug! Sie würden damit nicht nur den Zorn des Königs auf sich ziehen, sondern auch den der Untertanen! Stell dir das vor!«

Nebun schüttelte den Kopf.

»Diese Familien halten sich lieber im Hintergrund und beobachten alles. Bisher konnten sie meinem Vater nichts vorwerfen, allerdings ist diese Reise in ihren Augen eine perfekte Möglichkeit, seine Autorität zu untergraben, solange er weg ist.«

»Und was ist, wenn er den Palast von Eburon nicht findet? Oder wenn der Meeresgott seine Bitte abschlägt? Wenn Thoras zweites Heer keinen Erfolg hat? Wenn die Würfelquallen zurückkommen? Wenn es noch eine Schlacht mit solchen Verlusten gibt? Dann ist die Autorität deines Vaters weg, dafür werden diese Familien garantiert sorgen! Das Volk wird nicht mehr hinter ihm stehen, soviel steht fest. Was willst du dann tun?«

»Das wird sich zeigen«, antwortete Nebun und sah seinen

Kollegen ernsthaft an. »Ich werde um dieses Amt kämpfen müssen, auf meine Art. Ein König muss auch gegen den Feind in den eigenen Reihen bestehen!«

An diesem Tag ging Krofon nachdenklich nach Hause.

Bei jedem Korallenwesen, das ihm unterwegs begegnete, suchte er Anzeichen für Verrat.

Das nervöse Zucken eines Auges, der schiefe Blick, fahrige Bewegungen, geflüsterte Worte – all das schien ihm verdächtig. Krofon musste wissen, welche Familien dem König – und vor allem Nebun – gefährlich werden konnten!

Ich muss in Zukunft Augen und Ohren offenhalten, dachte er.

Und ich sollte zuhören, wenn meine Schüler von ihren Eltern und Geschwistern erzählen. Einige von ihnen stammen aus den alten Familien ... Meine eigenen Söhne könnten mir garantiert auch einiges berichten!

Lomo bewegte sich vorsichtig durch die Felsen. Hier musste sich die Höhle von Isor befinden, der alte Quastenflosser lebte seit Urzeiten in dieser Umgebung.

Lomo konnte sich gut an die erste Begegnung erinnern. Als junger Manta hatte er sich damals hier verirrt, und den alten Isor bei seinem Schläfchen gestört. Daraufhin bekam der verschreckte, junge Lomo eine Predigt zu hören, die er sein ganzes Leben lang nicht mehr vergessen sollte.

Von Rücksichtslosigkeit der Jugend war die Rede, Frechheit, übermäßiger Neugier, zu wenig Respekt und Achtung gegen über älteren Lebewesen und Ähnliches. Einige Minuten lang musste sich Lomo zu Recht weisen lassen wie ein kleines Kind. Seine anschließende Entschuldigung nahm der Quastenflosser mit einem wütenden Knurren entgegen.

»Mach, dass du wegkommst!« hatte er den jungen Manta angeblafft. Das ließ sich Lomo nicht zweimal sagen.

Allerdings trafen sich die beiden häufig im offenen Meer bei der Jagd. Und später wurde aus der anfänglichen Abneigung Freundschaft.

»Na, störst du wieder andere Leute beim Schlafen?« hörte Lomo eine Stimme hinter sich.

Isor lugte aus einer kleinen Öffnung hervor, ein breites Grinsen in seinem Gesicht. Lomo sah mit Schrecken eine klaffende Wunde, die sich quer über seinen Kopf zog.

»Grüß dich Isor! Geht es dir gut?« fragte erschrocken.

Der alte Meeresbewohner lachte auf.

»Ach, du meinst, wegen dieser Wunde? War ein kleiner Zitronenhai, der sich hierher verirrt hat. So wie du damals. Ich habe ihm mit der Schwanzflosse einen liebevollen Klaps verpasst, damit er sich verzieht. Das hat er, glaube ich, falsch verstanden.«

Lomo konnte sich diesen »liebevollen Klaps« nur allzu gut vorstellen – der Quastenflosser war über zwei Meter groß und gut und gerne dreihundert Kilo schwer!

Dem Zitronenhai hat dieser Klaps garantiert beinahe alle Knorpel gebrochen! dachte Lomo mitleidig.

»Na, wenn es weiter nichts ist. Sieht aber schlimm aus«, gab Lomo zu.

»Ach, das verheilt wieder. Ich bin zäh, wie du weißt. Und außerdem sieht es schlimmer aus, als es ist. Tut auch bloß weh, wenn ich lache.«

Lomo nickte irritiert. Der Quastenflosser besaß einen Humor, den er nicht immer verstand.

»Was führt dich zu mir? Wir haben uns lange nicht mehr gesehen.«

Isor hatte seine Höhle verlassen und ließ sich auf dem flachen Boden des Küstenstreifens nieder. Das Wasser war hier knapp zwei Meter tief, die Sonnenstrahlen drangen durch und wärmten angenehm seinen Rücken. Isor liebte diese Sonnenbäder, sie taten seinen alten Muskeln gut.

»Ich hatte kürzlich Besuch von einer guten Freundin aus Faranon. Das Reich wurde von Würfelquallen angegriffen.«

Isor erschrak. »Wie geht es den kleinen Leuten? Leben sie denn überhaupt noch?«

»Glücklicherweise könnten sie den Angriff abwehren. Aber ihre Verluste waren sehr hoch.«

Lomo erzählte seinem alten Freund alles, was er darüber wusste. »Jetzt fragt man sich im Königreich, warum die Quallen angegriffen haben. Meine Freundin glaubt, dass sie angelockt wurden.«

Isor hatte sich alles mit Staunen angehört. Diese kleinen Leute drunten am Riff waren erstaunlich! Der Quastenflosser war des Öfteren zu ihrem Reich runter geschwommen und hatte dabei ihre Patrouille gesehen. Richtig niedlich sahen sie aus in ihren Uniformen, und ihre Seepferde bewegten sich mit eindrucksvoller Geschicklichkeit durch die unzähligen Strömungen. Isor fragte sich, wie die Korallenwesen es geschafft hatten, die Seepferde zu zähmen und als Reittiere auszubilden. Es war auf jeden Fall eine beachtliche Leistung!

Das diese Plagegeister das Königreich angegriffen hatten,

konnte Isor nicht glauben. Zumal sie als Schwarm aufgetaucht waren, was gar nicht ihrem natürlichen Verhalten entsprach.

Er teilte Lomo seine Bedenken mit.

»Aber wie sind sie angelockt worden? Und wovon? Oder von wem?« fragte der Manta ratlos.

»Das Reich muss einen mächtigen Feind haben. Und der verfügt über die geeigneten Mittel. Anders kann ich es mir nicht erklären.« Isor seufzte. Er liebte Rätsel, aber das hier war ganz anders. Vor allem viel ernster, denn es ging um das Leben vieler! »War es jemand aus ihrem eigenen Volk? Ein missgünstiges Korallenwesen, das sich für irgendwas rächen wollte?«

»Möglich«, Lomo konnte sich allerdings nicht vorstellen, wer das sein sollte. Aber er kannte die Korallenwesen auch nicht so gut wie Thora.

»Ist dir in letzter Zeit etwas Ungewöhnliches aufgefallen?«

»Ehrlich gesagt, nein«, erwiderte Isor und rümpfte die Nase.

Seit einiger Zeit hing ein merkwürdiger Geruch im Wasser, der in ständig in der Nase kitzelte.

»Riechst du das auch?« fragte er seinen Freund.

»Hm, ja, riecht seltsam. Was könnte das sein?«

»Keine Ahnung. Am Anfang war es sehr viel stärker, richtiger Gestank. Auch die Fangschreckenkrebse haben sich darüber beschwert. Diesen Geruch gibt es seit ein paar Wochen, seit …« Isor stutzte. »Wann sagtest du, war der Angriff?«

»Vor elf Tagen. Wieso?«

Isor dachte kurz nach.

»Ich habe diesen Geruch schon länger in der Nase. Seit

knapp drei Wochen, wenn ich mich nicht verrechnet habe. Und er kam von Süden.«

»Glaubst du, es hat was mit dem Angriff zu tun?«

Der Quastenflosser stieß sich vom Meeresboden ab und schwamm um die Felsbrocken herum zu einer kleinen Lagune. Lomo folgte ihm verdutzt. In seinem Kopf überschlugen sich die Gedanken. Was hatte das zu bedeuten?

Isor bewegte sich mit einer erstaunlichen Geschwindigkeit voran, der Manta hatte Mühe, ihm zu folgen. Nicht lange, und vor ihnen konnte er einen kleinen Fischschwarm entdecken.

Es waren unterschiedliche Putzerfische, ihre bunten Leiber glänzten im Sonnenlicht, das durch die Wasseroberfläche drang. Beim Anblick von Isor boten sofort einige ihre Dienste an, die der alte Quastenflosser gerne in Anspruch nahm.

Auch Lomo genoss die Behandlung sichtlich und ließ sich gerne die Parasiten entfernen, die sich ständig an seiner Haut festsetzten. Und währenddessen stellte Isor ein paar Fragen, die die kleinen Fische sofort eifrig beantworteten.

Zuerst ging es um belanglose Dinge, aber dann interessierte sich Isor doch mehr für diesen großen Quallenschwarm, der vor einigen Wochen vorbeigezogen war.

Einer der Putzerfische hatte ihn erwähnt, weil der Schwarm ganz in der Nähe angehalten und eine Versammlung abgehalten hatte.

»Sie haben ihre Tentakel wild hin und her geschwenkt, es sah zum Fürchten aus. Wir haben uns alle versteckt«, erzählte der Kleine.

»Und dann haben sie einen ganzen Tag lang gewartet, bis sie weitergezogen sind«, fügte ein anderer Fisch hinzu.

»Sie haben gewartet bis zum Vollmond«, sagte Isor leise zu Lomo. »Raffiniert!«

Lomo verstand nicht, was Isor damit meinte. Aber er wollte erst nachfragen, wenn sie alleine waren. Die Behandlung dauerte noch eine Weile, bis dahin ließen sich die beiden alles Weitere von den Putzerfischen erzählen. Ein paar Quallen waren entkommen, aber die würden im Reich keinen Schaden mehr anrichten. Nach einiger Zeit waren die Fische fertig und bedankten sich überschwänglich für das ausgiebige Mahl.

»Gern geschehen«, antwortete Isor und schwamm mit seinem Freund zurück. An seiner Höhle angekommen, ließ sich der Quastenflosser auf dem Boden nieder.

»Ich sollte mir diese Behandlung öfter gönnen«, seufzte er und wälzte sich wohlig im Sand.

»Was hast du vorhin gemeint? Die Sache mit dem Vollmond, meine ich.«

Isor grinste, es war ein beinahe unheimlicher Anblick.

»Diese Quallen sind sehr raffiniert. Sie haben das Vollmondlicht genutzt, um ihre Beute zu blenden. Wenn sie zu hunderten durchs Meer schwimmen, und der Vollmond scheint durch das Wasser, dann wirken ihre Tentakel wie ein riesiger Vorhang. Und er spiegelt sich nach oben zur Wasseroberfläche hin. Man sieht nicht, was sich tatsächlich darüber oder dahinter verbirgt. Deshalb konnten die Soldaten die Gefahr auch nicht rechtzeitig erkennen.«

»So war das also!«

»Es war ein großes Glück für euch, dass ein Bote diese Gefahr erkannt hat.««

»Und der Geruch?«

Der Quastenflosser sah den Manta eindringlich an.

»Wie riecht ein Korallenwesen, Lomo?«

Der Manta erschrak. Richtig, der Geruch war eindeutig gewesen, warum hatte er das nicht erkannt?

»Es war vermutlich ein Duftstoff, der bis zu den Würfelquallen vorgedrungen ist. Es war die einfachste Methode, sie ans Riff zu locken. Und vor allem wird es schwer sein, denjenigen zu entlarven, der es ins Meer geschüttet hat.«

»Stimmt«, antwortete Lomo. Das waren keine guten Nachrichten, aber er musste Thora schnellstens informieren. Den Schuldigen zu finden, würde schwierig werden, aber da konnte Lomo leider nicht helfen. *Sie haben einen Verräter in ihrer Mitte!* dachte er verärgert.

»Ich danke dir für deine Hilfe, Isor.«

Der Quastenflosser schüttelte den Kopf.

»Keine Ursache, es tut zuweilen ganz gut, seinen Kopf zu benutzen. Komm nochmal vorbei, wenn du Neuigkeiten hast.«

Isor sah ihm hinterher, als der Manta mit eleganten Schwüngen durch das Meer glitt.

Ich sollte die Umgebung der kleinen Leute besser im Auge behalten, dachte er und kehrte in seine Höhle zurück.

Wunsch und Wirklichkeit

Orames und Wigan standen in ihrem Labor und arbeiteten wieder an der Rezeptur für das Heilmittel.

Orames hatte erfahren, dass auch der jüngste Sohn des Königs an der Wasserkrankheit litt, manche Familien im Königreich bezeichneten dies als Makel. Der Junge würde kein hohes Amt bekleiden, er konnte nicht in eine der angesehenen Familien einheiraten und womöglich wurde die Krankheit vererbt.

Es war eine schwere Bürde, die auf der Königsfamilie lastete.

»Sie haben keine Ahnung, diese einfältigen Leute!« schimpfte Orames und deutete auf eine Zeile im Rezept.

»Wir sollten diese Dosis nochmals überprüfen, mir scheint, dass sie zu hoch ist«, sagte er zu Wigan und holte ein Säckchen mit Pulver vom Regal.

Wigan maß vorsichtig ein wenig von dem Pulver ab, das Orames ihm reichte und schüttete es in ein schmales Röhrchen. Dann gab er verschiedene, klare Flüssigkeiten hinzu, während Orames alles sorgfältig aufschrieb.

»Ich brauche noch eine kleine Menge von der Brulanpaste«, murmelte Wigan leise und ging zum Regal.

Ein Spatel von der bläulichen Paste wanderte zu den anderen Zutaten, dabei geriet er aus Versehen an ein Fläschchen mit Silitrat, das an einem Haken an der Feuerkonstruktion hing. Das Fläschchen fiel herunter, ein Teil des Inhaltes spritzte in das schmale Röhrchen, das Orames in der Hand hielt. Sofort verfärbte sich der Inhalt in eine milchige, leicht zähflüssige Brühe.

»Na, so was!« rief Orames überrascht, hielt das Röhrchen hoch und schüttelte es leicht.

Auf dem Boden bildete sich ein kleiner Satz aus bläulichen Körnchen.

Wigan erschrak. Jetzt mussten sie nochmal von vorne anfangen!

Orames hielt das Fläschchen jedoch in der Hand und dachte nach. *Der Silitrat ist zwar nicht ideal als Zusatzstoff, aber was kann es schaden? Auf einen Versuch mehr oder weniger kommt es nicht an!*

Er füllte ein wenig von der milchigen Flüssigkeit in eine kleine Schale, entnahm einer Schachtel die Haarsträhne eines erkrankten Patienten, die ihm Wigan immer durch den Boten besorgte und legte sie hinein.

»Lass es uns ausprobieren, Wigan. Womöglich ist es ja die richtige Mischung.«

»Ich weiß nicht«, entgegnete der Diener vorsichtig.

Durch die jahrelange Zusammenarbeit mit Orames hatte sich Wigan eine Menge Kenntnisse angeeignet. Er hätte sich selbst jedoch nie als Heiler bezeichnet, dass wäre in seinen Augen anmaßend gewesen.

»Und wenn nicht, dann probieren wir es nochmal!«

Orames verließ das Labor, um sich ein wenig die Füße zu vertreten. Ein langer Spaziergang war jetzt nötig, um sich die Wartezeit von einigen Stunden zu verkürzen! Gemächlich ging er durch die endlosen Gänge, die sich unter dem gewaltigen Plateau hindurchzogen.

Und während er die Algen betrachtete, die sich an den Wänden entlangzogen und geheimnisvoll leuchteten, kehrten seine Gedanken in die Vergangenheit zurück.

Er war noch einmal der junge Heiler, voller Tatendrang und beseelt von dem Gedanken, alle Krankheiten dieser Welt zu heilen. Mit Bola an seiner Seite schaffte er auch das ein oder andere kleine Wunder. Orames genoss die Erfolge und die Anerkennung, es war eine herrliche Zeit gewesen! Und dann auch noch die Einladung zum Wissenschaftskongreß!

Für Orames erfüllte sich damit ein lang gehegter Traum.

Alle zwanzig Jahre veranstaltete Meria, die Schwester des Meeresgottes Eburon, einen großen Kongress.

Geladen waren alle bedeutenden Forscher des Meeres, und es war für jeden eine hohe Ehre, dabei zu sein. Ein buntes Völkchen trieb sich dann im Palast des Meeresgottes um, keiner betrachtete seine Umgebung, dafür waren sie mit ihren Gedanken viel zu sehr mit ihren Vorträgen beschäftigt.

Verschiedene Wissensgebiete wurden dabei angesprochen, Geologie und Vulkanologie – dafür waren die Tyrkaner von den Aleuten verantwortlich. Die Meeresströmungen und der Erdmagnetismus fielen in die Zuständigkeit der Elianer. Die Forscher aus Faranon beschäftigten sich hauptsächlich mit der Medizin, und die vielen Meerfrauen-und Männer aus Eburons Palast sowie die Gupaxen sorgten für die unglaubliche Vielfalt unter den Meeresbewohnern.

Fünfzig Forscher redeten sich eine Woche lang die Köpfe heiß und diskutierten über die neuesten Erkenntnisse ihrer

Fachgebiete. Natürlich waren sie nicht immer einer Meinung, und so musste Meria mehrmals die aufgebrachten Gemüter beruhigen.

Aber selbst der starrköpfigste Wissenschaftler sieht nach reiflicher Überlegung ein, dass er nicht immer im Recht ist.

Und so trennten sich die Forscher nach einer Woche gutgelaunt und zufrieden und traten ihre Heimreise an.

Natürlich hatte Orames von diesem Kongress gehört und sich heimlich gewünscht, dabei sein zu können. All die anderen Wissenschaftler zu treffen, die aus allen möglichen Winkeln der Weltmeere zusammenkamen, sie zu sehen –und mit ihnen über ihre Fachgebiete zu sprechen! Und dann auch noch in Eburons Palast!

Niemand wusste, wo sich der Palast befand, es gab ein paar Gerüchte, die jedoch so absurd waren, dass sie keiner so recht glauben wollte.

Mit zitternden Händen hatte Orames die Einladung geöffnet und erfahren, dass er sich bereithalten solle, in zwei Tagen würde man ihn abholen. Vor lauter Aufregung hatte er gar nicht gewusst, was er zuerst tun sollte.

Zum Glück behielt Wigan einen kühlen Kopf und packte.

Zusammen suchten sie die Rezepturen für die verschiedenen Heilmittel aus, die er auf dem Kongress vorstellen wollte.

Und dann musste er ja auch noch einen Vortrag halten!

Orames fiel es schwer, die richtigen Worte zu finden, er brütete über dem Bogen aus Seegras und strich ständig seine Formulierungen durch. Wigan schlug ihm schließlich vor, eine freie Rede zu halten.

»Nimm die Rezepturen zur Hand und sag, was dir einfällt.« Aufmunternd klopfte er seinem Meister auf die Schulter.

Am Morgen des nächsten Tages stand er mit Wigan an dem kleinen See in der Kriegerhalle von Faranon und wartete darauf, dass jemand erschien, um ihn zum Palast zu bringen.

Die beiden Wächter am See scherzten über sie, weil sie so aufgeregt waren wie zwei kleine Kinder.

Schließlich tauchte eine Transportmuschel auf, nicht groß, aber ausreichend für eine Person. Gezogen wurde sie von einem fischartigen Wesen, dass die beiden Heiler nicht kannten.

Das Wesen war nicht viel größer als die Muschel, durchsichtig wie klares Quellwasser, besaß jedoch Arme und einen Fischschwanz. Und es hatte riesige, schwarze Augen, die seltsam schimmerten. Es winkte Orames zu und deutete ihm an, in die Muschel einzusteigen.

Der Heiler verabschiedete sich von Wigan, der ihm eine gute Reise wünschte und setzte sich in den kleinen Sessel.

Das Ende seines langen Zopfes hängte er durch die kleine Öffnung an der Innenseite der Muschel. Orames nickte seinem Diener zu, dann schloss sich das Dach – und es wurde dunkel.

Verwundert blickte der Heiler um sich. Ein kleiner Quallenstein erleuchtete das Innere der Muschel zumindest soweit, dass er seine Umgebung erkennen konnte. Orames entdeckte eine kleine Kiste, in der sich Flaschen mit Flüssigkeit – Quellwasser, wie er erfreut feststellte – und Nahrung befanden. Außerdem fand er ein Schreiben, das an ihn gerichtet war.

Er wurde gebeten, nicht das Dach der Muschel zu öffnen, keine Fragen zu stellen und reichlich zu essen und zu trinken.

Orames fand die Anweisung zwar seltsam, hielt sich aber daran. Er fand es unangenehm, in der Dunkelheit zu sitzen, ohne zu sehen, wo er sich befand. Aber dieses Gefühl verschwand bald, denn als er nach ein paar Stunden die erste Mahlzeit zu sich nahm und von dem Wasser trank, wurde er sehr müde.

Als er aufwachte, waren sie immer noch unterwegs. Er wusste nicht, wie lange er geschlafen hatte und ob es Nachmittag oder Abend war. Sein Magen meldete sich, und so nahm er die nächste Mahlzeit ein, um dann erneut einzuschlafen. So vergingen einige Tage oder Wochen, Orames hatte jedes Zeitgefühl verloren und fragte sich ständig, wie lange die Reise noch dauerte. Nach einiger Zeit bemerkte er, dass es in der Muschel kühler geworden war. Er fand neben der Kiste eine Decke und legte sie über seinen Schoß.

Auch nach der nächsten Mahlzeit schlief er ein, wachte auf, ohne dass sich irgendwas geändert hätte. Er konnte immer noch nicht sehen, wo er sich befand, das Dach der Muschel blieb tiefschwarz und undurchsichtig. Aber er spürte augenblicklich eine beißende Kälte, die durch die Tunika in seinen Körper drang und wickelte die Decke enger um sich. Auch diesmal schlief er nach dem Essen ein.

Beim nächsten Aufwachen stutzte er. Die Muschel bewegte sich nicht mehr! Und dann, ohne Vorwarnung, öffnete sich das Dach. Orames musste die Augen schließen, das helle Licht der Umgebung tat weh. Er hörte leises Gemurmel und öffnete vorsichtig das rechte Auge, hielt sich aber die Hand davor. Was er durch die Fingerritzen erkennen konnte, erstaunte ihn.

Er befand sich in einer riesigen Höhle. Die Muschel schwamm – neben vielen anderen – auf einem kleinen See. Links führte ein Weg direkt auf ein Tor zu, das weit geöffnet war.

Orames legte die Decke zusammen und stand auf. Das musste der Eingang zum Palast sein!

Vorsichtig stand er auf und kletterte über den Muschelrand, seinen großen Sack aus Seegras über der Schulter, die Tasche mit den Rezepturen und Heilmitteln in der rechten Hand. Außer ihm war niemand zu sehen, aber er hörte Stimmen weiter vorne in dem Gang, der vom Tor ins Innere führte.

Orames streckte die müden Glieder aus und stapfte auf das Tor zu. Er fühlte sich seltsam und hatte Mühe, das Gleichgewicht zu halten. Als er das Tor passierte, schloss es sich hinter ihm leise zu.

Der Gang war eine Art Tunnel, die gewölbte Decke war nicht sehr hoch. Auch hier schimmerte alles milchig weiß, und es war erstaunlich warm. Weit vor sich sah er einige Gestalten, die heftig miteinander diskutierten.

Sind das die anderen Wissenschaftler, fragte sich Orames und beschleunigte seine Schritte, um sie einzuholen.

Dann bemerkte er auf einmal eine Bewegung neben sich.

Aus einer großen Nische in der Tunnelwand kam ein seltsames Wesen auf ihn zu. Es war um einiges größer als er selbst, hatte lange rötliche Haare, die an der Seite zu einem Zopf gebunden waren. In der Mitte des runden Gesichts mit den großen braunen Augen war eine seltsame Erhebung, die bei seinem Anblick zuckte. Das Wesen trug keinen Stirnreif und der Oberkörper war nackt. Um den Hals trug es aber ein

Band mit einem leuchtend saphirblauen Anhänger in Form eines Tropfens. Arme und Hände waren viel kürzer und kräftiger als die der Korallenwesen. Statt Beine hatte das Wesen einen Fischschwanz, mit dem es schwamm, obwohl hier gar kein Wasser war! *Ist das ein Meermann,* fragte sich Orames verwundert.

Er blieb erstaunt stehen, das Wesen verbeugte sich leicht.

»Herzlich willkommen in Eburons Palast!« sagte es mit tiefer Stimme und lächelte, dabei verzog sich die seltsame Erhebung in seinem Gesicht und warf Falten. Es sah zu komisch aus!

»Ich bin Samin, der persönliche Assistent von Meria. Und du musst Orames aus Faranon sein!« Er sprach das offizielle Meerisch ohne jeglichen Akzent.

Der Heiler brauchte eine Weile, um sich von der Überraschung zu erholen. Schließlich nickte er.

»Ja, das bin ich. Vielen Dank für die Einladung. Das ist eine große Ehre für mich!« Orames spürte, wie er leicht errötete.

»Das denke ich mir«, erwiderte Samin vergnügt. »Jetzt komm, ich zeige dir dein Quartier und dann stelle ich dich den anderen Wissenschaftlern vor. Sie sind bereits sehr neugierig auf dich, wir hatten nämlich länger keinen Teilnehmer aus Faranon hier!«

»Wieso?« fragte Orames, immer noch leicht verwirrt.

»Der letzte Heiler, der von uns eingeladen wurde, musste bedauerlicherweise aus gesundheitlichen Gründen absagen. Und einen Stellvertreter konnte oder wollte er nicht schicken, daher mussten wir leider auf wichtige Erkenntnisse verzichten. Aber das wird sich ja jetzt ändern, stimmts?«

Der Meermann grinste, er schien sich über Orames Anwesenheit zu freuen.

»Wieso schwimmst du überhaupt? Hier ist doch gar kein Wasser!« fragte der Heiler neugierig. Im selben Moment hätte er sich am liebsten auf die Zunge gebissen! Samin hielt an.

»Spürst du die Luft an deinen Beinen? Wir bewegen uns darin, als sei es Wasser.«

Orames blickte nach unten zu seinen Beinen.

»Ihr schwimmt in der Luft?« Er konnte es nicht glauben.

»Wir schwimmen in den warmen Luftströmungen, die hier überall durch den Palast ziehen«, antwortete der Meermann geduldig. »Komm weiter.«

Und während Orames darüber nachdachte, wie das funktionierte, passierten sie den langen Tunnel.

Schließlich hielt der Meermann vor einem großen Vorhang aus Muscheln, den er langsam zur Seite schob.

»Hier sind die Quartiere für die Besucher. Deines ist gleich da vorne.«

Er schwamm auf eine grüne Tür zu, die sich beim Näherkommen langsam öffnete.

»Tritt ein«, forderte Samin seinen Gast auf. »Ich hole dich später ab. Dann kannst du dich in Ruhe umsehen.«

Orames blickte sich neugierig um.

Er stand in einem großen Raum, der in drei Bereiche gegliedert war. Rechts von ihm, hinter einem Vorhang, befand sich ein großes Bett mit unzähligen Kissen. Es stand auf einem kleinen Podest, von Regalen umsäumt.

Die Wände waren mit Malereien verziert und zeigten viele

unterschiedliche Meeresbewohner. Eine kleine Tür führte in den Badebereich, in dem auch ein Alkoven für die persönlichen Dinge der Gäste eingebaut war.

Der mittlere Teil des Raumes bestand aus kleinen Tischchen, Sesseln und säulenartigen, großen Leuchtkörpern, die von der Decke herunterhingen. Auch hier waren die Wände mit Malereien verziert.

An der linken Seite des Quartiers befanden sich große Fenstern, die von der Decke bis zum Boden reichten, davor stand ein riesiger Schreibtisch.

Orames stellte sein Gepäck ab und seufzte.

Hier wird es mir gut gehen, dachte er und verstaute seine persönlichen Sachen.

Auf einem der Tischchen stand ein Korb mit Senafrüchten, hungrig griff er sich eine davon und biss hinein. Und während er genüsslich kaute, warf er einen Blick aus den Fenstern und hätte sich beinahe verschluckt. Die Aussicht war umwerfend!

Er stand im Seitenflügel eines riesigen Gebäudes, das aus weißem, poliertem Material bestand und so hell im Licht glänzte, dass es in den Augen wehtat.

Überall an der Außenmauer waren zierliche Türmchen und Erker angebracht, deren Ornamente und Verzierungen golden im Licht funkelten. Auch kleine Balkone und große Terrassen waren zu sehen, reichlich mit Pflanzen geschmückt. Die filigran gearbeiteten Geländer zeigten wunderschöne Ornamente.

Weiter unten befand sich ein riesiger Garten, der bis weit zum Horizont reichte. Große Beete mit seltsamen Pflanzen waren angelegt, sie streckten ihre Köpfe mit den riesigen Blüten nach oben, von wo aus der hohen Decke das Licht einströmte. Unzählige Bäume und Sträucher umfassten die vielen Wege, die in die Unendlichkeit zu führen schienen, gesäumt von Steinbänken. Auf vielen kleinen, runden Plätzen standen Springbrunnen, oben auf mit Figuren geschmückt, aus deren Mündern Wasserfontänen spritzten.

Es war für Orames Augen, die so lange die Dunkelheit aushalten mussten, eine richtige Wohltat, diese Pracht sehen zu dürfen.

Als Samin klopfte, konnte er sich nur schwer davon losreisen.

Der Assistent fragte ihn, ob alles zu seiner Zufriedenheit sei und Orames lachte.

»Zufriedenheit? Auf so was war ich gar nicht vorbereitet! Es könnte gar nicht besser sein!« rief er.

Samin lächelte.

»Dann begleite mich jetzt zu den anderen Wissenschaftlern. Wir veranstalten am ersten Tag immer ein lockeres Treffen, damit sich alle kennen lernen. Auch Meria wird da sein.«

Gespannt folgte Orames dem Meermann. Sie gingen durch eine schwarze Tür am Ende des Ganges, bogen nach links ab und stiegen eine Treppe hinab.

Sie führte in einen großen, mit herrlichen Pflanzen geschmückten Saal, dessen Terrassentüren zum Garten hinausführten.

In kleinen und großen Gruppen standen die Wissenschaftler dort beieinander und Orames brauchte eine Weile, um alle Kollegen eingehend zu betrachten. Samin erklärte ihm freundlicherweise, aus welchen Teilen des Meeres alle stammten.

»Siehst du die kleinen, dicken Männer mit den kurz geschorenen schwarzen Haaren? Das sind die Tyrkaner von den Aleuten. Sehr gescheite Leute, sag ich dir. Wenn du einiges über Vulkane wissen möchtest, frag sie. Aber sei vorsichtig, wenn du an den Falschen gerätst, kann der Vortrag Stunden dauern!«

»Was sind das für runde Dinger in ihrem Gesicht?«

Samin lachte. Er hatte bereits den komischen Blick von Orames bemerkt.

»Das, was sie auf ihren Nasen tragen, sind Brillen. Manche Wesen haben keine guten Augen. Sie benutzen dann geschliffene Gläser, um besser sehen zu können.«

»Nasen?« Orames blickte den Meermann verwirrt an. War diese Erhebung in seinem Gesicht auch so was?

»Ein Riechorgan«, erklärte Samin lächelnd und zeigte auf seine eigene. »Nicht alle Meeresbewohner können Gerüche auch über ihre Haut aufnehmen wie die Korallenwesen.«

Jetzt bemerkte Orames erst, dass er das einzige Wesen ohne »Nase« war. Und dass ihn die anderen Wissenschaftler mindestens so neugierig betrachteten wie er sie. Verlegen nahm er einen Schluck Quellwasser aus dem Becher, den Samin ihm gereicht hatte.

Im selben Moment löste sich aus einer Gruppe eine Meerfrau und schwamm auf sie zu. Ehrfürchtig machten ihr die umstehenden Wissenschaftler Platz.

Wie Orames auffiel, wirkte sie jung und gleichzeitig uralt,

mit einem würdevollen Gesichtsausdruck nickte sie nach rechts und links den anderen Wissenschaftlern zu.

»Das ist Meria, die Schwester von Eburon«, flüsterte ihm Samin zu.

Sie trug ein schönes, tiefblaues Gewand, das auf seltsame Weise um ihren Oberkörper geschlungen war. Die dunkelroten Haare, zu einer hohen Frisur aufgetürmt, waren mit grauen Strähnen durchsetzt, in denen Perlen schimmerten. Um ihren Hals trug sie eine Kette aus verschiedenen Muscheln, die bei jeder Bewegung leise klimperten. Viele Falten durchzogen ihr Gesicht, aber die braunen Augen blitzten vergnügt und schalkhaft wie bei einem jungen Mädchen. Sie lächelte Orames an und hieß ihn willkommen. Ihre Stimme war zwar erstaunlich tief, aber wohltönend.

»Ich freue mich, dass du unversehrt angekommen bist. Hast du ihn bereits mit den anderen bekannt gemacht, Samin?« wandte sie sich an ihren Assistenten.

Er verneinte. »Ich wollte ihm zuerst erklären, woher alle kommen. Damit er sich einen Überblick verschaffen kann«, sagte Samin leise.

Meria nickte.

»Wenn du damit fertig bist, komm an meinen Tisch. Wir eröffnen den Kongress immer mit einem gemütlichen Bankett«, wandte sie sich an Orames.

Er verbeugte sich leicht, als sie wegschwamm, um sich einer kleineren Gruppe anzuschließen, die ganz in der Nähe stand.

»Das sind Wissenschaftler aus Elian. Sie beschäftigen sich hauptsächlich mit dem Meer selbst, mit Strömungen, Wellenbewegungen, den Gezeiten, und ach ja, mit dem Erdmagnetismus. Ihr seht euch ähnlich, findest du nicht?«

Orames betrachtete die Elianer eingehend.

Sie hatten jedenfalls die gleiche Größe wie die Korallenwesen. Aber ihre Köpfe waren zierlicher, fand der Heiler. Auch die Gesichter wirkten durch das schmale Kinn länger. Ihre Augen waren grün und rundlich, mit geschwungenen Brauen. Lange, schmale Nasen und volle Lippen ließen ihre Gesichter wie gemalt erscheinen. Falten waren nicht zu sehen, auch wenn sie garantiert nicht alle jung waren! Die langen, glatten blonden Haare trugen sie in geflochtenen Zöpfen zu beiden Seiten des Kopfes. Ihre Körper waren allerdings eher schmächtig. Dünne, lange Arme schauten unter den langen, blauen Tuniken hervor, die am Hals und an den Armen mit Silberfäden bestickt waren. Die Beine steckten in weichen Stiefeln, die beim Gehen keinen Laut verursachten.

Die Elianer trugen silberfarbene Reife um die Stirn, in der Mitte prangte ein blauer Stein.

»Ja, eine Ähnlichkeit ist durchaus vorhanden«, gab Orames dem Assistenten Recht. »Mein Diener Wigan ist auch so schmächtig. Aber ich wette, dass sich das durch den Inhalt ihres Gehirns ausgleicht!«

»Wie wahr!« lachte Samin. »Das gilt vor allem für Orchedes, ihren leitenden Forscher. Er ist uralt und sehr gelehrt. Von ihm kannst du eine Menge erfahren!«

Auch unter den Meerfrauen-und Männern gab es einige, die in ihrem Äußeren von dem Merias oder Samins abwichen.

Sie waren wesentlich kleiner, hatten bläulich schimmernde

Haare, die in langen Strähnen den Rücken hinabfielen. Ihre Körper waren zierlicher, glänzten leicht silbern. Ihre Fischschwänze allerdings leuchtenden in den schillerndsten Farben. Sie trugen alle eine lange Kette um den Hals mit einem dicken, schwarzen Anhänger, der geheimnisvoll schimmerte.

In ihren kleinen, runden Gesichtern fielen vor allem die großen tiefschwarzen Augen auf, die seltsam schillerten.

Samin bemerkte Orames Blick.

»Das sind die Gupaxen, unsere Verwandten aus der Tiefsee. Sie sind für die Lebewesen dort verantwortlich. Und das ist eine große Herausforderung, glaub mir!«

»Wieso?« fragte Orames, während er nicht den Blick von ihnen lassen konnte.

»Es sind Milliarden Lebewesen da unten, so viele, dass man es sich gar nicht vorstellen kann. Es war auch einer von ihnen, der dich hierhergebracht hat.«

»Aber der war durchsichtig!« wandte Orames ein.

»Ja, das ist eine ihrer zahlreichen Fähigkeiten«, antwortete Samin leicht amüsiert. »Sie können noch ganz andere Dinge. Zum Beispiel sehen, trotz vollständiger Dunkelheit! Ihre Augen sind ein Wunder!« fügte er voller Stolz hinzu.

Er geleitete Orames zu einem der zahlreichen Tische, die festlich geschmückt in einem Nebensaal standen.

Der Heiler aus Faranon saß dort mit Meria, Orchedes und einigen seiner Kollegen aus Elian zusammen. Zwei Gupaxen gesellten sich dazu und in letzter Minute ließ sich ein leicht zerstreuter Tyrkaner auf den letzten leeren Stuhl neben Orames plumpsen.

»Verzeiht, wenn ich zu spät komme«, wandte er sich schnaufend an Meria und die anderen. »Ich musste meinen Vortrag überprüfen.« Er stellte sich Orames als Bagda vor, leitender Wissenschaftler von den Aleuten.

Nachdem Meria alle Gäste nochmals offiziell in einer kleinen Rede begrüßt hatte, begann das fröhliche Schmausen. Orames war von den ganzen Eindrücken derart überwältigt, dass es einige Zeit dauerte, bis er überhaupt Hunger verspürte.

Bis dahin hörte er sich gespannt Bagdas Vortrag über den neuen Vulkan an, der erst vor ein paar Tagen vor der Westküste Afrikas an der Oberfläche erschienen war.

»Ist aus dem Meer aufgetaucht und hat Feuer und Asche gespuckt, ein beeindruckender Anblick!« schwärmte der Tyrkaner. Und so ging es eine ganze Weile weiter.

Die Gupaxen berichteten von einer neuen Art, die sie entdeckt hatten, kleine Bakterien, die sich zu Millionen an einer heißen Quelle angesiedelt hatten.

Orchedes aus Elian ließ vernehmen, dass er demnächst – was bei ihm allerdings eine längere Zeitspanne sein konnte, wie Bagda Orames ins Ohr flüsterte – ein neues Experiment bezüglich des Erdmagnetismus starten wolle.

»Der lebt ausschließlich für seine Experimente«, sagte der Gupax namens Laty neben Bagda und zwinkerte mit den Augen, was sehr merkwürdig aussah.

»Womit beschäftigt Ihr euch, Orames?«

Die Frage kam von einem Elianer namens Emiander. Er war, wie Orames erfuhr, kein Forscher, sondern Musiker und Instrumentenbauer. Aber Meria hatte ihn eingeladen, weil er auf seinem Gebiet ein absoluter Experte war.

»Ich bin Heiler«, sagte Orames verlegen. Neben all den großen Wissenschaftlern fühlte er sich klein. Sie machten dauernd neue, bedeutende Entdeckungen, und er fürchtete, dass sie ihn wegen seiner medizinischen Künste auslachen würden.

Was waren Heilmittel und Salben im Gegensatz zu Vulkanausbrüchen, Milliarden von Bakterien und schwierigen Experimenten?

Eine Weile herrschte Stille am Tisch.

Dann beugte sich der zweite Gupax namens Lata vor und fragte ehrfürchtig:

»Dann bist du der Forscher, der die Fieberkrankheit heilen kann?«

Alle starrten Orames erwartungsvoll an, der diese Reaktion allerdings nicht verstand.

»Ja, das kann ich«, antwortet er überrascht. Was sollte daran Besonderes sein? Jeder Heiler in Faranon konnte das!

»Wenn es so ist«, sagte Meria leise und nachdenklich, »könntest du mir einen großen Dienst erweisen.«

Orames blickte verwirrt zu Samin hinüber, der ihn erwartungsvoll anblickte.

»Natürlich«, antwortete Orames ahnungslos. »Worum geht es denn?«

»In den letzten Jahren sind viele Mitglieder meines Volkes an der Fieberkrankheit gestorben, und ich bin mit meinem Wissen am Ende!« sprach Meria und sah ihn bittend an.

Orames nickte. »Natürlich bin ich gerne bereit, zu helfen«, antwortete er dann. Zum Glück hatte Wigan seine Tasche mit allen möglichen Salben, Pasten, Tinkturen, und seinen

Instrumenten vollgepackt, für den Fall, dass er sie brauchen würde.

Meria atmete erleichtert auf und nickte Samin zu.

Was für ein Glück, dass der Heiler gekommen war!

»Dann wird diese heimtückische Krankheit ja bald besiegt sein!« Orchedes hob sein Glas und prostete Orames zu. Die anderen taten es ihm nach.

Von da an fragten sie in nach allen möglichen Krankheiten und deren Heilung aus, und Orames würde nicht müde, all diese Frage zu beantworten.

Als es draußen dunkel wurde, verabschiedeten sich die Gäste für die Nacht und brachen in ihre Quartiere auf.

Bevor Orames ging, bat ihn Meria, morgen doch ein Heilmittel für ihn herzustellen, damit sie gleich mit der Behandlung beginnen konnte. »Das werde ich gerne tun«, versprach er und verließ mit dem Tyrkaner und den Gupaxen den Raum.

In seinem Zimmer ließ sich Orames auf einen der Sessel fallen. Ihm schwirrte der Kopf. So viele neue Informationen, das musste er erst verarbeiten! Und auch wenn er todmüde war, dauerte es lange, bis er in dieser Nacht einschlafen konnte.

Am Tag nach seiner Ankunft saß er mit den anderen Wissenschaftlern zusammen und lauschte gespannt dem Vortrag von Bagda, der von dem neuen Vulkan vor Afrika und auch von Seebeben berichtete, die sich im Pazifik ereignet hatten.

Bestürzt über diese Neuigkeit, redeten alle durcheinander. Jetzt wusste Orames auch, woher die großen Beben kamen, die im Korallenreich für viel Aufregung und Zerstörung gesorgt hatten!

Bagda erläuterte Ursache und Wirkung dieser Beben auf großen Karten, die er an einem Gestell aufhängte, so dass jeder sehen konnte, in welcher Gegend sie stattgefunden hatten.

»Wir haben sie deutlich gespürt«, sagte Orames laut, so dass es jeder hören konnte.

Bagda nickte.

»Deine Heimat lag den Beben am nächsten«, bestätigte er und zeigte auf die Karte.

»Gab es große Zerstörungen an eurem Riff?« fragte einer der Meermänner, der sich als Tasso vorstellte, teilnahmsvoll.

»Ja, etliche Wohnhöhlen sind eingestürzt und mussten neu aufgebaut werden«, erwiderte Orames. »Und es gab tagelang kleinere Nachbeben, die haben uns Angst eingejagt.«

Beifälliges Gemurmel drang durch den Saal. Jeder konnte sich vorstellen, wie schlimm das gewesen sein musste.

Am späten Nachmittag kam Samin auf Orames zu und bat ihn, mit zu kommen.

»Gehen wir zu Utara«, sagte er leise und fasste ihn am Arm.

Orames holte seine Tasche aus dem Zimmer und machte sich mit dem Assistenten auf den Weg. Nachdem sie einige Gänge und Treppen passiert hatten, hielt der Meermann vor einer großen, mit Schnitzereien verzierten Tür, die er vorsichtig öffnete.

»Das sind die Gemächer von Utara, der Gemahlin von Eburon. Meria ist bei ihr. Lass dir von ihr alles berichten. Du bekommst alles, was du benötigst. Sage mir Bescheid. Ich warte hier.«

Orames betrat den großen Raum, die Wände waren mit prächtigen Teppichen und Malereien geschmückt. Auf einem großen Podest in der Mitte des Raumes stand das Bett, dass von allen Seiten von einem durchsichtigen Vorhang umgeben war. Eine angenehm frische Brise drang durch die offenen Fenster und verströmte einen herrlich blumigen Duft.

Auf dem Bett lag eine Meerfrau, blass, zittrig und schweißgebadet. Eine hauchdünne Decke lag über dem Körper, Orames konnte deutlich sehen, dass die Königin schnell und flach atmete. Ein pfeifendes Geräusch kam dabei aus ihrem Mund.

Meria saß an ihrer Seite und erhob sich schnell bei seinem Anblick.

»Du bist gekommen«, sagte sie erleichtert.

Orames setzte sich neben Meria.

»Erzähl mir bitte, an welchen Symptomen sie leidet. Ich sehe, dass sie schwitzt und blass ist. Also hat sie Fieber und ihr Blut fließt nicht richtig. Was muss ich noch wissen?«

Meria seufzte und blickte besorgt auf die Kranke herab.

»Sie wird immer wieder bewusstlos. Sie verweigert jede Nahrungsaufnahme, ich schaffe es ab und zu, ihr ein wenig Flüssigkeit zu verabreichen. Sie kann selten etwas bei sich behalten. Trotz aller Medizin, die ich ihr gebe, kommt sie nicht zu Kräften. Auch das Fieber will nicht sinken. Seit zwei Wochen kocht ihr Blut, ich habe ihr zwar Eiswickel gemacht, aber sie helfen nicht!«

Orames nickte, er hatte genug gehört.

Er hatte bereits viele Patienten mit den gleichen Symptomen behandelt, es war leicht gewesen. Irgendwas war in ihre Körper eingedrungen und hatte sie so geschwächt, dass sie hohes Fieber bekamen und wochenlang krank waren. Glücklicherweise waren alle dank der Medizin gesund geworden. Aber dies war eine Meerfrau, würde ihr Körper auf das Heilmittel genauso reagieren wie der Körper eines Korallenwesens?

Orames erhob sich.

»Erlaubst du mir, sie zu untersuchen?«

Meria nickte. Vorsichtig setzte Orames sein Hörrohr auf Utaras Brustkorb. Ihr Herz klopfte sehr schnell, der Puls raste. Der Heiler tastete ihren Bauch ab und bewegte Arme und Beine der Königin. Sie war vollkommen kraftlos. Zuletzt öffnete Orames Utaras Mund und sah hinein. Der Hals war stark gerötet und ihr Mundgeruch war mehr als eindeutig.

»Ich hoffe sehr, dass meine Medizin bei ihr wirkt«, sagte Orames leise und richtete sich auf. »Allerdings brauche ich ein Labor.«

»Ich stelle dir meines zur Verfügung. Folge mir.« Meria erhob sich ebenfalls und schwamm auf den Gang hinaus. Samin blickte erwartungsvoll auf.

»Kannst du der Königin helfen?«

»Einen Versuch ist es auf jeden Fall wert, denke ich.«

Meria schwamm langsam voran, durch einen langen, gewundenen Korridor und schließlich eine Treppe hinauf. Vor einer großen Tür hielt sie an.

»Dies ist mein Labor, hier kannst du arbeiten. Du hast ja sicher nichts dagegen, wenn ich zuschaue?«

»Natürlich nicht«, antwortete Orames abwesend und trat ein. Das Labor war beeindruckend! Er ging an den Arbeitstischen entlang, die mit Kolben und Flaschen übersäht waren. Unzählige Tiegel und Töpfe standen aufgereiht auf einem Regal.

Orames stellte seine Tasche auf einen der Tische und krempelte die Ärmel seiner Tunika hoch.

»Es wird nicht lange dauern, bis ich den Heiltrank hergestellt habe. Und dann bleibt abzuwarten, wie die Medizin wirkt«, sagte er zu Meria gewandt. »Es könnten Nebenwirkungen auftreten«, fügte er vorsichtig hinzu.

»Welche?« fragte Samin besorgt.

»Zum Beispiel Übelkeit, Erbrechen oder ein zu dünner Verdauungsfluss, sie muss auf jeden Fall Tag und Nacht überwacht werden«, erklärte Orames den beiden.

Meria und Samin nickten sich zu, dabei würden sie sich abwechseln. »Sei unbesorgt, wir lassen sie nicht aus den Augen«, erwiderte Meria.

Orames nickte und öffnete einige Flaschen aus seiner Tasche.

»Was ist mit Eburon? Zeigt er auch diese Symptome?« fragte er Meria.

Sie schüttelte den Kopf. »Er ist gesund und munter wie ein junger Meermann«, erwiderte sie. »Ansonsten ist niemand erkrankt.«

Orames atmete erleichtert aus. Die Krankheit war sehr ansteckend und in ihrem Verlauf auch tödlich, wenn sie nicht behandelt wurde, aber der Meeresgott und seine Untertanen waren vorerst verschont geblieben.

»Du kannst mir bei der Herstellung der Medizin helfen, es ist nicht schwer. Du kannst dir auch gerne die Rezeptur aufschreiben, falls noch jemand aus deinem Volk die gleiche Krankheit bekommt.«

Meria war dankbar für dieses Angebot und schaute ihm zu. Samin notierte jede Zutat und die Dosis, die Orames mischte und achtete auf deren weitere Verarbeitung.

Nach zehn Minuten war die Medizin fertig und Orames überreichte sie an Meria.

»Gib ihr dreimal täglich einen kleinen Becher voll davon, mit Quellwasser vermischt«, wies er sie an.

»In welchem Verhältnis muss die Mischung sein?« fragte Samin nach.

»Zwei Anteile Wasser, ein Anteil Medizin.«

»Wie ist die Wirkung?« Samin blickte von seiner kleinen Schriftrolle auf.

»Zuerst sinkt das Fieber, der Patient wird wacher, kann wieder mit der Nahrungsaufnahme beginnen – aber vorsichtig, ganz leichte Speisen, und in kleinen Mengen! – und dann, wenn seine Kräfte langsam zurückkehren, kann er auch aufstehen. Mehrmals täglich für kurze Zeit, und mit Hilfe. Daher wird es auch ein paar Wochen dauern, bis die Königin tatsächlich vollständig gesund und bei Kräften ist. Lasst ihr Zeit!«

Samin notierte auch das und nickte.

Meria blickte nachdenklich auf die Flasche und presste die Lippen zusammen.

Hoffentlich wirkt die Medizin! Ohne die Königin und ihre magischen Kräfte sind wir verloren!

In den nächsten Tagen zwei Tagen hörte Orames gespannt zu, was die Wissenschaftler aus Elian zu berichten hatten. Er konnte gar nicht genug kriegen von all den Neuigkeiten, die er hier erfuhr. Er stellte den Elianern unzählige Fragen, die sie auch gerne beantworteten. Schließlich schlug Orchedes vor, er möge sie doch in ihrer Stadt besuchen.

»Es wird dir gefallen, mein lieber Orames, glaube mir!«

Sie spazierten durch den herrlichen Garten, Orames nahm mit Begeisterung die vielen Düfte auf, die die Luft erfüllten und betrachtete die Wasserspiele.

Ein sehr schöner Springbrunnen zeigte den Meeresgott, aus seinem großen Dreizack ergoss sich eine Wasserfontäne in das kunstvoll geschwungene Becken. Orchedes wollte ihm noch von den Springbrunnen seiner Stadt erzählen, als er von einem anderen Elianer weggerufen wurde.

Orames blieb alleine zurück, setzte sich auf eine Steinbank und schloss die Augen. Er fühlte sich wie im Paradies.

Um nichts in der Welt hätte er das alles verpassen wollen!

Später am Abend berichtete ihm Samin begeistert, dass Utara aus ihrer langen Bewusstlosigkeit aufgewacht sei.

»Sie ist auf dem Weg der Besserung!« rief er erfreut und wünschte ihm eine gute Nacht.

Orames ging erleichtert zu Bett. Das Heilmittel wirkte also auch bei Eburons Volk, eine gute Nachricht!

Als er am nächsten Vormittag auf das Podest stieg, um seinen Vortrag zu halten, war er zunächst nervös.

Fünfzig Augenpaare sahen ihn erwartungsvoll an, auch Meria war unter ihnen und winkte ihm fröhlich zu.

Samin saß, wie er bemerkte, an einem kleinen Tisch seitlich von ihm. *Wo soll ich anfangen,* fragte sich Orames ängstlich. Er blickte auf die mitgebrachten Rezepte.

»Erzähl uns von der Wasserkrankheit«, rief einer der Gupaxen. Dieses Leiden der Korallenwesen war ihnen allen bekannt, und sie waren gespannt, ob die Forscher mittlerweile Fortschritte erzielt hatten. Erleichtert ging Orames auf das Thema ein, leider konnte er keine neuen Erkenntnisse mitteilen.

Und so kam er auf seine Rezepturen zu sprechen, viele Stunden erzählte er von den neuesten Heilmitteln. Als er seinen Vortrag beendet hatte, applaudierten die anderen Teilnehmer begeistert. Orames war überrascht.

Beim anschließenden Abendessen berichtete Meria vom Heilungsprozess Utaras. Heute Nachmittag hatte sie zum ersten Mal eine Kleinigkeit gegessen, und tatsächlich hatte ihr Magen nicht dagegen rebelliert.

Alle waren hoch erfreut über diesen Verlauf, Orames war erleichtert, dass seine Medizin bei der Königin so gut und so schnell wirkte. Es hätte auch ganz anders sein können!

Meria bedankte sich überschwänglich bei ihm, und so wurde es für Orames ein fröhlicher Abend.

Am nächsten Morgen lief Orames zu Utaras Gemächern, um nach ihr zu sehen.

Samin berichtete ihm, dass die Königin eine ruhige Nacht gehabt hätte, auch das Fieber sei gesunken.

Orames freute sich aufrichtig darüber und wartete mit den anderen Teilnehmern gespannt auf den Vortrag von Tasso, der über Walarten sprechen wollte. Es ging um die Delfine, von ihrer Gattung gab es viele Unterarten, die Tasso mit Hilfe von Zeichnungen vorstellte. Orames hatte bereits einige von ihnen erblickt, sie hielten sich auch des Öfteren am Korallenriff auf und waren immer lustig anzusehen.

Tassos Vortrag war sehr kurzweilig, überrascht stellte Orames am Ende fest, dass es bereits später Nachmittag war.

Um sich die Beine bis zum Abendessen zu vertreten, beschloss er einen kurzen Spaziergang durch den Garten zu machen.

Der Gupax Laty begleitete ihn und erzählte von den heißen Schloten, die überall in der Tiefsee zu finden waren. Und von den Lebewesen, die sich trotz der Hitze dort einen Lebensraum geschaffen hatten. Orames hörte ihm fasziniert zu und Laty erklärte ihm ausführlich alles, was er wissen wollte.

Beim Abendessen erzählte eine Meerfrau namens Irun über die zahlreichen Wasservögel dieser Welt. Orames wünschte sich, diese Wesen mit eigenen Augen sehen zu können. Fliegen! Es musste herrlich sein, sich in die Lüfte schwingen zu können und die Welt von oben zu betrachten!

Gut gelaunt und leicht angeheitert von dem vielen Meerschaumwein, den er getrunken hatte, ließ er sich spät in der Nacht auf sein Bett plumpsen und schlief sofort ein.

Die kleine Schriftrolle, die auf seinem Schreibtisch lag, bemerkte er gar nicht.

Er schlief bis in den späten Vormittag hinein, heute würden keine Vorträge stattfinden. Stattdessen war für den Abend ein großes Bankett angekündigt, zum Abschluss des Kongresses. Orames war darüber ein wenig traurig, die fünf Tage waren wie im Flug vergangen.

Er hätte sich gerne noch länger hier aufgehalten, mit den anderen Teilnehmern diskutiert oder ihren Vorträgen gelauscht. Aber er hoffte, dass er beim nächsten Mal wieder dabei sein durfte.

»Ich werde auf jeden Fall Orchedes in Elian besuchen«, sagte er laut zu sich selbst, während er auf die großen Fenster zuging, um einen letzten Blick auf den Garten zu werfen.

»Und Bagda in seinem Gletscher, wenn es meine Zeit erlaubt«, fügte er noch hinzu. Was konnte ihm der Tyrkaner nicht alles über Vulkane und Erdbeben erzählen!

Zufällig blickte er auf den Schreibtisch, auf dem noch seine ganzen Rezepte wild verstreut lagen.

Verwirrt griff er nach der kleinen Schriftrolle, die an den Enden in braunes Leder gebunden war. Wie kam sie hierher? Er konnte sich nicht erinnern, eine solche Botschaft entgegen genommen zu haben.

Hatte sich jemand heimlich in sein Zimmer geschlichen?

Orames klappte die Schriftrolle auf und las erstaunt die Zeilen.

Die Schrift war verschnörkelt und klein, er hatte ein bisschen Mühe, sie zu lesen.

»Du hast dem Volk der Meerfrauen-und Männer einen unbezahlbaren Dienst erwiesen. Sei versichert, dass wir Dir auf ewig dankbar sein werden.«

Unterzeichnet war sie von Eburon.

Orames drückte die Schriftrolle überrascht an sich. Einen solchen Dank hatte er gar nicht erwartet!

Er beschloss, einen ausgedehnten Spaziergang im Garten zu machen. *Zum letzten Mal,* dachte er traurig, während er die Wege entlanglief und die prachtvollen Blumenbeete betrachtete. Er kam an einem der vielen Springbrunnen vorbei, dieser zeigte zwei gekreuzte Delfine, die fröhlich grinsend große Fontänen ausspien.

Orames setzte sich auf den Brunnenrand, der mit herrlichen Muscheln verziert war und ließ die Hand durch das Wasser gleiten. Morgen um diese Zeit saß er bereits in der abgedunkelten Muschel!

In diesem Moment tauchten Tasso und Irun auf, sie waren auf dem Weg zum Palast und baten ihn, sie zu begleiten.

Orames ging zurück in sein Zimmer und begann zu packen. Auf einmal klopfte es an seiner Tür. Samin stand freudestrahlend vor ihm und bat ihn, mitzukommen.

»Die Königin will dich sehen«, sagte er und zwinkerte.

Vor Utaras Gemach standen zwei Wachen, die sich ehrfürchtig vor Orames verbeugten. Die Königin saß auf ihrem Bett, zwar noch ein bisschen blass, aber mit einem Lächeln im Gesicht.

Sie bedankte sich für die Heilung, fragte Orames, wie es ihm hier gefiele.

»Ich freue mich sehr, dass meine Behandlung so gute Fortschritte zeigt, Majestät«, erwiderte der Heiler gerührt. »Ich bin froh, hier dabei sein zu dürfen. Es ist unglaublich, was ich alles von den anderen Wissenschaftlern erfahren habe!«

»Meria wird dich auch zum nächsten Kongress einladen, dafür werde ich sorgen«, versprach ihm die Königin.

Glücklich und voller Vorfreude kehrte Orames zu den anderen Wissenschaftlern zurück und es wurde ein sehr fröhlicher Abend.

Die Nacht war überraschend kurz, aber als sich Orames am nächsten Morgen mit Kopfschmerzen und müden Gliedern aus seinem Bett erhob, fiel ihm ein, dass er ja während der Reise genug Schlaf bekommen würde.

Nach einem kurzen Frühstück, bei dem auch Meria erschien und sich nochmals bei allen für ihre Teilnahme bedankte, begann der große Abschied.

Viele Hände musste Orames schütteln, viele Versprechen auf baldige, gegenseitige Besuche abgeben, dann schulterte er sein Gepäck und machte sich mit den anderen auf den Rückweg zur Eingangshalle.

Bald saß er in seiner abgedunkelten Muschel, in die warme Decke eingehüllt. Er schloss die Augen, die Schwimmbewegungen des Gupaxes verursachten ein leichtes Schaukeln, das ihn in den Schlaf wiegte.

Während der Reise wachte er öfter auf, aß und trank von den Vorräten und freute sich auf sein zu Hause. Zwischendurch dachte Orames daran, wie er mit den anderen Wissenschaftlern über die Lage des Palastes gesprochen hatte.

Alle waren auf die gleiche Weise wie er angekommen – in einer verdunkelten Muschel, meistens schlafend. Keiner von ihnen wusste, wo sich dieser Palast befand. Wegen der auftretenden Kälte vermuteten zwar einige, dass sie sich entweder am Nord-oder Südpol befanden, aber würden dort in der Eiseskälte so herrliche Pflanzen wachsen? Mit Sicherheit nicht! Und im ganzen Palast war es angenehm warm! Also mussten sie sich ganz woanders befinden.

Bagda, der Wissenschaftler von den Aleuten, hatte von unterseeischen Strömungen erzählt, die teilweise eiskalt waren. Höchstwahrscheinlich hatten sie alle eine solche Strömung durchquert!

Das wird vermutlich immer ein Geheimnis bleiben, dachte Orames noch, bevor er wieder einschlief. Wenig später traf er wieder in Faranon ein, Wigan erwartete ihn bereits am Ufer des kleinen Sees in der Kriegerhalle.

»Wie war es?« fragte er seinen Herrn nach der Begrüßung.

»Wunderbar! Wigan, ich habe dir eine Menge zu erzählen!« antwortete der Heiler mit leuchtenden Augen.

Orames schreckte auf und blickte erstaunt um sich. Er saß auf den untersten Stufen der langen Treppe zur Quelle.

Bin wohl eingeschlafen, dachte er leicht amüsiert. Er bemerkte nicht die Leiche von Kapis, die – in den langen Mantel eingehüllt – rechts neben der Treppe in einer Nische lag.

Seufzend machte sich der Heiler auf den Rückweg. Mühsam erklomm er Stufe für Stufe und schalt sich einen alten, schwachen Mann, der kraftlos und träge geworden war.

Vorsicht und Weitsicht

Giran war seit langer Zeit im Dienst der königlichen Familie.

Bereits sein Vater war Kammerdiener des alten Königs gewesen, sein Sohn trat in seine Fußstapfen und übernahm gleichzeitig die Rolle des Ratgebers und Freundes. Und dieser Freund war entsetzt, als er hörte, dass sich der König selbst auf die gefahrvolle Reise zu Eburon begeben wollte.

»Maris, du kannst ein solches Wagnis nicht eingehen! Du bist der König, hast du das vergessen? Wer soll dich in deiner Abwesenheit vertreten? Wer soll herrschen, wenn dir was zustößt und du nicht zurückkehrst? Willst du Suna eine solche Last auferlegen? Sie wird keine ruhige Minute mehr haben, wenn du fort bist!«

»Ich habe mit Suna ausführlich darüber gesprochen, Giran, und sie ist mit meinem Plan einverstanden. Ich weiß, dass es nicht leicht für sie wird, und dass ich viel von ihr verlange – immerhin wird sie in dieser Zeit alleine herrschen müssen – aber du Giran, wirst ihr zur Seite stehen, so wie du das immer in all den Jahren getan hast.«

Der König legte seine Hände auf die Schultern des alten Mannes und drückte sie.

»Ich vertraue dir, das weißt du. Und was meine Nachfolge angeht – die ist bereits geregelt. Mein ältester Sohn Nebun wird der nächste König sein.«

»Du hast Nebun zu einem guten, verantwortungsvollen Faraner erzogen, der pflichtbewusst ist und besonnen handelt. Als Lehrer ist er bei den Eltern und seinen Schülern sehr angesehen. Ich weiß, dass er auch ein würdiger König wäre. Aber will er dieses Amt auch?« wandte Giran ein.

»Wieso fragst du mich das?« erwiderte König Maris irritiert und nahm auf einem Schemel Platz.

»Hast du ihm beim Unterrichten zugeschaut? Er geht vollkommen darin auf! Ich glaube nicht, dass er als König glücklich wäre«, entgegnete Giran heftig. Er mochte Nebun sehr und wusste, was in dessen Kopf und Herz vorging.

»Mag sein, dass er lieber unterrichtet als herrscht, aber ich weiß, dass er seine Pflicht als König ebenso gewissenhaft wahrnehmen wird wie sein Amt als Lehrer. Also mach dir keine Sorgen, mein Freund.«

Für König Maris war die Sache damit erledigt.

Giran hatte jedoch immer noch Zweifel, und als er am nächsten Morgen ein paar Sachen für die Reise des Königs packte, dachte er sich, dass es doch besser wäre, wenn Maris in seinem eigenen Reich bleiben würde.

Es muss sich doch jemand finden, der anstelle des Königs bei Eburon vorspricht, dachte er noch, als es klopfte.

Der persönliche Bote des Königs wartete mit einer Depesche. Und als Giran in die treuen, wachen Augen von Peran Tuth blickte, fiel ihm die Lösung ein.

»Und du bist dir ganz sicher, dass du das tun willst?« fragte General Schoni seinen kleinen Boten eindringlich.

»Ja, General, das bin ich.«

Nefer Olis und Peran Tuth, die zusammen mit dem General

271

in Sulis kleiner Kammer saßen und ihm beim Packen seiner Habseligkeiten zusahen, wechselten bedeutungsvolle Blicke.

Gestern Abend hatte der König den Boten zu sich gerufen, um mit ihm über die bevorstehende Reise zu sprechen. Für Suli war es ganz merkwürdig gewesen, mit dem König alleine zu sein.

»Wenn wir zusammen eine solche Reise antreten, müssen wir uns vorher besser kennenlernen. Denn es wichtig, dass man dem anderen vertrauen und sich auf ihn verlassen kann.«

Sie hatten beide aus ihrem Leben erzählt, und so erfuhr Suli, dass der König sich häufig hilflos fühlte, auch wenn er so viel Macht besaß. Und dass er einerseits zuversichtlich war und gleichzeitig dennoch Angst hatte.

»Ich weiß nicht, was auf uns zukommt, Suli, wir müssen eben all unseren Mut zusammennehmen und es wagen. Aber wie immer diese Reise auch verlaufen mag, es ist unser beider größtes Abenteuer. Und ich freue mich riesig darauf.«

Und dann war Suli mitten in der Nacht in seine Kammer geschlichen und sofort eingeschlafen.

Kurze Zeit später weckte ihn ein Geräusch – glücklicherweise rollte er sich sofort auf die Seite, denn ansonsten hätte der Eindringling sein Messer in Sulis Brustkorb gestoßen.

So aber schrie Suli vor Schreck auf, der Angreifer machte kehrt und floh aus dem Zimmer.

General Schoni wurde von dem Krach geweckt und eilte sofort zu seinem Boten, um nachzusehen, was passiert war.

Viel konnte ihm Suli nicht erzählen. Es war noch zu geschockt und zitterte.

»Ich hörte ein Geräusch, General, ich weiß nicht, was es war. Jedenfalls habe ich mich zur Seite gedreht und dann einen riesigen Schatten gesehen. Das hat mich erschreckt, deshalb habe ich geschrien. Dann ist der Mann – ich nehme an, es war ein Mann – aus dem Zimmer geflohen. Hast du ihn nicht gesehen?«

Suli ängstlicher Blick und dieser heimliche Angriff ängstigten auch den General.

Wer will diesen Jungen töten, fragte er sich besorgt.

»Ich habe leider niemanden gesehen, Suli«, antwortete er wahrheitsgemäß. »Ich war zu langsam für den Angreifer. Aber Gott sei Dank ist nichts passiert. Und jetzt hole ich dir was zur Beruhigung«, mit diesen Worten stand der General auf und ging in seine Kammer.

Er nahm zuerst selbst einen Schluck vom Beralienschnaps, ehe er ein wenig davon in ein Glas mit Quellwasser kippte. Die Menge würde ausreichen, um den Jungen einschlafen zu lassen.

Schoni atmete tief durch und ging zum Eingang seiner Höhle. Er sah noch, wie zwei Wachposten auf ihn zuhielten.

»General! Ist alles in Ordnung, ist jemand verletzt worden?« Der General schüttelte den Kopf.

»Zum Glück ist nichts passiert. Wo ist mein Wachposten?«

»Er wurde durch den Angreifer verletzt, zum Glück bin ich vorbeigekommen, als der Angreifer floh. Wir haben den Wachposten in den Heilertrakt bringen lassen. Die Verletzung ist nicht so schlimm, meinte der Heiler«, antwortete der größere der beiden Wächter.

»Hast du den Angreifer erkannt? Wer war es?« fragte Schoni weiter.

»Ich kann bloß berichten, dass er einen weiten, dunklen Umhang trug, und sein Gesicht unter der Kapuze verborgen hielt. Er ist in Richtung der großen Treppe geflohen.«

Der General seufzte.

Diese große Treppe befand sich in der Mitte des Reiches und gabelte sich in vier verschiedene Richtungen. Den Angreifer zu suchen, war zwecklos, er konnte überall hin geflohen sein. Außerdem war sein Vorsprung bereits zu groß.

»Bleibt hier und falls der Angreifer nochmal vorbeikommt, dann sorgt dafür, dass es ihm leidtut«, wies er die beiden Wachposten an und kehrte zu Suli zurück.

Der Junge hatte sich mittlerweile beruhigt, Schoni reichte ihm das Glas.

»Alles austrinken«, sagte er leise und strich dem Jungen durch die Haare. »Es tut mir sehr leid, dass du das erleben musstest und dass ich nicht da war, um dir zu helfen. Der Angreifer ist geflohen, wir wissen leider nicht wohin, oder wer er war. Aber vorerst bist du hier in Sicherheit. Vor dem Eingang stehen zwei Wachposten. An denen kommt er nicht vorbei. Und jetzt schlaf, wir sehen uns morgen.«

Suli legte sich hin und schloss die Augen.

Das Quellwasser hatte seltsam geschmeckt, Suli vermutete, dass der General Schnaps hineingemischt hatte.

Was soll's, dachte Suli. *Bin ich halt betrunken. Ich bin ja auch beinahe ermordet worden!*

Schoni wartete noch, bis Suli fest eingeschlafen war, dann ging er in seine Kammer zurück.

Das werde ich dem König und Thora sagen müssen! Ob der König Suli dann noch mitnimmt?

Der General beschloss, vorerst nicht darüber nachzudenken und legte sich in sein Bett.

Am nächsten Morgen kam Suli alles wie ein böser Traum vor.

Lediglich das leere Glas auf dem Tischchen neben seinem Bett erinnerte ihn daran, was letzte Nacht passiert war. Hatte tatsächlich jemand versucht, ihn umzubringen. Aber warum?

Ich bin doch bloß ein Bote! Womöglich weiß der General mittlerweile, wer es gewesen ist!

Und dann fiel ihm ein, dass seine Abreise bevorstand und ihm nicht mehr viel Zeit blieb, um vorher mit dem General zu sprechen.

Im selben Moment kam Schoni herein, in Begleitung von Nefer und Peran.

»Wie geht es dir? Hast du gut geschlafen?« erkundigte sich der General besorgt.

Suli schaute nervös zu Nefer und Peran, die ihn sorgenvoll anblickten.

»Die beiden wissen Bescheid, und sie machen sich Sorgen um dich, so wie ich«, beantwortete der General Sulis´ unausgesprochene Frage.

»Es geht mir gut, ehrlich«, beteuerte Suli. »Mir kommt das alles so unwirklich vor. Aber ich verstehe nicht, warum mich jemand umbringen wollte.«

Suli setzte sich auf sein Bett und blickte die anderen fragend an.

»Ich bin mir nicht sicher, ob es dabei tatsächlich um deine

Person ging«, antwortete Nefer. »Da wollte jemand verhindern, dass der König auf seiner Reise eine Begleitung hat.«

»Aber wieso?« fragte Suli erstaunt.

»Um den König an der Abreise zu hindern und ihn damit vor seinem Volk zu blamieren. Das hätte seinem Ansehen sehr geschadet«, erklärte Nefer. »Und manche hier im Reich möchten genau das erreichen.«

Diese Antwort überraschte Suli.

»Solche Untertanen gibt es hier?« fragte er ungläubig.

»Leider ja«, gab Schoni zu. »Nicht alle Korallenwesen stehen zu König Maris.«

»Da ist auch noch was anderes«, warf Peran ein und blickte Suli eindringlich an.

»Deine Ankündigung, den König bis ans Ende aller Meere zu begleiten, hat vermutlich einige Untertanen beschämt. Schließlich bist du noch sehr jung, während andere, die älter und erfahrener sind, nicht den Mut gezeigt haben, sich freiwillig zu melden«, erwiderte Peran. »Womöglich war jemand deshalb der Meinung, dass er sich dafür rächen muss.«

Suli schüttelte den Kopf. *Wie können Faraner so denken?*

»Und was passiert jetzt? Ich habe dem König doch versprochen, ihn zu begleiten, und ich möchte dieses Versprechen auch halten«, sagte er mit trauriger Stimme.

»Die Entscheidung liegt beim König, Suli. Ich habe ihm bereits eine Botschaft zukommen lassen«, antwortete Schoni. »Jetzt komm mit, ich mache uns Frühstück, alles Weitere sehen wir später.«

Seufzend stand Suli auf und begleitete den General und seine Besucher in dessen Küche. Kurze Zeit später klopfte es an der Eingangstür. Peran stand auf und öffnete sie. Ein älterer Mann stand davor, es war Giran. Überrascht bat Peran den Kammerdiener hinein.

»Nein, nein«, wehrte Giran ab. »Ich muss alleine mit dir sprechen.«

»Mit mir?« fragte Peran ungläubig.

Er warf einen Blick zurück und trat nach draußen.

»Ich habe eine besondere Aufgabe für den persönlichen Boten des Königs«, antwortete Giran bedeutungsvoll. »Lass uns ein Stück spazieren gehen.«

Zur selben Zeit saß Suna mit ihrem Gemahl auf der Terrasse, alles war zur Abreise bereit. Da niemand wusste, ob der König erfolgreich sein und zurückkehren würde, wollte die Königin noch einmal mit ihm sprechen.

Kurz vorher hatte Maris die Botschaft von General Schoni bekommen und war sehr wütend geworden.

»Ein Anschlag auf meinen Begleiter! Das ist ja eine Unverschämtheit! Eine bodenlose Frechheit, das lasse ich mir nicht gefallen!« Er rannte in seinem Büro hin und her und befahl Giran, sofort seine Sachen zu packen.

»Wir werden unverzüglich aufbrechen, Giran, je eher, desto besser. Ich werde keine Minute länger warten!«

Ungeduldig wartete er auf Nachricht von seinem Kammerdiener, und da Giran sehr umsichtig war und bereits am Tag vorher mit dem Packen angefangen hatte, dauerte es nicht all zulange.

In der Zwischenzeit war es Suna gelungen, Maris zu beruhigen. Der König hatte sich bereits von seinen beiden jüngeren

Söhnen verabschiedet. Das war ihm nicht leichtgefallen, am liebsten hätte er die beiden mitgenommen.

»Sie hätten auf dieser Reise vieles lernen können, Suna«, sagte er zu seiner Frau. »Das wäre auch für meine Söhne ein großes Abenteuer geworden!«

»Kestis hätte dich gar nicht begleiten können, er leidet doch an der Wasserkrankheit!« entgegnete Suna.

Maris sah seine Gattin erstaunt an. »Das hatte ich ganz vergessen! Ob die Krankheit je geheilt werden kann, was denkst du, Suna?« fragte er sie leise.

Die Königin seufzte.

»Ich weiß es nicht, Maris. Und im Moment beschäftigen mich ganz andere Dinge, die mir wichtiger erscheinen. Mir wäre am liebsten, du würdest hierbleiben!«

»Was würden meine Untertanen sagen, wenn ich die Reise jetzt absage, Suna?« rief er aufgebracht. »Das geht auf gar keinen Fall. Ich würde mich ja lächerlich machen!«

Der König schnaubte wie ein altes Walross.

»Viele Untertanen haben an deiner Entscheidung gezweifelt, sie glauben, dass du den Palast gar nicht finden wirst. Und sie rechnen auch nicht damit, dass Eburon uns helfen wird«, sagte Suna vorsichtig.

»Ich weiß«, antwortete Maris ungeduldig. »Ich würde an ihrer Stelle auch zweifeln. Aber glaube mir, Suna, ich bin mir absolut sicher, dass diese Reise erfolgreich sein wird.«

Suna füllte seinen Becher auf, es war ein besonderes Getränk, von Giran zubereitet. Die Königin kannte die Wirkung der goldgelben Flüssigkeit. Sie beobachtete ihren Mann und wartete auf seine Reaktion.

»Ist alles für deine Abreise bereit?« fragte sie neugierig. »Giran hat doch alles Nötige eingepackt, oder?«

König Maris nickte, nahm einen kräftigen Schluck und zwinkerte Suna zu. Dann verdrehte er die Augen und verlor das Bewusstsein. Sein Becher fiel zu Boden.

Suna rief einen Diener, zusammen trugen sie den König zu seinem Bett.

»Er wird lange schlafen, sorge dafür, dass er nicht gestört wird«, flüsterte sie dem erstaunten Mann zu.

General Schoni kam mit der Botschaft des Königs in Sulis Kammer.

Der Junge saß auf seinem Bett und starte auf den Boden. Um in herum lagen seine Habseligkeiten, daneben ein großer Beutel. Nefer stand in der Ecke und beobachtete ihn.

Der Junge ist erstaunlich gelassen, wenn man bedenkt, was ihm passiert ist und was ihm noch bevorsteht, dachte der Krieger. *Das liegt sicher an seinem Alter und seiner Unerfahrenheit.* In diesem Moment beneidete Nefer ihn darum.

»Der König hat eine Entscheidung getroffen, Suli. Er möchte noch heute Nachmittag abreisen«, teilte General Schoni seinem Boten mit.

»Wie ich sehe, hast du bereits alles vorbereitet. Wenn du noch irgendwas brauchst, lass es mich wissen.«

Suli nickte erleichtert und fing an zu packen. Bald waren alle seine Habseligkeiten im Beutel verschwunden. Zum Schluss hielt er einen kleinen Dolch in seiner Hand. Auf dem Griff waren die Namen seines Vaters und Großvaters eingeritzt, der Dolch war weit über hundert Jahre alt.

»Das war ein Geschenk meiner Großmutter. Ich hoffe, dass ich die Waffe nicht gebrauchen muss«, sagte er mit einem Seufzer.

»Junge, davon musst du aber ausgehen«, Nefer fasste nach Sulis Arm. »Schau mich an.«

Suli kam der Aufforderung nach.

»Ich bin seit einigen Jahren Soldat, der Sohn eines Soldaten. Es bedeutet in erster Linie, kämpfen zu *müssen*. Sei es um dein eigenes Leben oder das anderer. Ganz gleich, ob du willst oder nicht. Und je früher du dich an den Gedanken gewöhnst, umso besser«, erklärte Nefer.

»Aber ich kann gar nicht kämpfen! Ich habe das nicht gelernt! Ich war Stallbursche und dann bei der Patrouille, und jetzt bin ich Bote!«

»Du wirst es lernen, mein Junge«, erwiderte General Schoni. »Womöglich nicht so wie die anderen Soldaten. Nicht in Ruhe, mit den richtigen Lehrern, ohne dabei Todesängste ausstehen zu müssen. Aber du wirst es lernen. Ich wünschte, ich könnte dir beistehen«, schloss er mit einem Seufzer.

Peran grinste, dieser Giran war ganz schön gerissen! Und natürlich hatte er Recht. Ein König gehörte zu seinem Volk, in sein eigenes Reich und nicht auf eine abenteuerliche Reise, von der es höchstwahrscheinlich keine Rückkehr gab.

Peran überprüfte seine Waffen, zwei Dolche, sie waren in bester Ordnung. Seine Kleidung und ein paar persönliche Dinge waren bereits in einem Beutel verstaut, sie hatten viel Platz in der königlichen Muschel. Der Wächter hatte keine

Ahnung, wie lange sie unterwegs sein würden, aber er rechnete mit ein paar Monaten.

So fern wir Eburons Palast überhaupt finden, dachte er noch und ging hinaus.

Er wollte sich mit dem Kammerdiener in der Kriegerhalle treffen.

Suli wartete bereits ungeduldig am Rande des Sees. Es war Mittagszeit, in der Kriegerhalle waren viele junge Soldaten mit den Kampfübungen beschäftigt. Unter der Anleitung ihrer Ausbilder lernten sie, sich im Nahkampf mit dem Dolch zu verteidigen oder ein Ziel mit Speer und Harpune zu treffen.

Keiner von ihnen achtete auf den kleinen Boten, der unsicher auf die königliche Transportmuschel am Rande des Sees starte. Nefer Olis war bei ihm, von General Schoni hatte er sich bereits verabschiedet.

»Weißt du was, Suli? Ich werde euch begleiten. Ich bin zwar noch nicht ganz gesund, aber wir sind ja einige Zeit unterwegs. Da bleibt für die Wunde genug Zeit, um zu verheilen, außerdem kann ich mit einem Dolch umgehen und dich unterrichten, was hältst du davon?«

»Ja, geht das denn? Darfst du denn weg?« fragte Suli überrascht.

Über Sulis naive Frage hätte Nefer beinahe gelacht. Er bemühte sich, ein nachdenkliches Gesicht zu machen.

»Wenn ich meine Männer frage, sind sie garantiert einverstanden. Allerdings muss ich ihnen dann versprechen, keinen Unsinn zu machen und mich anständig zu benehmen, aber ja, ich denke, sie würden zustimmen«, antwortete er leichthin. »Aber im Ernst, Suli, ich bin Offizier, und wenn ich beschließe, euch zu begleiten, wird mich niemand daran hindern.«

»Oh!« erwiderte Suli überrascht und ein wenig beschämt. Im selben Moment trafen Peran und Giran ein.

»Was hat das zu bedeuten?« fragte Nefer und zeigte auf Perans Beutel.

»Es gibt eine kleine Änderung«, sagte Giran. »Die Königin und ich haben beschlossen, dass König Maris in nächster Zeit keine Reise unternimmt. Stattdessen wird der Bote des Königs bei Eburon vorsprechen und die Bitte vortragen« – Giran zog aus der Tasche seines Gewandes eine Schriftrolle, die er Peran überreichte.

»Das klingt ganz so, als wüsste der König noch gar nichts von deiner kleinen Änderung«, sagte Nefer überrascht.

»Er schläft«, antwortete Giran seelenruhig und warf einen Blick an die kunstvoll verzierte Decke.

»Bei Eburon!« rief Nefer und grinste. »Das nenne ich aber gewagt!«

»Ich kann damit leben, und bis König Maris aufgewacht ist, vergehen noch ein oder zwei Tage. Ihr habt also einen gewissen Vorsprung.«

Es klang so, als wolle Giran einen Vortrag über die wunderschönen Malereien an der Decke halten.

»In der Muschel sind Nahrungsvorräte und Getränke, sowie ein paar unverzichtbare Kleinigkeiten, die ihr noch brauchen werdet. Ihr solltet jetzt einsteigen.«

»Moment, Giran, dein Plan ist ja schön und gut, aber reichen die Vorräte auch für drei?« fragte Nefer lauernd.

»Wieso für drei?« wollte Peran wissen.

»Ich komme mit, muss noch ein paar Sachen packen«, erwiderte Nefer, wollte sich umdrehen und gehen. Doch Peran hielt ihn fest.

»Ich habe dir bereits erklärt: ich bin ein Wächter«, ermahnte er seinen Freund. »Du kommst nicht mit, Nefer Olis, und wenn ich dich dafür zusammenschlagen muss. Und glaube mir, in deinem jetzigen Zustand wäre das für mich leicht! Du bleibst hier, so kann ich am besten über dein Leben wachen!«

Nefer war davon so überrascht, dass es ihm die Sprache verschlug.

»Du hast andere Aufgaben«, fuhr Peran fort. »Deine Verletzung muss heilen, du musst zu Kräften kommen und deine Truppe übernehmen. Ach ja, und du solltest in Zukunft mehr als Blicke riskieren und auch reden. Du weißt, was ich meine«, fügte er bedeutungsvoll hinzu.

Nefer sah ein, das Peran recht hatte und nickte. Die beiden Männer verabschiedeten sich voneinander, Suli bekam einen aufmunternden Klaps von Nefer auf die Schulter, dann stiegen die beiden Boten in die Muschel.

Sie war größer als die anderen Muscheln, die Suli bisher gesehen hatte. Das Dach war hauchdünn und durchsichtig, Suli befürchtete, dass das Perlmutt bei der geringsten Berührung zerbrechen würde.

Im vorderen Teil befanden sich zwei große, gemütliche Sitze – mit Seegrasseide bespannt – und dahinter zwei längliche Kisten. Peran und Suli legten ihre Beutel hinein und entdeckten dabei viele kleine und größere Päckchen mit Nahrungsmitteln. Verschiedene, fest verschlossene Krüge und

Flaschen waren ebenfalls in den Kisten verstaut, auch Decken aus Seegrasseide befanden sich darin und lange, kostbar verzierte Mäntel.

Vier kräftige und erfahrene Seepferdchen waren angeschirrt, Suli nahm die Zügel in die Hand.

»Ich hoffe, sie lassen sich von mir lenken«, sagte Suli unsicher.

»Natürlich werden sie das«, antwortete Giran. »Sie wissen, dass du gut mit Seepferden umgehen kannst. Schließlich hast du ja einige Zeit Stalldienst geleistet.«

Suli musste daran denken, wie er zum Heer gekommen war. *Das ist alles so lange her! Und wieviel hat sich seitdem ereignet! Und wo wird es enden?* In Sulis Kopf überschlugen sich die Gedanken.

Giran wollte bereits den Deckel der Muschel herunterlassen, als Bola angerannt kam. In ihrer Hand trug sie einen großen Korb, den überreichte sie Peran.

»Das sind einige Mittel, die ihr womöglich unterwegs gebrauchen könnt. Man weiß ja nie! Die Anleitungen zur Anwendung habe ich beigelegt, Peran, du wirst damit umgehen können. Immerhin hast du mir ja bei Nefer auch geholfen. Gute Reise, ihr beiden, und kommt gesund zurück!«

»Das wünsche ich auch«, sagte Giran und schloss vorsichtig das Dach.

Suli blickte durch zu den Korallenwesen, die mit besorgter Miene auf sie hinunterschauten und winkten.

Die beiden Boten hängten die Enden ihrer langen Zöpfe aus den Öffnungen der Muschel, dann gab Suli mit den Zügeln das Kommando, und die Seepferdchen setzten sich in Bewegung.

Zügig tauchte die Muschel ab, bog durch den langen Tunnel zum Ausgang, schwebte rechts an den Stallungen vorbei und schließlich hinaus ins Freie.

Suli ließ die Seepferdchen eine Runde über das Korallenreich ziehen. Erstaunt beobachteten die beiden Boten die Reparaturarbeiten der Baumeister.

Hunderte von Korallenwesen waren unermüdlich damit beschäftigt, neue Kalkhöhlen zu erschaffen, neugierig wurden sie dabei von vielen Fischen beäugt. Lediglich die Riffhaie ließen sich nicht blicken, die schliefen tagsüber.

»Hast du eine Ahnung, ich welche Richtung wir reisen sollen?« fragte Peran seinen »Kutscher.«

»Ehrlich gesagt, nein«, antwortete Suli und ließ seinen Blick über die Korallenhügel schweifen.

»Womöglich sehen wir unser Zuhause nie mehr«, sagte er leise.

»Ja, das könnte sein. Aber dafür sehen wir viele andere Dinge, die wir uns noch gar nicht vorstellen können. Das wird ein unglaubliches Abenteuer, Suli!« antwortete Peran aufgeregt.

Vor ihnen schwamm die alte Calliope und Suli beschloss spontan, ihr zu folgen.

Er legte die Zügel nach rechts, die Pferdchen folgten willig seinem Befehl. Vor ihnen, dass wusste er, gab es einen großen unterseeischen Strom, den auch die Schildkröten auf ihren Reisen oft nutzen.

Er schaute seinen Begleiter an und grinste.

»Gleich wird es rasant, Peran, halt dich gut fest!«

Thora saß auf der Galerie der Kriegerhalle und brütete über den Listen, die die Aufstellungen der einzelnen Truppen enthielten.

Diese Listen stammten von den Offizieren, die bereits einen kleinen Teil der jungen Soldaten gesichtet und beurteilt hatten. Thora musste sie überprüfen.

Das Geschehen unten am See hatte sie gar nicht mitbekommen, in Gedanken war sie viel zu sehr mit den Kampfübungen beschäftigt, die die noch unerfahrenen Wächter und Patrouillenkrieger in den nächsten Wochen zu absolvieren hatten.

Die Listen mit den Namen waren unendlich lang, für jeden Krieger gab es eine Beschreibung. Die Angaben waren kurz und knapp: Eintritt ins Heer, Truppenangehörigkeit, besondere Kenntnisse und Fähigkeiten. Thora seufzte, es war viel Arbeit, wie sollte sie das alleine schaffen?

Viel haben die jungen Krieger nicht vorzuweisen, dachte sie und streckte sich, um ihre müden Muskeln zu lockern.

Dabei fiel ihr Blick auf ihren ramponierten Dolch, den sie aus der Scheide genommen hatte, um ihn zu säubern.

Ich muss ihn zum Waffenmeister bringen und geradebiegen lassen, dachte sie und beugte sich über die Listen.

So saß sie noch bis zum Abend vertieft auf der Galerie, ab und zu stand sie auf und lief umher, um ihre Gedanken besser ordnen zu können oder um sich die Beine zu vertreten.

Als sie plötzlich ein Räuspern hinter sich hörte, drehte sich Thora um und erschrak.

Vor ihr stand Nefer Olis.

Der Sohn des ehemaligen Heerführers sah noch immer schwach aus. Dünn war er und blass, die Entgiftung und seine Wunde hatten ihm vermutlich sehr zugesetzt.

Seine langen Haare waren wie immer zu einem Zopf geflochten und am Hinterkopf festgesteckt, er trug keine Uniform, sondern ein Gewand, dass seine große Gestalt noch mehr in die Länge zog.

»Ja Nefer, was kann ich für dich tun?« fragte Thora mit fester Stimme und bemühte sich, gelassen zu bleiben.

Wieso taucht er hier auf, fragte sie sich nervös.

Nefer räusperte sich und brachte immerhin ein schiefes Lächeln zustande.

Was mache ich hier? Sie wird mich auslachen, dachte er.

»Ich ...ich wollte mich melden und sehen, ob ich dir bei deiner Arbeit helfen kann.«

Nefer hatte Mühe, das Zittern in seiner Stimme zu unterdrücken. Er deutete auf den Stapel Listen, die Thora noch in der Hand hielt.

»Oh!« sagte Thora überrascht und starrte auf die vielen Namen, um Nefers Blick auszuweichen.

»Also ...ich weiß nicht, ich muss die Soldaten einteilen und mit den Offizieren über die Kampfausbildung sprechen, die sie erhalten sollen«, sagte sie dann und richtete sich auf.

Wieso rechtfertigte ich mich vor diesem Soldaten? Klar, er ist Offizier, aber ich bin die Heerführerin, und was sollte er mir helfen können? Hilfe brauchte er selbst, dachte sie.

»Das ist keine leichte Aufgabe«, hörte sie Nefer sagen, »wie viele sind es? Welche Fähigkeiten können sie vorweisen? Und wie sieht es mit den Seepferden aus? Auch an ihre Ausbildung musst du denken«, mahnte Nefer.

Thora seufzte.

An die Seepferde habe ich gar nicht gedacht, es ist General Vorims Aufgabe, fiel ihr dann ein. Aber Nefer hatte Recht, auch die Reittiere mussten ersetzt werden! *Ich muss Vorim fragen, wie groß der Zuchtbestand ist,* ermahnte sich Thora und nahm Platz.

»Wie geht es dir überhaupt?« fragte sie Nefer und wagte einen Blick in sein Gesicht.

Sie erschrak.

Nefer sagte nichts, aber seine grünen Augen zeigten unverhohlenes Interesse, das war ihr unheimlich.

»Du wirkst noch sehr schwach«, sagte sie, um die Stille zu überbrücken. Nefer setzte sich mit einem Seufzer auf eine Bank und streckte seine langen Beine von sich.

»Ich bin müde, und die Wunde schmerzt«, er wies mit der Hand auf seine Brust, »aber mein Kopf funktioniert ganz normal.«

»Schön«, sagte Thora und blickte zur Kriegerhalle hinunter.

»Du brauchst Hilfe«, stellte Nefer unverblümt fest. »Wo ist dein Adjutant? Oder hast du gar keinen?«

Überrascht drehte sich Thora um.

»Einen Adjutanten? Nein, habe ich nicht, dafür war noch keine Zeit.«

Nefer nahm seinen ganzen Mut zusammen, um seine Bitte vorzutragen.

»Lass mich dir helfen, Thora, ich habe im Moment ohnehin nichts Besseres zu tun. Bola hat mir noch nicht erlaubt zu trainieren, aber ich kann nicht den ganzen Tag herumsitzen und die Wände anstarren, das ist nichts für mich.«

»Wo ist denn dein Freund, der Bote meines Vaters?«

»Heute Mittag abgereist«, Nefer wies mit dem Kopf in Richtung des Sees. »Er vertritt deinen Vater.«

»Was meinst du damit?« fragte Thora verwundert.

Nefer grinste.

»Weißt du das nicht? Deine Mutter und euer Kammerdiener, dieser Giran, haben dafür gesorgt, dass dein Vater schön hierbleibt und sich um sein Volk kümmert. Peran Tuth begleitet den kleinen Suli, und ich denke, es ist auch besser so.«

»Sie haben dafür gesorgt? Wie denn? Ich kenne meinen Vater, wenn er sich was in den Kopf gesetzt hat, lässt er sich davon nicht mehr abbringen!« entgegnete Thora.

»Sie haben ihm einen Schlaftrunk verpasst – er wird in den nächsten beiden Tagen tief und fest schlummern. Und wenn er wieder aufwacht, sind die beiden längst nicht mehr einzuholen.«

»Na, das ist ja eine Überraschung«, Thora runzelte die Stirn, »mein Vater wird davon nicht erfreut sein.«

»Er wird es einsehen«, sagte Nefer. »Er ist schließlich ein kluger Mann und weiß, wie sehr er jetzt gebraucht wird. Solche Aufgaben überträgt man an seine Boten, alles andere wäre zu gefährlich!«

Thora seufzte.

»Ja, du hast recht«, gab sie zu. »Ich hielt die Idee auch für verrückt. Aber ich konnte sie ihm nicht ausreden.«

»Dann solltest du deinem Vater zeigen, dass es auch anders geht und man einige Dinge anderen überlassen kann. Und jetzt gib mir mal die Listen, zu zweit sind wir viel schneller fertig. Außerdem bin ich selbst Ausbilder, ich weiß, wie ich Soldaten beurteilen muss.«

Nefer streckte die Hand aus, und Thora musste sich eingestehen, dass sie seine Hilfe nicht abschlagen konnte. Sie selbst hatte im Ausbilden junger Soldaten keine Erfahrungen.

»Danke«, sagte sie erleichtert und überreichte ihm die Listen.

Ende

Der zweite Band »Das silberne Tor« erscheint im Dezember 2019.

Anhang – Orte und Lebewesen

Faranon

Die Reisenden
Suli Neron	Sonderbote von General Schoni
Peran Tuth	Wächter im Innendienst

Die Königsfamilie
Maris Modama	König von Faranon
Suna Orea	seine Gemahlin
Die Tochter	Thora, Anführerin der Harpuniere
Die Söhne	Nebun (Lehrer), Zolar, Kestis

Im Heilertrakt
Bola Chron	Oberste Heilerin, Gefährtin von Wigan
Mascha	ihr Stellvertreter
Zetis	Heilerin
Sofor	Heiler, Fachmann für Entgiftungen

Im Heer von Faranon
Suram Olis	Heerführer von Faranon
Armias Schoni	General, rechte Hand und bester Freund von Suram Olis
Fidil Vorim	General, Anführer der Patrouille
Baso Cani	General, Ausbilder der Wächter

Nefer Olis	Offizier, Anführer der »Netzmänner«
Aran, Ceti, Telam	Offiziere aus Nefers Truppe
Rafan, Noser, Bogel	Offiziere aus General Schonis Truppe
Gata	Offizier, Stellvertreter von Thora

Im Exil im Witjasgraben

| Orames Nedil | Heiler und Forscher |
| Wigan | sein Diener |

Im Königspalast

| Giran | Kammerdiener des Königs |
| Profat | oberster Ratgeber des Königs |

Freunde der Königsfamilie

Krofon Tulas	Lehrer
Athea	seine Gemahlin
Die Söhne	Malon, Zegis

Die Familie Broman

Kapis Broman	Oberster Baumeister
Ofiel	adoptierter »Neffe«
Sinowa	Kapis Schwester
Walis	Neffe von Sinowa
Tobak und Roban	Spitzel und Handlanger von Kapis und Ofiel

Salpek

Perimat	Herrscher der Salpeken, Thronräuber
Darion	sein Kammerdiener

Eispalast von Eburon

Eburon	Meeresgott
Utara	seine Gemahlin
Meria	Schwester von Eburon
Samin	Merias Diener und Assistent

Der Wissenschaftskongreß

Orchedes	Elianer, Wissenschaftler
Bagda	Tyrkaner, Wissenschaftler
Lata und Laty	Gupaxen, Wissenschaftler
Irun und Tasso	Meerfrau- und Mann, Wissenschaftler

Pazifik

Lomo	Manta, alter Freund von Thora Modama
Isor	Quastenflosser, Freund von Lomo
Batha	portugiesische Galeere, Quasselstrippe
Ihre Schwestern	Urill, Edea, Lura und Resa